FLEUR BEALE

AM ENDE DES ALPHABETS

Gefördert durch *Creative New Zealand* und *Publishers Association of New Zealand*

ARTS COUNCIL
NEW ZEALAND TOI AOTEAROA
creative nz

Titel der Orignalausgabe: *end of the alphabet*
Erschienen bei Random House New Zealand Ltd.

Diese Ausgabe wurde vermittelt durch die Michael Meller Literary Agency GmbH, München

Deutsche Erstausgabe

Ein Unternehmen der La Martinière Groupe

Umschlagillustration: Barbara Steinitz, Berlin
Übersetzung: Ursula C. Sturm, München
Satz: satz & repro Grieb, München
Herstellung: VerlagsService Dietmar Schmitz GmbH, Heimstetten
Druck: CPI Moravia Books, Pohorelice
Printed in EU

ISBN 978-3-86873-795-0

www.knesebeck-verlag.de

FLEUR BEALE

AM ENDE DES ALPHABETS

Aus dem neuseeländischen Englisch von
Ursula C. Sturm

KNESEBECK

Kapitel eins

Ich ließ Tia vorausgehen in mein Zimmer. Gleich würde sie ausflippen.

»Hey, was ist denn hier los?«, rief sie.

Hab ich's nicht gesagt?

»Ruby Yarrow, warum stehen die Betten der Jungs in *deinem* Zimmer?« Sie wirbelte herum, die Fäuste in die Hüften gestemmt. Kein gutes Zeichen, genauso wenig wie das Funkeln in ihren dunklen Augen.

Ich schob sie ins Zimmer. »Krieg dich wieder ein.« Ein Glück, dass die anderen außer Haus waren und sie nicht hören konnten. »Max muss doch in Ruhe seine Hausaufgaben machen können, da stören ihn die Jungs bloß.« Ich weiß, ich weiß, eine ziemlich alberne Begründung.

Tia baute sich vor mir auf. »Lass mich raten: Max hat ganz ruhig und sachlich argumentiert. Er hat deiner Mutter gesagt, dass er ein Zimmer für sich allein braucht, weil er sonst nicht lernen kann, und dann hat sich deine Mum mit Sorgenfalten auf der Stirn zu dir umgedreht und gefragt: ›Ruby, würde es dir etwas ausmachen …?‹« Tia holte tief Luft und zeterte: »Und du hast wie immer nachgegeben, du dumme Nuss!«

Ich wich einen Schritt zurück und rieb mir die Ohren. Ich sah sie nicht an. Genauso war es gelaufen.

»Warum hat Calvin nicht eingegriffen?«

Calvin ist Max' und mein Stiefvater.

Tia hob die Hand. »Nein, sag nichts. Max hat gewartet, bis Calvin weg war, stimmt's?«

Ich nickte. Einmal im Monat fährt Calvin mit Davey und Theo, meinen beiden kleinen Halbbrüdern, nach Waipawa zu seiner Mutter, und dort bleiben sie dann den ganzen Tag.

»Er weiß es also noch gar nicht?«

Ich schüttelte den Kopf.

Sie sah sich um. »Das darf doch nicht wahr sein! Du hast sogar schon deine ganzen Sachen weggeräumt!«

Richtig. Ich wohnte wieder in einem Kinderzimmer. An den Wänden hingen jetzt Daveys LKW-Poster und Theos Plakate der *Wiggles*. Meine eigenen Bilder und Fotos hatte ich abgenommen.

Tia setzte sich auf mein Bett. Sie war noch nicht fertig. »Pass bloß auf. Wenn du dich nicht wehrst, wirst du eines Tages noch unsichtbar.«

Ich seufzte und ließ mich auf Daveys Bett plumpsen. Theo schläft in einem Bett auf Rollen, das man tagsüber unter Daveys Bett schieben kann. Dort, wo die Betten der beiden standen, war vorher mein Schreibtisch gewesen. »Ich weiß, Tia. Ich *weiß*. Aber was soll ich denn machen? Max hat recht, er muss lernen.«

»Ach, und du etwa nicht?«, konterte sie.

»Nein.« Selbst wenn ich noch so viel büffelte, es machte keinen großen Unterschied.

Sie beugte sich nach vorn. »Jetzt hör mir mal gut zu: Dein Hirn funktioniert eben ein bisschen anders, na und? Das bedeutet noch lange nicht, dass du dir von deiner Familie jeden Mist gefallen lassen musst! Wehr dich endlich!«

Ich schwieg. Tia hatte leicht reden. Ihre vier Brüder waren alle schon erwachsen und wohnten gar nicht mehr zu Hause. Hin und wieder besuchte sie sie und ihre Familien, verwöhnte ihre Neffen und Nichten ein bisschen und verdrückte sich wieder, wenn sie die Nase voll hatte.

Sie sprang von meinem Bett auf.

Puh, sie sah richtig sauer aus. Als könnte sie jeden Moment explodieren. »Es macht mir nichts aus, Tia. Oder jedenfalls nicht viel. Die Jungs …« *Stören mich nicht*, hätte ich beinahe gesagt, aber das wäre gelogen gewesen. Vor allem morgens gingen sie mir mit ihrem Gequengel und ihren ständigen Kabbeleien tierisch auf den Wecker.

»Fußabstreifer!«, rief Tia und wedelte mit dem Zeigefinger vor meiner Nase herum. »Du bist echt so blöd! Weißt du, was passieren wird? Du wirst den erstbesten Kerl heiraten, der dir über den Weg läuft, auch wenn er ein totaler Kotzbrocken ist. ›Oh, bitte, heirate mich!‹, wirst du ihn anflehen. ›Du bist zwar ein Säufer, ein Spieler und ein Schürzenjäger, und potthässlich obendrein, aber das macht mir nichts aus, ehrlich.‹«

Ich lachte. »Quatsch. Sei nicht so gemein.«

Sie lachte nicht, sondern stampfte zur Tür. »Ich gehe jetzt. Und weißt du was, Ruby Yarrow? Ich rede erst wieder mit dir, wenn du dir ein Rückgrat zugelegt hast.« Sie stürmte hinaus und knallte die Tür hinter sich zu.

Ich starrte ihr nach. Das meinte sie bestimmt nicht ernst. Wir waren schon unser ganzes Leben lang befreundet. Eigentlich noch länger, unsere Mütter haben sich nämlich kennengelernt, als sie mit uns schwanger waren. Mum war damals erst siebzehn, Mrs Manu schon fünfunddreißig, aber sie haben sich trotzdem angefreundet.

Ich legte mich auf mein Bett und dachte an Max, der immer kriegt, was er will. Er ist clever. Tia würde wahrscheinlich sagen, er ist ein hinterhältiges Schlitzohr. Und sie hat recht.

Max quengelt nie. Von ihm hört man kein »Das ist nicht fair«-Gejammer. Gegen seine Art, sich durchzusetzen, kommt man kaum an. Die Sache mit dem Zimmer ist ein gutes Beispiel. Am Freitagabend erzählte er beim Essen: »Dieses Wochenende habe ich massenhaft Hausaufgaben auf.«

Und während Calvin am Samstag den Rasen mähte, sagte Max zu Mum: »Die Jungs haben meine Hausaufgaben ruiniert. Ich brauche unbedingt …« Mehr hat er nicht gesagt.

Aber das hat schon gereicht. »Wir werden schon eine Lösung finden«, sagte Mum mit einer Sorgenfalte auf der Stirn.

Am Sonntagvormittag, sobald Calvin mit den Jungs aus dem Haus war, sagte Max: »Tja, dann mach ich mal meine Hausaufgaben. Zum zweiten Mal.«

Und da hat sich Mum zu mir umgedreht und gefragt: »Ruby, hättest du etwas dagegen, wenn die Jungs in dein Zimmer ziehen? Nur vorübergehend, bis wir eine andere Lösung gefunden haben.«

»Meinetwegen«, sagte ich. Ich habe behauptet, es würde mir nichts ausmachen, aber das stimmt nicht. Es nervt mich total! Ich musste meinen

Schreibtisch in die Garage räumen, und das Regal, in dem meine Modemagazine und meine Nähsachen standen. Jetzt habe ich keinen Platz mehr für meine Zeitschriften und mein Bastelmaterial, und die Collagen, die ich mache, kann ich auch nicht mehr aufhängen.

Nur vorübergehend, bis wir eine andere Lösung gefunden haben, hat Mum gesagt.

Ich weiß genau, wann das sein wird: nie.

Ich stand auf und zog Theos Rollbett unter Daveys Bett hervor. Jetzt musste ich über die Betten der beiden klettern, um in mein eigenes Bett zu kommen.

Ich schob das Rollbett wieder weg. Mir war, als könnte ich Tia hören: ›Warum durfte Max eigentlich im großen Zimmer bleiben?‹ Ich versuchte, den Gedanken zu verdrängen, aber es gelang mir nicht.

Tja, von einem Zimmertausch war keine Rede gewesen. Mum hatte es nicht vorgeschlagen, und Max natürlich erst recht nicht. Und ich hatte nicht fragen wollen.

Hm. Ich hätte es tun sollen. »Ich habe keine Lust, mir ein Zimmer mit den Jungs zu teilen, aber ich mach's, wenn wir dafür wenigstens das große Zimmer kriegen.« Genau das hätte ich sagen sollen.

Warum kriege ich nie den Mund auf, wenn mir etwas gegen den Strich geht?

Tja. Max hätte trotzdem eine Möglichkeit gefunden, das große Zimmer zu behalten. Und jetzt war es ohnehin zu spät.

Aber das Gedankenkarussell in meinem Kopf drehte sich weiter und weiter, seit Tia ihm vorhin einen kräftigen Schubs verpasst hatte. *Es ist noch nicht zu spät.*

Ich ließ mich wieder auf mein Bett fallen. Max steht das große Zimmer zu. Er ist eine richtige Intelligenzbestie. Wir sind beide in derselben Klassenstufe, obwohl er volle elf Monate jünger ist als ich. Er braucht den Platz zum Lernen und für seine Sachen.

›Fußabstreifer!‹, zeterte Tias Stimme in meinem Kopf.

Mein Handy klingelte. Ich war froh darüber. Diese ganzen Gedanken, die mir durch den Kopf schwirrten, machten mich ganz verrückt. Es war

Mum. »Ruby, Schatz, könntest du dich bitte um das Abendessen kümmern? Bei mir dauert es noch mindestens eine Stunde.« Sie beriet sich gerade mit ihren Arbeitskollegen darüber, was sie beim Gewerkschaftstreffen morgen Vormittag sagen sollten. »Ich habe ein Hühnchen aufgetaut. Ist Max schon da?«

Tia hätte mich jetzt bestimmt darauf aufmerksam gemacht, dass Mum gar nicht abgewartet hatte, bis ich mich bereit erklärt hatte zu kochen. Aber Mum klang müde, also sagte ich bloß: »Nein, noch nicht. Keine Sorge, ich mach das schon.«

»Danke, Ruby. Was würde ich nur ohne dich tun!«

»Schon okay, Mum.«

Ich ging in die Küche. Mum sagt, ich kann gut kochen, und dass ich später Köchin werden könnte. Sie sagt, viele gute Köche haben eine Lernschwäche. Ich will aber nicht Köchin werden.

Max kam zehn Minuten vor den anderen nach Hause. »Riecht lecker. Ich bin am Verhungern.« Er grinste und verschwand in seinem Zimmer. Im großen Zimmer.

Ich spürte, wie mein Rückgrat zum Leben erwachte. »Max!«, rief ich. »Komm her und hilf mir.«

»Ich komme gleich, Ruby.«

Von wegen. Ich versuchte es noch einmal. »Deck den Tisch, ja?«

»Hör auf rumzustressen. Ich sage doch, ich komme gleich.«

An diesem Punkt gab ich normalerweise auf und erledigte das, was zu tun war, selbst. Weil es einfacher war. Und weil ich es ohnehin besser konnte als er. Aber heute nicht. Nie wieder. Wenn er schon das große Zimmer haben durfte, sollte er dafür gefälligst im Haushalt mithelfen.

Es kam mir so vor, als hätte ich eine folgenreiche Entscheidung getroffen, wie im Film.

Kapitel zwei

Es war Sonntagnachmittag. Mum, Calvin und die Jungs kamen gemeinsam nach Hause. Davey stürmte als Erster herein, gefolgt von Theo. »Ich hab Zuglenker spielen dürfen!«, rief Davey. »Ich hab die Lok tuuut-tuuuut machen lassen!«

Theo hüpfte um ihn herum und johlte: »Tuuut-tuuut! Tuuut-tuuut!«

Calvin hob ihn hoch und klemmte ihn sich unter den Arm. »Kommt mit, Jungs. Händewaschen, und dann machen wir uns über das leckere Essen her, das eure fabelhafte Schwester für uns gekocht hat.«

Mum umarmte mich. »Danke, Schatz. Ich bin todmüde. Was für ein Tag!«

Ich lächelte sie an. »Setz dich. Ich bin fast fertig. Max deckt noch schnell den Tisch.« Pff. Eher würde die Hölle zufrieren. Aber mein herzallerliebster Bruder sollte verdammt nochmal einmal im Leben tun, was er versprochen hatte. Ich machte die Soße, mischte den Salat und begann das Hühnchen zu zerteilen.

Calvin kam mit den Jungs zurück. »Wie ich sehe, schlafen die Jungs jetzt in Rubys Zimmer, Tessie.« Er sprach in dem betont ruhigen Tonfall, den er draufhatte, wenn ihm etwas gegen den Strich ging. »Warum?«

»Später, Calvin.« Mum machte eine abwehrende Handbewegung. »Lass uns später darüber reden.«

Er starrte sie an, bis sie sich abwandte, dann seufzte er und drehte sich zu mir um. »Mmmm! Das riecht göttlich. Du bist ein Juwel, Ruby.« Das war unser kleiner Insider-Witz, Calvin heißt nämlich mit Nachnamen Diamond. »Wann essen wir?«

Ich zuckte die Achseln. »Sobald Max den Tisch gedeckt hat. Er hat es versprochen.«

Calvin marschierte zur Küchentür und rief: »Max! Wir warten auf dich!«

»Ich komme gleich, Calvin!«

Also, wenn mich Tia vorhin nicht so zusammengestaucht hätte, dann hätte ich den Tisch wohl selbst gedeckt. Aber ich ließ es bleiben. Ich setzte mich neben Mum. »Wenn er sich nicht beeilt, wird das Essen kalt.«

»Verfluchter Bengel«, stieß Calvin mit einem Blick zu meiner Mutter hervor. Sie zuckte bloß die Schultern und breitete die Hände aus, als wollte sie sagen: *Tja, was soll ich machen?* Calvin presste die Lippen fest zusammen und deckte den Tisch.

Er war gerade damit fertig, als Max kam. »Das hättest du nicht tun müssen. Ich hätte es gleich gemacht.«

Ich warf ihm einen Von-wegen-Blick zu. Er sah mich mit seinen großen blauen Augen an, setzte sich hin und begann, sich das Essen in den Mund zu schaufeln.

Vor dem Abspülen drückte er sich auch. »Ich muss für Physik noch einen Artikel lesen, den Jasper für mich ausgedruckt hat.« Das war ein Wink mit dem Zaunpfahl, wir haben nämlich keinen Computer.

Calvin ging hinaus in die Garage. »Der Wagen hat vorhin ein paar Geräusche von sich gegeben, die mir gar nicht gefallen haben.«

Mum las den Kleinen etwas vor, während ich das Geschirr spülte. So läuft das jeden Abend bei uns. Aber diesmal war etwas anders: Ich dachte nach. Ich sah mein Leben mit anderen Augen – mit Tias Augen. Und Tia gefiel nicht, was sie sah.

Ich schüttelte den Kopf. Das war *mein* Leben. Ich konnte es nicht ändern. Ich versuchte, meiner Mutter zuzuhören und die Gedanken aus meinem Kopf zu verscheuchen.

Ich finde es schade, dass ich den Kleinen nicht vorlesen kann. Früher hab ich das immer gemacht. Ich habe mir einfach Geschichten zu den Bildern ausgedacht. Aber jetzt geht Davey in die Schule und kann sich schon einzelne Wörter merken, und er mag es nicht, wenn ich etwas anderes vorlese als das, was dasteht.

Die Jungs schliefen schon, als ich ins Bett ging. Sie konnten richtig süß sein, meine kleinen Brüder. Solange sie schliefen jedenfalls. Ich lag da und lauschte ihren Atemzügen. Und dachte an Tia, die sich so über mich aufgeregt hatte. Seufz. Es gab keine andere Möglichkeit. Die Jungs konnten schließlich nicht in der Garage schlafen.

Und Max brauchte Platz, um seine Schularbeiten zu machen.

Er würde mal Professor werden, oder Wissenschaftler, oder Anwalt. Vielleicht auch alles auf einmal. Er beklagt sich nie über uns, aber ich weiß, er findet, er hätte in eine Familie geboren werden sollen, die haufenweise Geld hat, ein riesiges Haus und ein Dienstmädchen nur für ihn allein.

Er hat ein Dienstmädchen, meldete sich Tias Stimme in meinem Kopf zu Wort. *Es heißt Ruby Yarrow.*

Ich richtete mich auf und klatschte mir mit den Händen auf die Oberschenkel. »Okay, okay, ich hab's begriffen!«

Die Jungs bewegten sich und murmelten etwas. Ich hielt den Atem an. Das fehlte mir noch, dass die beiden wieder aufwachten! Wie lange würde es wohl dauern, bis ich mich daran gewöhnt hatte, mein Zimmer mit ihnen zu teilen?

Tja, es geht nun einmal nicht anders. Ich bin nicht die Allerhellste, deshalb ist Mum wild entschlossen, Max auf die Uni zu schicken. Bisher hat niemand aus ihrer Familie studiert. Sie selbst war sechzehn, als sie mit mir schwanger wurde. Ich kam zwei Monate nach ihrem siebzehnten Geburtstag auf die Welt.

An diesem Abend dauerte es ewig, bis ich einschlafen konnte. Immer wieder dachte ich über meine Familie nach. Max würde auf die Uni gehen und einen Job finden, der ihm gefiel. Ich hatte keine Lust mehr, über Max nachzudenken. Lieber dachte ich über Calvin nach. Max und ich haben echt Glück, dass Calvin unser Stiefvater ist. Und Mum … Mum ist eigentlich auch ganz okay. Sie ist nur gerade ziemlich gestresst wegen ihrer Arbeit.

Ich wälzte mich auf die Seite und versuchte, alle übrigen Gedanken zu verdrängen. Es klappte nicht. Ich wünschte, Mum und Calvin würden mehr aus ihrem Leben machen. Sie können beide richtig lesen und schreiben. Wenn ich das könnte, würde ich mir einen Job suchen, der mir Spaß macht. Aber Calvin arbeitet schon seit einer Ewigkeit als LKW-Fahrer für eine Firma, die Supermärkte beliefert, und Mum ist Putzfrau im Krankenhaus.

Am liebsten hätte ich mein Kissen quer durchs Zimmer geworfen, aber damit hätte ich womöglich Davey aufgeweckt. Also biss ich stattdessen hinein. Ganz fest.

Morgen ist bei uns immer der Teufel los. Calvin muss um sieben zur Arbeit. Mum muss um acht los. Unterwegs liefert sie Theo in der Kindertagesstätte ab. Ich bringe Davey in die Schule, bevor ich mich mit Tia treffe.

Jeden Morgen machen die Jungs Theater und kabbeln sich, und dann werden sie von Mum angeblafft, weil sie noch nicht angezogen sind, und am Ende heulen sie.

Ich helfe zwar mit, aber wenn sie erst einmal aufdrehen, sind sie kaum noch zu beruhigen.

Wenn Mum und Theo weg sind, räume ich die Küche auf, mache ein Lunchpaket für Davey und sorge dafür, dass er pünktlich in der Schule ist. Max sollte eigentlich auch mithelfen, tut er aber nicht.

Tia hat recht. Ich bin ein Fußabstreifer.

Wie hört man auf, ein Fußabstreifer zu sein? Sagt man einfach zu seiner Familie: *Übrigens, Leute, ich bin kein Fußabstreifer mehr?* Das wird wohl kaum genügen.

»Alle Mann aufwachen!«, rief Mum aus der Küche. »Es ist Zeit aufzustehen.«

Das ist normalerweise der Moment, in dem die Jungs anfangen zu bocken und sich in die Haare kriegen. Sie wollen nicht aufstehen, wollen sich nicht anziehen und streiten sich, wer als Erstes ins Bad darf.

Höchste Zeit, das zu ändern.

Ich setzte mich im Bett auf. »Heute stehe ich mal vor euch auf. Ich muss mich nur noch kurz strecken und dann werde ich die Erste sein, die die Beine aus dem Bett schwingt. Wetten?« Ich streckte die Arme über den Kopf.

Die Jungs purzelten aus dem Bett. »Erster!«, rief Theo.

»Wir waren schneller als du!«, schrie Davey.

»Wie kann das sein?« Ich sah sie an. »Hat da etwa jemand auf ein paar magische Knöpfe gedrückt?« Um aufstehen zu können, musste ich ganz ans Fußende meines Bettes rutschen.

Sie kicherten. Ich grinste sie an. So weit, so gut. »Davey, heute darfst du zuerst aufs Klo. Und dann …« Ich tat, als würde ich scharf nachdenken. »Hm, was kommt noch gleich danach? Ich kann mich gerade nicht erinnern.«

»Händewaschen!«

Bis er zurückkam, wusste Theo schon, was er anziehen würde. Ich sagte: »Lass mal sehen, wie sauber deine Hände sind, Davey. Wow! Klasse. So, jetzt musst du leider warten, bis Theo und ich zurück sind, weil du dich ja noch nicht allein anziehen kannst.«

Ich ging mit Theo auf die Toilette, und siehe da, als wir zurückkamen, war Davey angezogen! Ich sah mich um. »Sag mal, Theo, siehst du hier irgendwo den Zauberer, der Davey angezogen hat?«

Ich brachte sie auch dazu, ihre Betten zu machen, dann schickte ich sie frühstücken.

Als ich in die Küche kam, saßen sie schon am Tisch. Alles war friedlich. Mum umarmte mich. »Ruby, mein Schatz, du bist so ein *Engel*. Danke. Du kannst dir gar nicht vorstellen, was mir das bedeutet«, sagte sie mit Tränen in den Augen.

»Schon gut, Mum.«

»Es ist wirklich eine große Hilfe, wenn wenigstens zu Hause alles glatt läuft, wo ich doch im Krankenhaus gerade so viel Ärger habe«, sagte sie und lächelte, aber ihre Stimme zitterte.

Oh-oh. »Was sagt die Gewerkschaft?«, fragte ich.

»Dass wir wohl streiken werden müssen. Von dem Lohn, den wir im Moment kriegen, können wir nicht leben, und sie wollen einfach nicht auf unsere Forderungen eingehen. Aber falls wir wirklich streiken, kürzen sie uns das Gehalt …« Sie rieb sich das Gesicht. »Entschuldige. Es wird schon irgendwie weitergehen. Aber du verstehst bestimmt, warum ich dir heute ganz besonders dankbar bin für deine Hilfe.« Sie deutete auf die Jungs.

Ich setzte mich hin. Das, was ich getan hatte, war eigentlich Max' Aufgabe, aber er drückte sich jeden Morgen wieder davor. Ich hatte ein paar Tricks angewendet, die ich mir von einer Fernsehsendung abgeschaut habe, und ich war überrascht, wie gut sie funktionierten.

Ich machte mich über mein Frühstück her. Wann würde es eine Sendung geben, in der ich erfuhr, wie man mit einem raffinierten Bruder umgeht, der nur elf Monate jünger ist und alle um den Finger wickelt?

Ich wüsste auch gern, wie ich reagieren soll, wenn mir die Lehrer diesen ungläubigen Blick zuwerfen, bei dem ich genau weiß, was ihnen durch den Kopf geht: *Was? Du bist die Schwester von Max Yarrow? Deine kleinen grauen Zellen hat wohl alle er abgekriegt.*

Das mit den ungläubigen Blicken geht nach ungefähr einem Monat los. So lange dauert es, bis die Lehrer herausgefunden haben, dass Max und ich Geschwister sind. Das neue Schuljahr hat vor drei Wochen angefangen.

Max schlenderte in die Küche, setzte sich, legte ein Buch vor sich auf den Tisch und begann zu frühstücken.

»Max, mach dein Bett und räum die Küche auf, bevor du gehst«, sagte Mum.

»Hm?« Max hob den Kopf und lächelte sie an. »Ja, ja, geht klar, Mum. Hör auf rumzustressen«, sagte er.

Genau wie jeden Morgen.

Kapitel drei

Mum und Theo machten sich auf den Weg. Max stand auf und ging in sein Zimmer, ohne sein Geschirr wegzuräumen.

Ich sollte alles stehen lassen. Es war seine Aufgabe. Aber wenn ich es nicht jetzt tat, dann musste ich es eben später machen. Also spülte ich das Geschirr.

Dann befahl ich Max, es wenigstens abzutrocknen und zu verräumen. »Ich komme gleich«, sagte er.

Ja, sicher. Faulpelz.

Ich ließ das Geschirr zum Abtropfen auf der Ablage.

Ehe ich mit Davey das Haus verließ, rief ich: »Max! Wir gehen jetzt. Schließ ab und denk an das Geschirr.«

Mitten in seiner Antwort ließ ich die Tür hinter uns zuknallen. Wir gingen zu Fuß zu Daveys Schule. Sie ist bloß vier Häuserblocks entfernt. Ich wünschte ihm einen schönen Tag und sah ihm nach, während er in seine Klasse lief, um seine Schultasche abzuladen.

Dann stieg ich auf mein Rad und fuhr zu Tia, aber sie war schon weg. Mrs Manu sagte: »Sie wollte, dass ich dir etwas ausrichte, Ruby, aber wenn sie dir etwas zu sagen hat, dann soll sie das gefälligst selber tun.« Sie lächelte mich an. »Ich hoffe, bis nächste Woche hat sie sich wieder eingekriegt. Sie will sich nämlich ein neues Top kaufen, weil doch …«

Ich hob die Hand. »Lassen Sie mich raten: Weil bald die Austauschüler kommen, stimmt's? Sie will sich ein neues Top kaufen, um bei den süßen brasilianischen Jungs Eindruck zu schinden.«

Mrs Manu lachte. »Erraten. Aber wenn du nicht mitgehst, kauft sie bestimmt irgendein total unmögliches Teil.«

Ich grinste. Mrs Manu ist große Klasse. Tia normalerweise auch. Ich hasse es, wenn sie sauer auf mich ist. Ich stieg auf mein Rad und fuhr allein zur Schule.

Als ich in unser Klassenzimmer kam, drehte mir Tia den Rücken zu. Carly und Megan standen bei ihr. Hm. Eine knifflige Situation. Wir waren Freundinnen, alle vier, aber wenn Tia nicht mit mir redete, konnte ich auch nicht mit Carly und Megan reden. Ich setzte mich an einen leeren Tisch in der Ecke.

Carly sah zu mir rüber, drehte sich wieder zu Tia um und stellte ihr eine Frage. Tia zuckte die Schultern und sagte etwas, das ich nicht hören konnte. Dann spähten Carly und Megan zu mir herüber. Sie wirkten bestürzt.

Bevor sie zu mir rüberkommen konnten, fegte Mr Wood herein. »Okay, Leute, die neue Schulwoche beginnt. Mal sehen, wer da ist und wer nicht.« Er nahm das Klassenbuch und verlas die Namensliste. Ganz oben auf der Liste der Mädchen stand Miriama Api. Megan Chapman war die Zweite, Carly Griffiths die Fünfte, Tia Manu kam irgendwo in der Mitte. Ruby Yarrow war immer das Mädchen am Ende des Alphabets.

Es würde mir ja nichts ausmachen, wenn nicht jeder Lehrer die Namen auf die gleiche Art und Weise vorlesen würde: *Miriama ... Megan ... Carly ... Tia ... und Ruby Yarrow.*

Ich bin die Glückliche, die das *Und* abbekommt und bei der beide Namen vorgelesen werden. Deshalb hoffe ich, dass eines Tages ein Mädchen namens Zoe Zimmermann in unsere Klasse kommt.

Ich könnte ihn bitten, meinen Nachnamen wegzulassen.

Nein. Ausgeschlossen. Völlig unmöglich.

Hm. Tia hat es wohl ernst gemeint, als sie gedroht hat, dass sie erst wieder mit mir redet, wenn ich mir ein Rückgrat zugelegt habe. Ob es wohl etwas nützen würde, wenn ich Mr Wood bat, meinen Nachnamen wegzulassen? Ich schüttelte den Kopf. Nein, so schlimm war es dann auch wieder nicht. Ich sollte mein Rückgrat lieber für wirklich wichtige Angelegenheiten einsetzen.

Hinterher marschierte Tia schnurstracks an mir vorbei aus der Klasse. Sie sah mich nicht einmal an. Carly und Megan ließen sie gehen. »Sie ist total stinksauer, Ruby.«

Ich schnitt eine Grimasse. »Ich weiß. Tut mir leid. Ich will euch da nicht mit reinziehen.«

»Sie kriegt sich schon wieder ein«, sagte Carly. »Wir werden sie ohnehin kaum sehen, weil sie ständig zum Kapa-Haka-Training muss.«

»Aber nur bis in ein paar Wochen die Austauschschüler kommen. Hoffentlich hat sie sich bis dahin wieder beruhigt.«

Mitte März würden uns dreißig Schüler aus Brasilien besuchen, und Tia gehörte zum Empfangskomittee. Mr Tahu, der neue Kapa-Haka-Lehrer, war nicht zufrieden mit der Leistung seiner Gruppe und nahm sie ganz schön hart ran.

Bevor die Englischstunde anfing, fragte Megan: »Bewerbt ihr euch eigentlich für den Schüleraustausch mit Brasilien?«

Carly schüttelte den Kopf. »Nö. Die sprechen doch nicht einmal unsere Sprache.«

»Und du, Ruby?«

Ich schüttelte den Kopf. »Wozu? Mich würden sie sowieso nicht nehmen.«

Megan trat einen Schritt zur Seite, um ein paar Mitschüler durchzulassen. »Aber würdest du dich bewerben, wenn du eine Chance hättest?«

Ich zuckte die Schultern. »Mum und Calvin können garantiert keine viertausend Dollar aus dem Ärmel schütteln.«

Carly hob drohend den Zeigefinger. »Du hast wohl nicht richtig zugehört, Ruby! Genau deshalb müssen wir uns doch schon ein Jahr vorher bewerben, damit wir uns das Geld bis dahin verdienen können.«

Ich lachte. »Okay. Ein Monat Brasilien?« Ich überlegte. Ein Monat ohne meine Familie. Ohne Tia. Ein Monat ohne Menschen, die nicht wussten, dass ich nicht richtig lesen und schreiben konnte. Ein ganzer Monat. »Ja, ich würde mich bewerben.«

Megan klatschte in die Hände. »Super! Ich möchte mich auch bewerben, aber nur, wenn ich nicht die Einzige von uns bin.«

Ich öffnete den Mund, aber Carly hielt ihn mir zu. »Zu spät! Du hast gesagt, du würdest dich bewerben. Jetzt musst du es tun.«

Lachend zog ich ihre Hand weg. »Gut, dann mach ich's eben.« Was tut man nicht alles für eine Freundin.

Nach der Mittagspause verteilte Mr Wood die Bewerbungsformulare. Ich holte mir eins. Tia bemerkte es nicht. Sie war zu sehr damit beschäftigt, mich zu ignorieren.

Sie hatte den ganzen Vormittag nicht mit mir geredet.

Kapitel vier

Nach der Schule ging ich Davey abholen. Ich sah ihm zu, während er mir zeigte, wie toll er auf dem Klettergerüst am Schulhof die Feuerwehrstange runterrutschen konnte. Als wir gingen, stand draußen auf dem Bürgersteig ein kleines Mädchen.

»Das ist Cat«, sagte Davey. »Wartest du auf deine Mum, Cat?«

»Ist nicht da.« Cat stampfte mit dem Fuß auf. »Ich will nach Hause.«

Ich ging neben ihr in die Hocke. »Sollen wir mit dir warten, bis sie kommt?«

Sie musterte mich misstrauisch, ohne ein Wort zu sagen.

»Das ist meine Schwester Ruby«, sagte Davey.

»Ruby«, wiederholte Cat. Sie lächelte. »Okay, Ruby.«

Davey wollte wieder zurück zum Spielplatz, aber Cat schüttelte den Kopf. »Bleibt da.«

Also blieben wir. Ich setzte mich zwischen die beiden, und sie lehnten sich an mich. »Eine Geschichte«, sagte Cat. »Bitte.«

»Die von den drei kleinen Schweinchen«, fügte Davey hinzu. »Aber sie dürfen nicht sterben. Ich mag Schweinchen.«

Ich erzählte ihnen die Geschichte, ohne die Schweinchen sterben zu lassen.

Als ich fertig war, sagte Cat: »Noch einmal!« Ich erzählte gerade vom zweiten Schweinchen, das sich ein Haus aus Stroh baut, da kam ein Auto angefahren.

Cat sprang auf. »Mama!«

Ihre Mutter stieg hastig aus dem Wagen, umarmte sie und drückte sie fest an sich. Dabei lächelte sie mich an. »Danke!«

»Gern geschehen.« Davey und ich standen auf, ich holte mein Fahrrad, und wir gingen nach Hause.

Während wir uns unterhielten, überlegte ich, ob Tia wohl der Meinung gewesen wäre, dass ich nicht mit Cat hätte warten sollen. Hätte ich lieber einen Lehrer suchen sollen, der sich um sie kümmerte?

Ach was. Ich hatte ja nichts Anstrengendes oder gar Gefährliches tun müssen. Es war keine große Sache.

Genau wie Mr Woods Art und Weise, meinen Namen vorzulesen.

Scher dich zum Teufel, Tia Manu!

Zu Hause sah ich, dass Max mal wieder keinen Finger gerührt hatte.

Ich machte Davey eine Kleinigkeit zu essen und fragte mich, was ich tun sollte. Ein Fußabstreifer würde das Geschirr verräumen.

Ein Fußabstreifer würde nichts zu Mr Wood sagen.

»Du nervst, Tia Manu!«, rief ich.

Der arme Davey starrte mich an, als hätte ich nicht mehr alle Tassen im Schrank. Ich grinste ihn an. »Es ist alles okay, Davey. Ich ärgere mich nur über etwas, das Tia zu mir gesagt hat.«

Er kam angelaufen und schlang die Arme um meine Hüfte. »Können wir mit dem Gartenschlauch spielen?«

Wir zogen unsere Badesachen an und tollten im Garten herum. »Den Rasen sprengen« nannte sich das. Wir hatten den grünsten Rasen in der ganzen Nachbarschaft.

Gegen vier rief Mum an. »Na, wie war dein Tag, Schatz? Könntest du schon mal die Kartoffeln aufsetzen und einen Salat machen? Ich hab Würstchen gekauft. Heute grillen wir.«

Max kam um zehn vor fünf nach Hause, kurz vor Calvin. Er durchstöberte die Küchenschränke und hinterließ Cracker, Käse und Krümel auf der Anrichte.

»Mach das weg, Max«, sagte ich und deutete auf die Anrichte. »Und verräum das Geschirr von heute früh. Du hast es versprochen.«

Er nickte, winkte und verschwand in seinem großen, ruhigen Zimmer.

Rückgrat hin oder her, allmählich wurde ich richtig sauer.

Um fünf kam Calvin mit Theo, und als Mum um sechs hereinschneite, war der Grill schon an.

Calvin legte die Würstchen auf den Rost. Mum setzte sich und lächelte mich an. »Danke fürs Kochen, Ruby. Du bist wirklich ein Segen.«

Ich lächelte zurück. »Kein Problem, Mum.« Dann holte ich tief Luft. Mein Rückgrat konnte ich zwar nicht spüren, aber ich würde es trotzdem versuchen. »Mum, würdest du Max bitte sagen, er soll mal zu uns rauskommen? Ich muss ihm etwas sagen.«

Mum hob eine Augenbraue. Calvin warf mir einen eigenartigen Blick zu und nickte kaum merklich. Ich wünschte, er hätte bei der Erziehung von Max und mir auch ein Wort mitzureden. Aber Mum sagt, dafür ist nur sie zuständig. Sie sagt, Calvin kann nicht unser Vater sein, weil wir schon zu alt waren, als er zu uns kam. An unseren richtigen Vater können wir uns nicht erinnern. Er lebt irgendwo in Australien. Jedenfalls glauben wir das.

»Max!«, rief Mum. »Kommst du mal, bitte?«

»Er wird ›Komme gleich!‹ rufen und erst auftauchen, wenn das Essen fertig ist«, sagte ich.

Mum starrte mich an. »Ruby! So kenne ich dich ja gar nicht.«

»Komme gleich!«

Ich lehnte mich zu Mum rüber. »Siehst du? So macht er das immer. Bitte geh ihn holen, Mum.«

Mum stand seufzend auf und ging ins Haus.

Calvin lächelte mich an. »Sehr gut, Ruby. Ich werde dich unterstützen, so gut es geht.«

Bei seinen Worten bekam ich feuchte Augen.

Es dauerte eine halbe Ewigkeit, bis Mum zurückkam. Sie hatte Max im Schlepptau. Er guckte verwundert drein.

Calvin wendete die Würstchen. Davey und Theo saßen neben dem Grill und zeigten ihm, welche schon durch waren.

Ich holte tief Luft. Warum zitterte ich eigentlich? Diese Leute waren meine Familie und sie sollten mich nicht behandeln wie ein Dienstmädchen.

Dann lass es dir eben nicht mehr gefallen.

Schon wieder diese verdammte Tia. *Raus aus meinem Kopf!*

Ich stand auf. »Max, ich musste mich heute früh mal wieder allein um alles kümmern, weil du wie immer keinen Finger gerührt hast. Bis jetzt habe ich deinen Teil immer übernommen, weil es eben einfacher war. Aber heute habe ich es nicht getan, und deshalb ist das Geschirr noch nicht verräumt. Ich möchte, dass du das jetzt tust. Jetzt sofort. Und bei der Gelegenheit kannst du auch gleich den Dreck wegputzen, den du auf der Anrichte hinterlassen hast.«

Er lachte. »Ist das alles? Ich dachte, es ist etwas Wichtiges passiert.«

Das war genau das Stichwort, auf das ich gewartet hatte. Ich war nämlich noch nicht fertig. Dieser Dummkopf. Er hätte mich nicht auslachen sollen.

»Nein«, sagte ich. »Das war noch nicht alles. Die Jungs und ich werden nämlich in das große Zimmer umziehen. Du kannst das kleine haben.«

Er wedelte mit der Hand, um mich zum Schweigen zu bringen. »Vergiss es, Ruby. Das große Zimmer ist meins. Ende der Diskussion.«

Ich zuckte die Achseln. »Okay, wie du willst. Dann stellen wir die Betten der Jungs eben wieder in dein Zimmer.«

Er lächelte Mum an. Es war das Lächeln eines klugen Menschen, der sich über einen dummen Menschen amüsiert. »Vergiss es. Ich brauche den Platz für meine Schulsachen.«

Davey rutschte von seinem Hocker und rannte zu mir. »Ich will bei Ruby im Zimmer bleiben! Max ist gemein!«

»Ruby! Ruby!«, rief auch Theo.

Mum schob sich das Haar aus der Stirn. »Ähm, ich überleg's mir, okay, Ruby?«

Mir wurde übel. *Ich überleg's mir* bedeutete, dass alles beim Alten bleiben würde.

Max warf einen Blick auf seine Armbanduhr, als würden wir mit dieser Unterhaltung seine kostbare Zeit verschwenden.

Calvin stand da, die Grillzange in der Hand. Er sah zu mir, dann zu Mum. Die Würstchen hatte er offenbar völlig vergessen. »Tessie, ich werde jetzt einfach mal sagen, was ich von der Sache halte.« Er wedelte mit der Grillzange. »Ja, ich weiß, das ist eine Angelegenheit, die nur dich, Max und Ruby etwas angeht, aber ich möchte trotzdem etwas dazu sagen:

Ruby hat völlig recht. Wir sollten ihr sehr dankbar dafür sein, dass sie bereit ist, sich mit den Jungs ein Zimmer zu teilen, und es ist total unfair, dass sie zu dritt auf so engem Raum schlafen müssen.«

»Vielen Dank, Calvin, aber ich kümmere mich schon selbst um die Erziehung meiner Kinder«, sagte Mum schnippisch. »Wie gesagt, ich werd's mir überlegen.« Sie drehte sich zu mir um. »So, bist du jetzt zufrieden?«

Ich musste mich zwingen, den Kopf zu schütteln. »Nein. Ich weiß genau, was passieren wird, nämlich nichts. So läuft das doch immer.« Ich schluckte. »Wir sind zu dritt. Wir sollten das große Zimmer bekommen. Ich habe nicht einmal mehr Platz für …« Mir kamen die Tränen, und ich brach ab und rannte ins Haus. Und jetzt? Ein eigenes Zimmer hatte ich ja nicht mehr. Also lief ich in die Garage, schnappte mir mein Rad und fuhr davon, während sich Max und Mum mit dem Essen vollstopften, das ich gekocht hatte. Es war so verdammt *unfair*! Bestimmt laberte Max gerade irgendwas von wegen *Veränderungen sind immer schwierig. Mach dir keine Sorgen, Ruby wird sich schon daran gewöhnen*. Er hat immer haufenweise gute Argumente zur Hand. Und das Schlimmste ist: Mum fällt jedes Mal auf sein Gelaber rein.

Ich fuhr zum Park, setzte mich auf eine Bank, wischte mir die Tränen von den Wangen und schnäuzte mich.

Was sollte ich tun? Wie konnte ich mich durchsetzen? Max schaffte es doch immer wieder, Mum um den Finger zu wickeln. Immerhin wollte mich Calvin unterstützen. Es war nett, dass er das gesagt hatte, auch wenn es mir nicht viel helfen würde.

Und was, wenn ich … streikte?

Ich schnappte nach Luft. Konnte ich das? Damit würde ich Mum das Leben ganz schön schwer machen. Lange saß ich da und dachte darüber nach.

Dann fuhr ich nach Hause. Ich hatte einen Plan. Hoffentlich hatte ich auch den Mumm – das Rückgrat – ihn in die Tat umzusetzen! Wenn nicht, würde ich mir wohl noch jahrelang das kleine Zimmer mit den Jungs teilen müssen.

Calvin badete gerade die Jungs, als ich nach Hause kam. Mum hatte den Bügeltisch aufgestellt und legte Wäsche zusammen. Max war in seinem Zimmer, die Tür war zu.

Ich wartete, bis die Jungs im Bett lagen und Calvin ins Wohnzimmer kam. Er sah fern, Mum bügelte. »Also, Mum, wie hast du dich entschieden?«

Calvin schaltete den Fernseher aus.

Mum runzelte die Stirn. »Ich überlege noch, Ruby«, sagte sie spitz. »Max hat durchaus recht mit seinen Argumenten.«

Natürlich. »Wann wirst du dich entscheiden?«

Sie fuhr sich mit den Fingern durch die Haare. »Bald. Und jetzt hör auf zu nerven, Ruby.«

»Mum, bitte setz dich hin«, sagte ich. Ich zitterte, und mir war übel. Tja, falls ich mich übergeben musste, würde das keinen großen Unterschied machen, ich hatte ja nichts gegessen.

Sie sah zum Bügeltisch, dann seufzte sie und setzte sich hin.

Ich hatte mir zurechtgelegt, was ich sagen würde. Zum Schluss sagte ich: »Und deshalb brauchen wir das große Zimmer. Ich möchte mit Max tauschen.«

Mum schüttelte den Kopf. »Schluss damit, Ruby. Ich habe gesagt, ich werde es mir überlegen.«

Jetzt mischte sich Calvin ein. »Tessie, ich sage es noch einmal: Ruby hat recht. Meinetwegen können wir gleich mit dem Umzug anfangen.«

»Halt dich da raus, Calvin!«, fauchte Mum ihn an.

Er klappte den Mund zu und presste die Lippen fest aufeinander. Sie starrten sich eine Weile mit finsterer Miene an. Ich wollte nicht, dass sie sich meinetwegen stritten.

Ich bohrte mir die Fäuste in den Bauch, aber mir war immer noch übel. »Das bedeutet, dass alles so bleibt, wie es ist. Max setzt doch immer seinen Willen durch«, sagte ich. Ich konnte mich nicht zurückhalten, gerade so, als wären diese Gedanken schon ewig in meinem Kopf, und jetzt sprudelten sie nur so aus mir raus. Ich schluckte. »Es ist unfair, und das weißt du auch.«

Mum rieb sich die Schläfen. »Nun hör schon auf damit, Ruby. Ich kann das jetzt wirklich nicht brauchen.« Sie klang müde.

Ich konnte nicht streiken. Ich wollte Davey und Theo nicht beunruhigen, und Mum war gestresst. Calvin wollte mir zwar helfen, aber wenn er das tat, gab es Streit zwischen ihm und Mum. Max hatte mal wieder gewonnen.

Ich verzog mich in mein Zimmer. Die Jungs schliefen und sahen aus wie zwei kleine Engel. Wahrscheinlich wurden sie genau wie Max, wenn sie erst größer waren. Und ich würde bis an mein Lebensende ihr Dienstmädchen sein.

Nein, verdammt nochmal! Auf keinen Fall!

Ich marschierte zurück ins Wohnzimmer. Mum bügelte nicht, sondern bombardierte Calvin mit bösen Blicken. Er sah sie mit gerunzelter Stirn an.

»Jetzt hör mir mal gut zu, Mum!« Ich schrie, aber das war mir egal. »Ab heute streike ich!«

Calvin ließ die Schultern sinken. »Sehr gut, Ruby. Hervorragend!«

Ich schrie weiter: »Ich werde keinen Finger mehr rühren, bis wir das große Zimmer bekommen. Entweder das, oder die Jungs ziehen wieder zu Max. Mir egal, aber so, wie es jetzt ist, geht es jedenfalls *nicht* weiter.«

Jetzt bombardierte Mum nicht mehr Calvin, sondern mich mit bösen Blicken. »Sei nicht albern, Ruby! Du kannst nicht streiken! Wir sind doch eine Familie!«

»Nein, das sind wir *nicht.*« Ich sah alles nur noch verschwommen, weil ich wieder Tränen in den Augen hatte. Ich wischte sie weg. »Ich bin bloß euer Dienstmädchen. Ich bringe Davey in die Schule. Ich hole ihn wieder ab. Ich passe auf ihn auf, wenn wir nach Hause kommen. Ich mache das Abendessen. Ich spüle das Geschirr.« Sie starrte mich entgeistert an. Kein Wunder, sonst schreie ich nie rum. Sollte ich vielleicht öfter tun. »Und weißt du, was Max macht? Nichts. Und du lässt es ihm durchgehen. Und dafür kriegt er auch noch das große Zimmer. Du bist immer auf seiner Seite und *nie* auf meiner«, brüllte ich. »Und deshalb streike ich jetzt.«

Ich rannte aus dem Wohnzimmer. Zum Schlafengehen war es eigentlich noch zu früh, aber ich legte mich trotzdem ins Bett. Hätte ich noch meinen Schreibtisch gehabt, dann hätte ich ein Poster für Tia gemacht, damit sie weiß, was für ein Top sie kaufen soll. Aber meine Modezeitschriften waren draußen in der Garage, genau wie mein Tisch und meine Nähsachen.

Ich konnte ja das Formular für Brasilien ausfüllen. Ich rutschte ans Fußende meines Bettes und angelte meine Schultasche vom Haken an der Tür, ohne einen Fuß auf den Boden zu setzen.

Dann setzte ich mich hin und las das Formular durch. Das dauerte eine halbe Stunde.

Ich füllte es aus. Das dauerte nochmal eine Stunde.

Und das Schwierigste kam erst noch: ein kurzer Aufsatz darüber, warum ich nach Brasilien wollte.

Es war schon spät, als ich endlich fertig war. Ich zählte die Wörter. Es waren nur elf Stück.

Ich stellte meinen Handywecker auf Viertel vor sieben.

Kapitel fünf

Ich wusste, ich musste morgens etwas anders machen, sonst würde ich klein beigeben. Als mein Wecker klingelte, hätte ich zwar gern weitergeschlafen, aber ich musste aufstehen, ehe die Jungs aufwachten. Es fiel mir schwer, aber ich schaffte es.

Calvin war in der Küche. Er hatte gerade fertig gefrühstückt. Als ich reinkam, stand er auf und nahm mich in den Arm. »Gib nicht auf, Ruby. Die ersten ein, zwei Tage werden bestimmt schwer, aber gib nicht auf, hörst du?«

Ich nickte und schniefte. »Danke, Calvin.«

Ich steckte Brot in den Toaster. Mein Magen knurrte, weil ich gestern ohne Essen ins Bett gegangen war.

Mum kam herein.

Bevor sie mich fragen konnte, warum ich schon so früh wach war, sagte ich: »Und, wie hast du dich entschieden, Mum?«

Sie runzelte die Stirn. »Lass gut sein, Ruby. Es wird sich schon alles einspielen.«

Ich ging zur Tür.

»Wo willst du hin? Bleib nicht zu lange weg, Schatz. Du weißt, wie sehr ich morgens auf deine Hilfe angewiesen bin.«

Ja, und tagsüber, abends und nachts ebenfalls. Sie lächelte mich an, als hätte sie mir gerade ein Geschenk überreicht.

»Ja, das weiß ich, Mum, aber danke, dass du es erwähnst. Tja, leider wirst du Max um Hilfe bitten müssen, weil ich nämlich streike. Bye.« Damit drehte ich mich um und ging, aber ich sah noch, wie ihr vor Überraschung die Kinnlade runterklappte.

Hungrig und mit zittrigen Knien fuhr ich zu Tia. Vielleicht bekam ich von ihrer Mum ja etwas zu essen.

Ich hämmerte an ihre Tür. Dass Tia nicht mehr mit mir redete, hatte ich ganz vergessen.

Tia machte auf und wollte mir die Tür wohl gleich wieder vor der Nase zuknallen, aber man sah mir wohl an, dass etwas nicht stimmte. »Hey, was ist denn mit dir los? Du siehst ja furchtbar aus.« Sie zog mich ins Haus.

»Ich bin am Verhungern«, schluchzte ich. »Und ich habe die gemeinste Familie auf der ganzen Welt!«

»Mum!«, rief Tia.

Die beiden waren spitze. Mrs Manu machte Rühreier für mich, während ich ihnen erzählte, was passiert war. »Und jetzt habe ich Angst, dass Calvin sauer auf Mum ist und sie sich streiten und er uns verlässt.«

Tia starrte mich an. »Du meine Güte, was für ein Schlamassel. Tut mir echt leid, Ruby. Ich hätte besser meine große Klappe halten sollen.«

Ich haute mit der Faust auf den Tisch. »Nein! Ich bin *froh*, dass du mir mal die Meinung gesagt hast. Ich hab's satt, ein Fußabstreifer zu sein.« Ich heulte schon wieder. Wütend wischte ich mir die Tränen aus den Augen. »Ich hätte nur nicht gedacht, dass es so schwierig ist, mir nicht mehr alles gefallen zu lassen.«

Mrs Manu stellte mir einen Teller Rührei hin. »Iss. Mit vollem Magen ist alles nur noch halb so schlimm.«

»Aber was kann sie tun, Mum?«, fragte Tia. »Es ist doch echt unfair, dass sie die ganze Arbeit machen muss.«

Ihre Mutter lächelte. »Mach weiter so, Ruby. Kia kaha, bleib stark. Das Schlimmste hast du hinter dir.«

»Nein, hat sie nicht«, widersprach Tia. »Am Samstag muss sie mit mir shoppen gehen.«

»Oh. Ja, das wird mühsam«, stimmte ihre Mutter ihr zu. Sie umarmte mich, drückte mich ganz fest an sich. »Mach dir nicht zu viele Gedanken, Ruby. Mehr kannst du im Augenblick nicht tun.«

Ich trank noch eine Tasse Kakao, während sich Tia fertig machte. Kurz bevor wir loswollten, klingelte mein Handy. Ich verzog das Gesicht.

»Es ist Mum.« Ich holte tief Luft. »Hallo?«

Als ich die Jungs im Hintergrund krakeelen hörte, hatte ich gleich ein schlechtes Gewissen. Theo heulte.

»Ruby, ich hab's kapiert, okay? Wir reden heute Abend darüber und treffen eine Entscheidung. Zufrieden?«

Jetzt hatte ich kein schlechtes Gewissen mehr. »Dann bis heute Abend.« Ich legte auf, bevor sie mich fragen konnte, ob ich Davey in die Schule bringen würde.

Tia stand da und musterte mich. »Also, ehrlich, ich hätte nie gedacht, dass sie so sein kann.«

Ich seufzte. »Ich auch nicht.« Mum ging wohl davon aus, dass ich klein beigeben würde, und dann wäre Max zufrieden, und alles wäre wieder so wie vorher.

Mein Handy klingelte noch einmal. »Holst du Davey ab?«

Wenn sie mit Max geredet hätte, dann hätte sie ›bitte‹ gesagt. »Tut mir leid, Mum. Frag Max.«

Tia schlug sich die Hand vor den Mund.

»Ruby!« Mum klang, als würde sie gleich anfangen zu weinen. »Was ist denn in dich gefahren? Du weißt doch, wie Max ist, Herrgott nochmal.« Sie hatte noch immer nicht ›bitte‹ gesagt.

»Ja«, sagte ich. »Ich weiß genau, wie er ist. Bye, Mum.«

Ich legte auf. »Mann, hab ich ein schlechtes Gewissen! Ich fühl mich scheußlich. Ich komme mir so gemein vor.«

Mrs Manu umarmte mich erneut. »Deine Mum liebt dich, Ruby. Du wirst sehen, es wird sich alles wieder einrenken.« Dann wünschte sie uns einen schönen Tag. »Wiedersehen, Mädels.«

»Erzähl es den anderen nicht«, bat ich Tia, als wir losfuhren. »Ich will ein paar Stunden nicht daran denken.«

»Okay.« Tia nickte. »Soll ich dir vielleicht stattdessen von Jed erzählen?«

»Jed?«, quietschte ich. »Meinst du etwa Jed Watkins?«

»Jep.« Sie lächelte. Es war ein glückliches, verträumtes Lächeln, und ein sehr selbstzufriedenes.

»Erzähl!«, befahl ich.

Sie lachte. »Viel gibt es da nicht zu erzählen. Wir gehen am Freitagabend ins Kino. Er hat mir heute schon fünf SMS geschickt.«

»Wow!«, rief ich. »Und seit wann geht das schon so?« Ich hatte die beiden noch nie zusammen gesehen, und Carly und Megan hatten auch nichts erwähnt.

»Er wartet immer nach dem Kapa-Haka-Training auf mich und begleitet mich nach Hause.« Sie grinste. »Es ist irgendwie cool. Nach der Schule ist er netter als im Unterricht.«

Das beruhigte mich. Im Unterricht konnte er ganz schön ätzend sein.

Dann sagte sie: »Und, gibst du deine Bewerbung für Brasilien echt ab?« Das klang wie eine Kampfansage.

Ihr war also doch nicht entgangen, dass ich mir ein Formular geholt hatte.

Ich überlegte. »Ehrlich gesagt hatte ich es nicht vor. Ich habe mir bloß ein Formular geholt, weil mich Megan dazu gedrängt hat.« Ich schüttelte den Kopf. Typisch. Immer tat ich das, was andere von mir wollten. »Aber jetzt, nach allem, was passiert ist, werde ich es abgeben. Einen Versuch ist es wert.«

Den Rest des Weges legten wir schweigend zurück. Hin und wieder hörte ich sie lachen. Als wir bei der Schule angekommen waren, sagte sie: »Ruby, ich muss sagen, dein neues Rückgrat steht dir echt gut.«

Schon möglich, aber es war verdammt unbequem. Und es machte alles so schwer. Trotzdem wollte ich nicht wieder ein rückgratloser Fußabstreifer werden. Ganz und gar nicht.

Mr Wood sammelte die Brasilien-Formulare ein. Fünf Schüler aus meiner Klasse gaben eines ab. »Ich bin so froh, dass du dich auch bewirbst, Ruby«, sagte Megan. »Ich hab total Bammel.«

Nach der Schule fuhr ich nicht nach Hause, sondern sah beim Kapa Haka zu. Jed kam auch. Er setzte sich neben mich. »Sie ist gut«, sagte er. Er ließ Tia keine Sekunde aus den Augen.

Sie war wirklich gut. Es war irgendwie beruhigend, dort zu sitzen und dem Stampfen der Füße zuzuhören und zuzusehen, wie die Poi der Mädchen durch die Luft wirbelten. Mr Tahu war streng mit ihnen. Beim Waiata mussten sie eine Strophe sechs Mal hintereinander singen, bis er endlich zufrieden war.

Dann kam der Haka. »Was meinst du, machen sich die Schüler aus Brasilien in die Hosen, wenn sie das sehen?«, fragte Jed.

Ich zuckte die Schultern. Hoffentlich ließen sie sich davon nicht einschüchtern. Wenn sie hinterher zu Hause erzählten, dass sie sich vor uns gefürchtet hatten, war das womöglich das Ende des Austauschs.

Ich überlegte, was ich machen sollte, wenn das Training vorbei war. Ich hatte keine Lust, das fünfte Rad am Wagen zu sein, wenn Tia und Jed zusammen nach Hause gingen. Als Tia hinterher von der Bühne stieg und zu uns kam, grinste ich sie an und sagte: »Du siehst echt heiß aus da oben. Bis morgen!«

Sie hielt mich am Arm zurück. »Fährst du nach Hause?«

»Noch nicht. Ich muss noch etwas erledigen«, behauptete ich großspurig. Sie glaubte mir und ließ mich los.

Wir gingen zu unseren Fahrrädern. Tia und Jed schoben ihre Drahtesel, ich stieg auf und fuhr davon.

Mir war eingefallen, dass ich tatsächlich noch etwas erledigen musste: Die Reise nach Brasilien kostete viertausend Dollar. Ich brauchte einen Job.

Kapitel sechs

Ich fuhr zu dem kleinen Einkaufszentrum, das nur fünf Minuten von unserem Haus entfernt ist. Eigentlich hätte ich mich gern umgezogen – ich hatte noch meine Schuluniform an –, aber ich wollte auf keinen Fall nach Hause. Ich ging in den ersten Laden und fragte den Mann an der Kasse: »Entschuldigung, aber gibt es hier vielleicht einen Job für mich?«

Ich lief rot an. Das klang ja total dämlich. Er glotzte mich an, als wüsste er, dass ich nicht gerade die Hellste bin. »Woher soll ich das wissen?«

Seine Antwort ärgerte mich. »Naja, ich dachte, Sie haben ein Hirn im Kopf«, fauchte ich ihn an. »Aber das war wohl ein Irrtum.« Unhöflicher Rüpel. Ich marschierte hinaus. In einem Haushaltswarenladen wollte ich sowieso nicht arbeiten.

Draußen blieb ich kurz stehen, um mich zu beruhigen. Es war heiß.

Zeit, es im nächsten Geschäft zu versuchen. Ich ging auf den Mann an der Kasse zu. »Guten Tag! Kann ich mal Ihren Chef sprechen?«

Der Chef saß hinten in seinem Büro. Die Tür war nur angelehnt. Ich klopfte, und er rief sofort: »Keine Jobs.« Es klang genervt, als würden ihn ständig Leute fragen, ob er Arbeit für sie hatte.

Also auf zum nächsten Laden. Mit der Zeit wurden die Leute freundlicher, aber die Antwort war immer die gleiche: »Keine Jobs, sorry.«

Als Letztes ging ich in den kleinen Supermarkt, in dem ich oft einkaufe. Ich kenne den Besitzer. Er lächelt immer und scherzt mit den Kunden. Er befüllte gerade hinten im Laden eine Kühltruhe. »Tag, Mr Vine. Ich wollte mal fragen, ob Sie vielleicht einen Teilzeitjob für mich hätten.«

Er richtete sich auf. Kein Lächeln heute. »Ist der Zettel im Fenster nicht groß genug, oder kannst du nicht lesen?« Er pfefferte die große Tüte Tiefkühlerbsen, die er in der Hand hielt, in die Gefriertruhe. »Dieser verdammte Zettel hängt da schon ewig. Aber ich schätze mal, der Job ist dir nicht gut genug. Wahrscheinlich willst lieber bloß auf deinem Hintern rumhocken und dir die Nägel feilen. Tja, das kannst du dir abschminken. Und jetzt zieh Leine, du verschwendest meine Zeit.«

Das war Mr Vine? Der nette Mr Vine, der immer lachte, immer einen Witz auf Lager hatte? Ich drehte mich um und ging. Wer wollte schon für so ein mürrisches Ekel arbeiten? Als ich draußen war, bemerkte ich den Zettel im Fenster. Er war wirklich groß, Din A3. Ich hatte keine Lust, das alles zu lesen, während mir Mr Vine von drinnen finstere Blicke zuwarf. Es würde ewig dauern, bis ich entziffert hatte, was darauf stand.

Tja, und was jetzt? Ich sah auf die Uhr. Viertel vor fünf. Mum kam um fünf nach Hause. Mein Magen krampfte sich zusammen. Sie hatte bestimmt einen schweren Tag in der Arbeit hinter sich. Und Davey? Wer hatte ihn wohl von der Schule abgeholt? Hoffentlich war er nicht noch dort. Genau wie das kleine Mädchen namens Cat neulich. Womöglich war Cats Mutter auch wieder zu spät dran. Und Cat war doch noch so klein ... Ich war so ein Idiot.

Was kümmerte mich Cat? Die Lehrer würden schon auf sie aufpassen. Ich ging zu meinem Fahrrad.

Am liebsten wäre ich nach Hause gefahren, um mich davon zu überzeugen, dass es Davey gut ging, und ihn nach Cat zu fragen. Aber das tat ich nicht. Stattdessen fuhr ich in den Park und setzte mich auf eine Schaukel.

Es war sehr friedlich. Während ich auf der Schaukel vor und zurück schwang, dachte ich an Brasilien. Ich wusste nichts über dieses Land. Es wäre echt toll, dort hinzufahren. In zwei Wochen kamen die Austauschüler aus Brasilien. Ob sie wohl unsere Sprache sprechen würden?

Mein Handy klingelte. Es war Mum. »Ruby, das ist jetzt wirklich nicht mehr witzig! Deinetwegen bin ich heute kaum zum Arbeiten gekommen! Wo bist du? Ich brauche dich zu Hause. *Jetzt gleich.*«

Ich zitterte. So hatte sie noch nie mit mir geredet. Nie.

»Hast du nicht gehört, Ruby?«

Ich hatte sie sehr wohl gehört und ich hörte Theo und Davey im Hintergrund jammern und nörgeln. Davey war hungrig. Er brauchte etwas zu essen. Sofort.

Ich holte tief Luft und stellte ihr die große Frage: »Hast du dich wegen dem Zimmer entschieden?«

»Jawohl!«, kreischte sie. »Max behält sein Zimmer! Der macht wenigstens nicht so viel Ärger!«

Also gut! Ich legte auf.

Sollten die Jungs doch rumschreien, bis sie nicht mehr wusste, wo ihr der Kopf stand. Geschah ihr ganz recht. Ich sprang auf mein Rad und fuhr zu Tia.

Ihre Mutter machte mir etwas zu essen.

Mum rief nicht noch einmal an. Offenbar interessierte es sie gar nicht, wo ich war.

Gegen acht klingelte Mrs Manus Festnetztelefon. Sie ging ran. Als sie zurückkam, sagte sie: »Gleich kommt deine Mutter rüber, Ruby.«

Ich sprang auf.

»Nein, warte, setz dich. Ich werde versuchen, mit ihr zu reden – wenn du das möchtest.«

Ich nickte. »Oh, ja, bitte. Aber ich will nicht dabei sein, sonst geht es gleich wieder von vorne los.«

Tia packte meine Hand und zog mich hoch. »Wir gehen rüber zu Frank und Jenny.« Frank ist ihr ältester Bruder und wohnt nur ein paar Straßen weiter.

Die beiden saßen draußen, als wir kamen. Jenny drückte uns je ein Glas Limonade in die Hand und sagte, wir sollten uns setzen. Ich bekam Schluckauf von der Limonade, aber dafür beruhigte sie meine Nerven, und meine Magenschmerzen ließen nach.

Die Minuten schlichen vorüber. Irgendwann gähnte Tia. »Fahr nach Hause«, sagte ich, aber sie schüttelte den Kopf.

Nach einer halben Ewigkeit klingelte mein Handy. Hastig ging ich ran. »Mum?«

Sie klang müde. »Hallo Ruby. Ich bin bei Netta. Kommst du bitte?«

»Okay«, sagte ich, obwohl ich nicht wusste, was mich erwartete. Ich verzog das Gesicht.

Wir fuhren los. Tia sagte nicht viel, ich gar nichts. Ich war viel zu nervös.

Mum hatte ganz rote Augen, und neben ihr lag eine ganze Tüte voller zerknüllter Taschentücher. Mrs Manu lächelte mich an und nickte.

Ich sank auf die Couch. »Also, Mum, wie sieht es aus?«

Sie lächelte mit Tränen in den Augen, dann beugte sie sich zu mir rüber, um mich zu umarmen. Sie drückte mich so fest an sich, dass mir die Luft wegblieb. »Es tut mir so leid, Ruby. Du hast recht, das mit den Zimmern ist total ungerecht.« Sie ließ mich los und wischte sich die Tränen aus den Augen.

»Dann kriegen wir also das große Zimmer?«, fragte ich misstrauisch.

Sie seufzte. »Ja. Ich weiß auch nicht, was ich mir dabei gedacht habe, die Jungs zu dir ins kleine Zimmer zu stecken. Es tut mir leid, Liebes.«

Ich konnte es noch gar nicht richtig glauben. »Und wann? Wann ist der Umzug?«

Sie lehnte sich zurück. »Calvin ist schon dabei. Er war unheimlich wütend auf mich.« Sie schüttelte den Kopf. »Entschuldige, Liebes. Es tut mir echt leid.«

Mrs Manu tätschelte ihr das Knie. »Ist ja schon gut, Tessie. Nicht weinen.«

Mum stand auf. »Danke, Netta. Du bist so eine tolle Freundin.«

Sie umarmten sich, und wir machten uns auf den Weg. Tia sah mich an und formte mit den Lippen ein lautloses *Yippie!*

Kapitel sieben

Am nächsten Morgen kam Tia bei uns vorbei, als ich gerade mit Davey los wollte.

»Zeig mir dein Zimmer. Ich glaub's erst, wenn ich es gesehen habe.«

Davey zog sie ins Haus. »Wir haben das große Zimmer, und es ist super, weil Ruby nämlich *nett* ist.«

Tia sah sich das Zimmer an. »Besser. Nicht perfekt, aber besser.« Sie hob die Augenbrauen. »Seine Hoheit war wohl nicht gerade begeistert, hm?«

»Das kannst du laut sagen.«

Max war total stinkig. Er redet nicht mit Mum und schon gar nicht mit mir. Dafür erntete ich jede Menge böse Blicke von ihm.

Tia fuhr mit uns zu Daveys Schule. Dort sagte ich: »Können wir noch am Supermarkt vorbeifahren?« Ich erzählte ihr von Mr Vine und dem Zettel.

Sie sagte: »Ach, der hängt da schon ewig. Ich kann dir sagen, was draufsteht: Er sucht jemanden, der morgens von sechs bis sieben bei ihm putzt. Sechs Tage die Woche, neun Dollar die Stunde.«

Ich kramte meinen Taschenrechner heraus. Ich würde ungefähr zweitausendachthundert Dollar verdienen. »Damit käme ich zumindest halb bis Brasilien.«

Wir stiegen auf unsere Räder und fuhren los. »Dir ist es also ernst mit Brasilien?«, fragte sie. »Du willst wirklich fahren?«

Es war die perfekte Gelegenheit, um sie zu veräppeln. Ich zuckte die Schultern. »Ach, weißt du, ich würde furchtbar gern, aber ich kann meine Familie doch nicht einen ganzen Monat lang im Stich lassen. Ich werde zu Hause gebraucht«, sagte ich.

Sie zeterte sofort los, bis ihr auffiel, dass ich vor Lachen kaum noch in die Pedale treten konnte. »Miststück«, sagte sie grinsend.

Während wir unsere Räder absperrten, sagte sie: »Du hast hoffentlich nicht vergessen, dass wir am Samstag shoppen gehen wollten, oder?«

»Ich freu mich schon drauf.« Ich sah sie an. »Du kannst das neue Top ja dann beim nächsten Date mit Jed anziehen.«

Sie schüttelte den Kopf. »Nö, für den tun's auch die alten Klamotten.«

Hm. Das klang nicht gerade, als wäre sie total verrückt nach ihm. Mehr sagte sie nicht, sie lachte bloß.

Gemeinsam mit Megan und Carly gingen wir in unsere Klasse.

Mr Wood verlas die Anwesenheitsliste. »... und Ruby Yarrow.« Seltsam, heute störte es mich nicht.

Tia hob eine Augenbraue und sah mich erwartungsvoll an. Ich schüttelte den Kopf. »Ich sage erst etwas, wenn es mich wirklich nervt, vorher nicht.«

Sie verdrehte die Augen und zuckte die Schultern.

Dann verlas Mr Wood die Ankündigungen. Kommende Woche hatten alle, die nach Brasilien wollten, ein Art Bewerbungsgespräch.

Megan schauderte. »Ich bin jetzt schon nervös.«

Das war ich auch, obwohl mir sonnenklar war, dass sie mich nicht nach Brasilien schicken würden. Ich wünschte trotzdem, sie würden es tun. Wenn ich für Mr Vine arbeitete, konnte ich mir das Geld dafür verdienen. Das wäre immerhin ein Anfang.

Ich beschloss, noch heute zu ihm zu fahren, sobald es ging.

Als Calvin um fünf nach Hause kam, sagte ich ihm, dass ich nochmal weg musste. »Es dauert nicht lang.«

Mr Vine bediente gerade eine Frau. Er scherzte mit ihr, und seine Augen verschwanden fast in den Lachfalten, von denen sie umgeben waren. Ich wartete, ließ einen kleinen Jungen vor, der nicht viel älter als Davey war. Sobald kein Kunde mehr an der Kasse stand, war es vorbei mit den Scherzen. »Du schon wieder. Was willst du diesmal?«

»Ich komme wegen dem Job«, sagte ich höflich.

»Ach, du hast wohl in der Nacht von gestern auf heute lesen gelernt, wie?« Er sagte es ganz leise, damit die anderen Kunden im Laden es nicht hören konnten.

Ich hielt den Kopf hoch erhoben. »Nein, Mr Vine. Ich kann nicht lesen, oder jedenfalls nicht besonders gut. Aber ich kann arbeiten und ich möchte mich um die Putzstelle bewerben.«

Seine Augen wurden zu schmalen Schlitzen. »So, du kannst nicht lesen? Also gut, du kannst den Job haben. Eine Woche Probezeit. Morgen fängst du an. Sei ja pünktlich.«

»Danke.« Ich war schon an der Tür, da kam er mir nach.

»Fünf Dollar die Stunde für dich«, knurrte er. »Als Analphabetin kannst du noch froh sein, wenn du die kriegst.«

Fünf Dollar die Stunde? Ich hätte heulen können vor Enttäuschung. So brachte ich das Geld für Brasilien doch nie zusammen!

Ich fuhr nach Hause. Es war ein Job, und zwar einer, der das Leben meiner Familie nicht total auf den Kopf stellen würde. Das war gut. Ich wollte auf keinen Fall gleich wieder Ärger. Ich sollte mich freuen. Stattdessen kämpfte ich mit den Tränen. Wenn man nicht lesen kann, ist man keine neun Dollar die Stunde wert.

Am liebsten wäre ich nach Hause gefahren, hätte mich ins Bett gelegt und mir die Augen ausgeweint. Aber das konnte ich nicht, wegen Theo und Davey.

Also stieg ich von meinem Rad und schob es. Es war nicht fair. Es war echt nicht fair. Ich war fleißig und schnell, das wusste ich. Man musste nicht gut lesen, um gut putzen zu können. Plötzlich fing mein Hirn an zu rattern. Vielleicht war es mal wieder an der Zeit, Rückgrat zu zeigen.

Mr Vine hatte kein Recht, mich so zu behandeln! Er durfte mir nicht weniger zahlen, nur weil ich nicht lesen konnte. Mum würde sich total aufregen, wenn ich ihr das erzählte.

Und genau das tat sie auch. »Dieser Mistkerl!«, schimpfte sie. »Ein Glück, dass es Gewerkschaften gibt, Ruby. Wenn ich nicht in der Gewerkschaft wäre, müsste ich für vier Dollar die Stunde arbeiten.«

Es war schön, sie wieder auf meiner Seite zu haben, aber ihren Vortrag über die Gewerkschaften wollte ich jetzt nicht hören. »Und, werdet ihr streiken?«, fragte ich sie. Dann hätte ich mir am liebsten auf die Zunge gebissen. Das Wort Streik war jetzt bestimmt ein rotes Tuch für sie.

Aber sie zuckte bloß die Schultern. »Unsere Vorgesetzten verhandeln noch. Solange verhandelt wird, gibt es noch Hoffnung. Wir wollen nicht streiken.«

Sie erklärte mir, was ich zu Mr Vine sagen sollte. »Arbeite auf keinen Fall für fünf Dollar die Stunde, Ruby. Das ist eine Unverschämtheit.«

Es wurde Abend. Max blieb in seinem Zimmer – dem kleinen Zimmer. Calvin spielte draußen mit den Jungs Rugby. Ich machte das Abendessen, während Mum im Wohnzimmer saugte. Max hatte nach der Schule etwas gegessen und sein Geschirr auf der Anrichte stehen lassen.

Ich dachte darüber nach, während ich kochte. Schließlich räumte ich es weg. Kaum hatte ich es getan, bereute ich es. Ruby Yarrow, Dienstmädchen ihres Bruders Max.

Er schwieg uns noch immer alle an. Calvin ignorierte ihn einfach. Mum ebenfalls, was mich überraschte. Mum und Calvin vertrugen sich wieder, Gott sei Dank.

Ich stellte den Wecker auf halb sechs. Morgen war mein erster Arbeitstag. Brasilien, ich komme!

Am nächsten Morgen schaffte ich es, den Wecker rechtzeitig abzustellen, ehe die Jungs aufwachten. Ich blieb noch ein Weilchen liegen. Was für eine dämliche Idee, um halb sechs Uhr morgens aufzustehen. Sollte ich überhaupt zum Supermarkt fahren?

Dann fiel mir Brasilien ein. Ich wollte unbedingt hin. Wenn wir erst dort waren, würden meine Mitschüler genauso hilflos sein wie ich. Dann war ich endlich mal wie alle anderen.

Ich stieg aus dem Bett.

Um eine Minute vor sechs stand ich vor dem Supermarkt. Der alte Griesgram ließ mich rein. »Besen, Mop und Eimer sind dort drüben. Die Toilette ist da hinten. Fang an.«

Mir war ganz flau im Magen. Ich konnte nicht mit ihm über meinen Lohn diskutieren. Unmöglich. Vielleicht bezahlte er mir ja mehr, wenn er sah, wie gut ich war.

Ich griff nach dem Besen und da hörte ich Tias Stimme in meinem Kopf. *Du lässt dir alles gefallen. Jedes Mal gibst du klein bei.*

Mr Vine würde seine Meinung nicht ändern. Er würde mich nach Strich und Faden ausnutzen.

»Los, beweg dich«, knurrte er mich an. »Ich hab nicht den ganzen Tag Zeit. Und ich bezahle dich nicht dafür, dass du hier rumstehst und Löcher in die Luft starrst.«

Ich sah ihm direkt ins Gesicht. Sollte er mich doch vor die Tür setzen, wenn er wollte. Mir egal. Ich würde schon einen anderen Job finden. »Fünf Dollar die Stunde ist nicht genug, Mr Vine. Sie müssen mir den gesetzlichen Mindestlohn für Jugendliche bezahlen.« Das hatte ich von Mum.

Sein Gesicht lief rot an. »Du kriegst fünf Dollar und keinen Cent mehr. Nimm es oder lass es.«

»Dann lasse ich es lieber.« Ich tippte mit der Fußspitze auf den Boden. »Putzen Sie Ihren Boden doch selbst. Er hat es bitter nötig.« Damit drehte ich mich um und ging.

Draußen schien die Sonne. Ich blieb stehen und atmete die frische Morgenluft ein. Idiot.

Kapitel acht

In der Schule hingen auf dem schwarzen Brett die Listen für die Vorstellungsgespräche der Brasilien-Bewerber aus.

»Die Mädchen kommen am Montag dran«, sagte Megan. »Ich bin gleich morgens an der Reihe, du um zehn vor drei, nach Amanda Trask.«

Es standen zweiundzwanzig Mädchen und achtundzwanzig Jungs auf der Liste. Fünfzehn Jungs und fünfzehn Mädchen durften mitfahren. »Ich bin froh, dass sich weniger Mädchen als Jungs beworben haben«, sagte Megan. »Unsere Chancen, ausgewählt zu werden, sind größer.«

Ich sah zu Wiremu. Den würden sie garantiert nach Brasilien schicken. *Ich* würde ihn nach Brasilien schicken. Er ist eine Sportskanone, glänzt im Kunstunterricht und erhält Auszeichnungen für seine Referate. Und dann sieht er auch noch ziemlich gut aus. Er zwinkerte mir zu. »Wir sollten dafür sorgen, dass wir alle fünf mitfahren dürfen.« Er ballte die Fäuste und reckte die Arme rechts und links in die Luft wie ein Bodybuilder. »Die fantastischen Fünf aus der 10JW nehmen Kurs auf Brasilien!«

Megan gab ihm einen Schubs. »Hör auf! Du machst mich ganz nervös!«

Ich schluckte. Ich war auch nervös. Mist, wie waren denn die Schmetterlinge in meinen Bauch gekommen? Ich *wusste* doch, dass ich keine Chance hatte. Also, warum zum Geier zerbrach ich mir deswegen den Kopf? Ich *wusste*, wieso: Je öfter ich an Brasilien dachte, desto größer wurde mein Wunsch, hinzufahren.

Tia erkundigte sich, ob ich den Job im Supermarkt bekommen hatte.

»Den Job als Putzfrau?«, fragte Carly. »Der Zettel hängt schon seit Wochen dort im Fenster. Mum sagt, der Boden wurde bestimmt schon ewig nicht mehr geputzt. Sie mag Mr Vine nicht.«

»Zu Recht. Er ist nicht gerade nett«, sagte ich und erählte, was ich vorhin im Supermarkt erlebt hatte.

Tia sagte nichts. Sie packte mich nur an den Schultern, drehte mich um und klopfte mir auf den Rücken. »Ha! Rückgrat!« Sie lachte. »Und zur Belohnung darfst du am Samstag mit mir shoppen gehen.«

In einer perfekten Welt wäre meine Belohnung eine Reise nach Brasilien gewesen.

Nach der Schule würde ich mir einen anderen Job suchen.

Ich holte Davey ab, und wir gingen nach Hause. Ich wollte mir Max vorknöpfen, sobald er heimkam, sonst machte er sich gleich wieder aus dem Staub.

Ich musste die Zeit nutzen, in der er sich umzog.

Als er zur Tür hereinkam, rief ich: »Max, ich möchte mir einen Job suchen, kannst du mir helfen? Es dauert nur fünf Minuten. Ich möchte bei ein paar Läden anrufen.«

Inzwischen hatte er sich wieder in den superfreundlichen Max zurückverwandelt. »Aber klar doch, Ruby. Ich geh nur schnell rüber zu Justin. Es dauert nicht lang. Sobald ich wieder da bin, helfe ich dir.« Er lächelte mich an und versuchte, sich an mir vorbeizuschieben.

Ich packte ihn am T-Shirt. »Nicht so schnell, mein Lieber.«

Er stieß einen theatralischen Hollywood-Seufzer hervor. »Was ist denn noch? Ich hab's eilig.« Er sprach mit ruhiger Stimme, in einem Tonfall, der bedeutete: *Widerstand ist zwecklos.*

Tja, da hatte er sich getäuscht. »Max, wir wissen beide, was das bedeutet, nämlich, dass du mir nicht helfen wirst.« Ich hob die Hand, um seine Antwort abzuwürgen. »Also, was ist? Hilfst du mir, jetzt gleich? Wenn nicht, ist das auch okay, dann gehe ich nämlich zu Tia und bitte die um Hilfe, und du bleibst hier, machst Abendessen und passt auf Davey auf.« Eigentlich eine gute Idee.

Er zuckte die Schultern. »Tut mir leid, ich muss los.«

Ich spürte, wie mein Rückgrat in alle Richtungen wuchs, bis ich das Gefühl hatte, dass es meinen gesamten Rumpf ausfüllte. »Vergiss es. Du kannst es dir aussuchen – entweder du hilfst mir oder du kümmerst dich um Davey und das Abendessen.«

»Zwing mich doch.« Er marschierte zur Tür hinaus.

Ich bebte vor Wut. Fünf Minuten! Er hatte nicht einmal fünf Minuten Zeit, um ein paar Nummern aus dem Telefonbuch für mich rauszusuchen. Es war nicht fair. Ein Gefühl der Hilflosigkeit machte sich in meiner Brust breit. Ich hatte Tränen in den Augen und einen fetten Kloß im Hals.

»Es ist so warm heute, Ruby. Spielen wir wieder mit dem Gartenschlauch?«

Das war Davey. Ich konnte nicht einmal in Ruhe heulen vor Frust. »Okay. Zieh deine Badehose an.«

»Du aber auch, Ruby. Es ist lustiger, wenn du auch deinen Badeanzug anhast.«

Wir gingen in unser Zimmer und zogen uns um. Dabei dachte ich an Max und seine freche Antwort. *Zwing mich doch.* Na warte, Max! Das würde noch ein Nachspiel haben.

»Nun *mach schon,* Ruby! Es ist so heiß hier drin.« Davey rannte hinaus.

Ich folgte ihm langsam. Ich tat so vieles, von dem Max profitierte. Was, wenn ich das in Zukunft einfach bleiben ließ?

Platsch! Ich bekam einen Wasserstrahl direkt ins Gesicht. »Erwischt!«, kreischte Davey. Er ließ den Gartenschlauch fallen und rannte davon. Ich griff nach dem Schlauch und spritzte ihn nass.

Bis Mum anrief, um mit mir übers Abendessen zu reden, hatte ich mir einen Plan zurechtgelegt. Sie fragte mich, wie mein Tag gewesen war und ob ich schon mal das Gemüse aufstellen könnte. »Heute gibt es Fischstäbchen.«

»Ich hätte aber Lust auf Schnitzel.«

»Das klingt auch lecker, Liebes. Allerdings wirst du zum Fleischer gehen müssen. In der Schublade ist Geld.« Sie lachte. »Ich habe jetzt schon Hunger.«

Ich machte mich mit Davey auf den Weg, um Schnitzelfleisch zu besorgen. Der Fleischer war gleich neben dem Supermarkt. Mr Vines Zettel hing immer noch im Fenster.

Als wir die Metzgerei verließen und am Supermarkt vorbeigingen, kam Mr Vine zur Tür und sagte: »Und, suchst du noch immer einen Job?«

Davey schob die Hand in meine. Ich lächelte ihn an, dann sah ich zu Mr Vine. »Ja, ich suche noch immer einen Job.«

Drinnen drückte einer seiner Kunden auf die Klingel am Tresen. »Warte hier«, bellte Mr Vine.

»Er ist gemein!«, flüsterte Davey.

Wir warteten, bis Mr Vine zurückkam. »Also, was ist, willst du den Job oder nicht?«

»Nicht für fünf Dollar die Stunde.« Ich tat, als wollte ich weitergehen.

»*Okay*, okay, du kriegst neun Dollar. Morgen fängst du an.«

Er drehte sich um, und plötzlich sagte ich: »Ich will aber zehn.« Huch? Wo kam das denn plötzlich her? Ich marschierte los.

Das war wohl nicht gerade clever gewesen. Jetzt würde er mich garantiert nicht mehr einstellen. Ich setzte einen Job aufs Spiel, der mir einen Großteil des Geldes für meine Brasilienreise einbringen würde. Tja, dann musste ich mir eben einen anderen Job suchen. Und zwar bald.

Wie kam ich überhaupt auf die Idee, dass man mich nach Brasilien schicken würde? Hatte ein Mädchen mit Rückgrat bessere Chancen? Wer weiß. Ich schwang die Tüte mit dem Fleisch vor und zurück.

Davey half mir beim Kochen. Er schlug die Eier auf, verquirlte sie und wendete das Fleisch darin.

»Das hast du toll gemacht. Willst du die Schnitzel jetzt in die Schüssel mit dem Paniermehl legen?«

Bis Calvin nach Hause kam, waren wir fast fertig. Die Schnitzel mussten nur noch in die Pfanne. Davey, Theo und ich hatten gerade den Tisch gedeckt, als Mum kam. Max schneite genau in dem Augenblick herein, als ich die Schnitzel aus der Pfanne nahm. »Mmm, das riecht ja lecker. Ich habe einen Bärenhunger«, sagte er und ließ sich auf seinen Stuhl plumpsen.

Auf seinem Platz waren weder Teller noch Besteck.

Er sagte nichts.

»Setz dich, Mum«, sagte ich und fing an, das Essen zu servieren. Ich legte ihr, Calvin, Davey, Theo und mir je ein Schnitzel auf den Teller. Dann setzte ich mich hin.

»Und wo bleibt mein Schnitzel?«, fragte Max. Er wirkte gelassen und zuversichtlich.

»Gleich, Max«, sagte ich und lächelte ihn an. »Lass mich nur kurz essen, dann koche ich für dich. Dauert nicht lang.«

Er starrte mich mit offenem Mund an.

Calvin grinste verhalten und fing an zu essen. »Mmmm! Es schmeckt köstlich, Ruby.«

»Davey hat mir geholfen«, sagte ich.

Mum schob sich eine Gabel voll in den Mund. »Diesmal sind sie sogar noch knuspriger als letztes Mal.« Sie lächelte Davey an. »Das liegt bestimmt daran, dass du Ruby zur Hand gegangen bist.« Sie war nervös. Sie versuchte zwar, sich nichts anmerken zu lassen, aber es wollte ihr nicht so recht gelingen. Calvin drückte kurz ihre Hand und lächelte sie an. Sie atmete einmal tief durch und schob sich einen weiteren Bissen in den Mund.

Max legte die Hände flach auf den Tisch. »Ich habe Hunger! Ich will etwas zu essen, und zwar jetzt.«

Ich lächelte ihn an, genau wie er mich vorhin. »Hör auf rumzustressen, Max. Ich hab doch gesagt, ich koche für dich. Später.«

»Max hat Ruby nicht geholfen«, berichtete Davey. »Aber *ich* schon.«

Calvin zerzauste ihm die Haare. »Danke, Kleiner.« Er grinste Theo an. »Na, wie war dein Tag?«

Danach erzählte uns Mum, wie es im Krankenhaus mit den Gehaltsverhandlungen lief.

Max kochte vor Wut. Er versuchte, sich einen Bissen von meinem Teller zu schnappen. Calvin packte sein Handgelenk. »Finger weg, Max.«

»Aber ich hab *Hunger*! Das ist nicht fair! Nur, weil ich nicht gleich getan habe, was sie will ...«

»Sei still, Max«, sagte Mum.

Er wollte aufstehen, doch Calvin hielt ihn zurück. »Du bleibst schön hier sitzen. Nutz die Gelegenheit und geh mal etwas in dich.«

Max ließ sich wieder auf seinen Stuhl plumpsen. Er machte ein grimmiges Gesicht. Ich sah ihn nicht an. Ich war froh, dass ich nichts für ihn gekocht hatte. Ich hatte das Richtige getan. Es war gut, wenn ich mir nichts mehr von ihm gefallen ließ. Trotzdem hatte ich ein schlechtes Gewissen und kam mir gemein vor. Mum war nervös, und Max hatte Hunger. Wahrscheinlich hatte das alles ohnehin keinen Sinn. Im Gegenteil. Jetzt würde mich Max nur noch mehr hassen. Nach dem Essen ging Mum mit ihm in sein Zimmer und redete mit ihm. Auch das würde er mir später vorwerfen.

Ich spülte das Geschirr.

Ich hatte noch immer keinen Job.

Und ich wollte unbedingt nach Brasilien.

Kapitel neun

Am nächsten Morgen redete Max mit keinem von uns. Er blaffte höchstens mal die Jungs an. Mum wies ihn scharf zurecht. Er igniorierte sie.

Davey und ich starteten zehn Minuten früher als sonst los, nur um ihm aus dem Weg zu gehen. Wann immer ich daran dachte, hatte ich ein flaues Gefühl im Magen. In der Schule redete ich nicht darüber und versuchte, nicht an Max zu denken.

Stattdessen berichtete ich den Mädels, dass ich zehn Dollar die Stunde von Mr Vine verlangt hatte.

»Wow!« Tia schüttelte ungläubig den Kopf. »Wenn schon, denn schon, hm?«

»War allerdings keine so gute Idee, weil ich jetzt nämlich immer noch keinen Job habe.«

»Ach, sei froh, wenn du nicht für ihn arbeiten musst, er ist echt das Letzte«, sagte Carly.

Wir gingen in unsere Klasse. Wiremu, Maisie und Tom setzten sich zu uns. Sie hatten sich auch für den Austausch mit Brasilien beworben.

»Das schaffen wir doch mit links«, sagte Wiremu.

»Das wird bestimmt klasse!«, sagte Maisie.

»Ja, Mann. Voll cool«, sagte Tom.

Wie es aussah, waren sie ganz sicher, dass man sie für den Austausch auswählen würde. Megan und ich sagten nicht viel. Die Schmetterlinge in meinem Bauch flatterten heftig mit den Flügeln.

Nach der Schule holte ich Davey ab. Wir kochten und deckten den Tisch. Max kam knapp vor Mum nach Hause. »Ist Max schon daheim?«, wollte sie wissen. »Hat er dir geholfen?«

Die Antwort machte sie nicht gerade glücklich. Beim Essen hatte sie Sorgenfalten auf der Stirn. Sie holte tief Luft und sagte: »Max, ich hatte dir aufgetragen, gleich nach der Schule nach Hause zu kommen. Du musst auch deinen Beitrag leisten.«

Max nahm seine Gabel und fing an zu essen. Er warf mir den *Zwing-mich-doch*-Blick zu. »Ja, ja, schon gut. Hör auf rumzustressen.«

Calvin legte Messer und Gabel ab. Er sagte nichts, aber der Blick, den er Max zuwarf, sprach Bände. Mum schluckte, und dann setzte sie sich ganz aufrecht hin, als müsste sie sich auf ihr eigenes Rückgrat besinnen.

Wer hätte gedacht, dass sie das auch tun musste! »Also gut«, sagte sie. »Da du ganz offensichtlich versuchst, dich vor der Arbeit zu drücken, machen wir es künftig anders. Ab jetzt bist du fürs Geschirrspülen zuständig. Auf diese Weise hilfst du bei der Hausarbeit und ich kann kontrollieren, ob du deinen Anteil erledigt hast.«

Sie sah mich an. »Es ist noch immer nicht gerecht, Ruby, aber wäre das für dich okay?«

Ich nickte. »Ja, das ist toll. Danke, Mum.« Sie war auf meiner Seite! Sie hatte gefragt, ob ich einverstanden war! Der Kloß, den ich in der Gegenwart von Max immer im Hals hatte, wurde ein bisschen kleiner.

Was Max von der neuen Regelung hielt, war klar. Ich ging auf mein Zimmer, bevor ich mir wieder schuldig und gemein vorkam. Durch die geschlossene Tür hörte ich das Geschirr klappern und klirren, während Max es spülte.

Ich setzte mich an meinen Schreibtisch und fing an zu basteln. Meistens bastle ich Modeplakate. Ich schneide Bilder von verschiedenen Klamotten aus Frauenzeitschriften aus und kombiniere sie miteinander. Ich stelle komplette Outfits zusammen. Manchmal muss ich wochenlang suchen, bis ich genau die richtigen Schuhe oder die passende Halskette finde. Die Hefte kaufe ich billig in einem Secondhandladen oder in der Bücherei.

Heute wollte ich mir ein Outfit für Tia überlegen. Die Klamotten, die sie gern anzieht, lassen sie klein und pummelig aussehen. Morgen würden wir uns deswegen bestimmt mal wieder in die Haare kriegen. Wie immer. Hin und wieder hört sie auf mich, ganz oft aber auch nicht. Das fertige Poster rollte ich mit einem Gummiband zusammen. Ich war gespannt, ob sie es sich ansehen würde. Wahrscheinlich nicht.

Ich war gerade damit fertig, als Theo hereinkam. »Wir dürfen eine DVD angucken, Ruby!«

Mum rief: »Ruby, würde es dir etwas ausmachen, zum Videoverleih zu fahren und einen Film auszuleihen?«

Ich fuhr los. Unterwegs dachte ich über meine Freitagabende nach. Max fuhr immer mit Justin in die Stadt, um ins Kino zu gehen, oder er verbrachte den Abend bei Justin. Ich brauchte nicht nur ein Rückgrat, sondern auch ein Leben.

Ich radelte zum Einkaufszentrum. Mr Vines Zettel hing noch im Fenster des Supermarkts. In der Videothek suchte ich einen Film mit Zeichentrick-Bären und einer Eisenbahn auf dem Cover aus.

Ich bat den Angestellten nie, mir vorzulesen, was auf der Hülle stand. Wenn man die Bilder auf dem Cover sah, wusste man, worum es in dem Film ging.

Als ich die Videothek verließ, stieß ich beinahe mit Mr Vine zusammen. »Suchst du noch immer einen Job?«

Ich nickte.

»Okay. Morgen fängst du an.« Er drehte sich um.

»Zehn Dollar die Stunde, Mr Vine.« Das war ja wohl das Mindeste, wenn man für so einen Griesgram arbeiten musste.

Er blieb stehen, mit dem Rücken zu mir. Er atmete tief durch, seine Schultern hoben und senkten sich. »Meinetwegen, zehn Dollar. Ich kann nur hoffen, dass du das auch wert bist.«

Zehn Dollar die Stunde! Damit hätte ich in einem Jahr den Großteil des Geldes für Brasilien zusammen. Die Schmetterlinge in meinem Bauch schlugen Saltos vor Begeisterung. Aber erst musste ich für den Austausch ausgewählt werden.

Ich fuhr nach Hause. Unglaublich, wie sich mein Leben geändert hatte. Das verdankte ich nur Tia, die mir neulich mal ordentlich die Meinung gesagt hatte. Ich musste unbedingt dafür sorgen, dass sie morgen etwas kaufte, in dem sie absolut umwerfend aussah.

Mum lachte und klatschte in die Hände, als ich ihr von meinem Job erzählte. »Gut gemacht, Ruby! Du hast dem alten Geizkragen eine Lehre erteilt.«

Ich stellte den Wecker auf halb sechs.

Am Samstagmorgen war es kühl. Es fühlte sich so an, als wäre der Herbst nicht mehr weit. Ich kam zwei Minuten vor sechs am Supermarkt an. Mr Vine grunzte und drückte mir einen Mop in die Hand. »Fang an.«

Er hatte nicht nach meinem Namen gefragt.

»Mr Vine, könnten Sie mich bitte jeden Tag bezahlen?« Diesen Tipp hatte mir Mum gegeben. Sie traute ihm nicht über den Weg.

Er zuckte die Achseln. »Du stellst ständig neue Forderungen, ohne einen Handstreich getan zu haben. Fang an zu arbeiten.«

»Erst, wenn Sie mir versprechen, mich jeden Tag zu bezahlen, und zwar bar.«

»Meinetwegen. Und jetzt fang endlich an!« Er ließ die Faust auf den Tresen donnern.

Ich fing an, den Boden zu wischen. Er war nicht allzu staubig. Mr Vine musste gelegentlich gefegt haben. Aber feucht gewischt hatte er ihn garantiert nicht oft. Das Linoleum war schmutziggrau und wurde zum Rand hin dunkler.

Ich schrubbte kräftig mit dem Mop. Das Grau wurde ein bisschen heller, aber nicht viel. Mr Vine war nicht zufrieden. »Du kannst ja noch nicht einmal einen Boden wischen. Dafür bezahle ich doch keine zehn Dollar die Stunde.«

Ehe ich wusste, wie mir geschah, hielt ich ihm auch schon den Mop hin. »Dann zeigen Sie mir, wie man es richtig macht.« Ich funkelte ihn böse an.

Er schnappte sich den Mop, tauchte ihn in den Eimer und ließ ihn am Rand des Korridors, wo das Linoleum am dunkelsten war, auf den Boden klatschen. Wisch, wisch, und wieder in den Eimer.

Die Farbe veränderte sich kein bisschen. Auch nach dem zweiten Versuch war kein Unterschied zu sehen. Ha, das geschah ihm recht, diesem

Griesgram. Mr Vine rammte den Mop in den Eimer und stiefelte davon. Zum Glück war die Stunde vorbei. Ich trug Mop und Eimer in die Kammer hinten im Laden und verräumte beides.

Mr Vine schloss gerade die Tür auf, als ich zurückkam. »Bekomme ich jetzt bitte mein Geld?«

Er rückte eine Kiste mit Gemüse zurecht. »Du hast das Klo noch nicht geputzt.«

Mein Herz klopfte, aber ich sagte: »Die Stunde ist rum. Das Wischen hat lange gedauert, weil der Boden so schmutzig war. Nächstes Mal geht es schneller.«

Er sah mich nicht an. »Du kriegst dein Geld, wenn du deine Arbeit getan hast, und damit basta.«

Ein Mann kam herein und kaufte eine Zeitung und eine gefüllte Teigtasche. Ich wartete, während Mr Vine mit ihm scherzte.

Mir war übel. Ich ballte die Fäuste und bohrte sie mir in den Bauch.

Der Kunde ging, und Mr Vine verwandelte sich wieder in ein Ekel. »An die Arbeit oder raus.«

Ich rannte hinaus und versuchte, die Tränen zurückzuhalten. Draußen blieb ich stehen und versuchte, mich zu beruhigen. Ich hatte mich echt angestrengt und gute Arbeit geleistet. Ein Mann betrat den Supermarkt und ging mit Brot und Milch an die Kasse. Ich hörte Mr Vine freundlich mit ihm plaudern.

Der Mann lachte, als er wieder herauskam. Er ging an mir vorbei und sagte: »Der ist echt ein Spaßvogel. Sympathischer Kerl.«

Nein, das war er nicht. Er wollte mich über den Tisch ziehen. Mum würde ausflippen, wenn sie hörte, was passiert war. Da fing mein Hirn an zu arbeiten. Wenn Mum ausflippen konnte, dann konnte ich das auch. Okay, ausflippen würde ich wohl eher nicht, aber ich konnte die Sachen sagen, die Mum sagen würde. Ich musste Rückgrat zeigen und inzwischen hatte ich ja schon ein paar Mal bewiesen, dass ich das konnte. Außerdem, was hatte ich schon zu verlieren?

Trotzdem zitterte ich, als ich wieder in den Laden ging. Mr Vine bediente gerade einen LKW-Fahrer, und ein Scherz jagte den anderen. Als der Trucker bezahlt hatte und auf dem Weg zur Tür war, sagte ich: »Mr Vine, wenn Sie mich nicht bezahlen, rufe ich meine Mutter an, und die informiert dann die Behörden.« Ich sah Mr Vine fest in die Augen. Mir war schlecht, und mein Herz klopfte wie verrückt. Hoffentlich musste ich mich nicht übergeben! Dann hätte ich beinahe gelacht. Und wenn schon – ich würde die Sauerei definitiv nicht wegmachen.

Der LKW-Fahrer drehte sich um und starrte uns an.

Mr Vine schenkte ihm ein breites Lächeln, dann fauchte er mich an: »Du bist verdammt nochmal noch nicht fertig. Die Toilette muss noch geputzt werden.«

Der Fernfahrer rührte sich nicht vom Fleck, und jetzt kam auch noch eine Frau kam mit einem Einkaufskorb zur Kasse. »Ich habe eine Stunde gearbeitet. Ich habe den Boden gewischt, und das hat lange gedauert, weil er so dreckig war«, sagte ich, so laut es ging.

»Verzieh dich«, zischte Mr Vine.

Die Frau hatte mitgehört. »Ich wusste doch, dass heute irgendetwas anders ist.« Sie lächelte mich an. »Das hast du toll hingekriegt.« Dann hob sie den Zeigefinger und sagte zu Mr Vine: »Sie sollten ihr das Doppelte bezahlen. Mich hätten keine zehn Pferde dazu gebracht, diesen Boden zu putzen.«

»Ganz recht«, pflichtete der Trucker ihr bei. »Sie hat ganze Arbeit geleistet. Bezahlen Sie ihr das Doppelte.« Er stützte sich mit einer Hand am Tresen ab. Er war ziemlich groß – größer als Mr Vine – und muskulös.

Mr Vine schenkte dem Trucker ein schmales Lächeln, dann ließ er die Kasse aufschnappen, nahm einen Zehn-Dollar-Schein heraus und klatschte ihn auf den Tresen. Ich schnappte mir das Geld.

»Bezahlen Sie ihr das Doppelte«, wiederholte der Trucker.

Ich grinste ihn an. »Danke, aber das ist nicht nötig. Ich bin kein Betrüger. Ich will nur das, was ich verdiene.«

Der Trucker klopfte mir auf die Schulter. »Du bist schwer in Ordnung.« Er deutete mit dem Kopf zu Mr Vine. »Wenn er auch nur einen Funken Verstand hat, behält er dich.«

Die Frau stellte ihren Korb auf dem Tresen ab. »Wohl wahr«, sagte sie zu Mr Vine. »Mit diesem Mädchen haben Sie das große Los gezogen.

Sie können von Glück sagen, wenn sich die Kleine keinen anderen Job sucht.«

Am liebsten wäre ich den beiden um den Hals gefallen.

Ich ging zusammen mit dem Trucker hinaus. Sobald uns Mr Vine nicht mehr hören konnte, fragte er mich: »Und, wirst du weiter für ihn arbeiten?«

Gute Frage. Ich zuckte die Schultern. »Weiß ich noch nicht. Danke jedenfalls für Ihre Hilfe.«

»Gern geschehen.« Er stieg in seinen LKW.

Ich ging nach Hause. Ich hatte mein Geld bekommen, aber mir zitterten die Knie, und mir war zum Heulen zumute. Ohne Rückgrat war das Leben viel einfacher. Es war anstrengend, ständig zu kämpfen.

Wollte ich aufhören zu kämpfen? Wollte ich wieder ein Fußabstreifer sein? Ich seufzte. Manchmal, ja. Max hasste mich, und Mum hasste es, wenn sie Max zwingen musste, bei der Hausarbeit mitzuhelfen. Mr Vine war sauer auf mich, und mit Tia würde ich mich wahrscheinlich auch noch streiten, wenn wir nachher shoppen gingen.

»Verdammte Kacke!«, rief ich genervt, und ein Schwarm Spatzen flatterte erschrocken auf.

Kapitel Zehn

Als ich Tia das Poster gab, legte sie es beiseite, ohne es sich anzusehen. »Ich kaufe, was mir gefällt.«

»Warum hast du mich dann überhaupt gefragt, ob ich mitkomme?«

Sie grinste. »Um dich von deiner Sklavenarbeit zu befreien.«

»Wie nett von dir.« Sie war schlecht drauf, was bedeutete, dass sie kaufen würde, was sie wollte, ganz egal, wie idiotisch es an ihr aussah.

Wir fuhren in die Stadt. »Wie war's denn gestern Abend mit Jed?«

»Ganz okay.«

Interessant. Womöglich hatte ich ja einen schöneren Abend gehabt als sie. »Dann ist er also doch ätzend?«

Wir hielten an einer Ampel. »Allerdings. Ich hab heute Vormittag mit ihm Schluss gemacht. Per SMS.« Sie grinste mich an. »Höchste Zeit, dass die Jungs aus Brasilien hier antanzen!«

Die Ampel schaltete auf Grün. »Aber die sind doch nur drei Wochen in Neuseeland, Tia, und davon kriegen wir sie höchstens drei Tage zu sehen.«

»Genau«, sagte sie. »Ist doch perfekt, oder?«

Eine kurze, süße Romanze. Das war mal wieder typisch Tia. Sie hatte sich das alles schon genau zurechtgelegt. »Du solltest dir auch einen schnappen«, sagte sie. »Sie stehen auf Blondinen. Jenny hat erzählt, sie wurde richtig belagert, als sie dort war.«

Hm. Ich konnte mir irgendwie kaum vorstellen, dass sich irgendwelche heißen brasilianischen Jungs um mich reißen würden. Außerdem hatte ich im Moment ganz andere Sorgen. Am Montag war das »Bewerbungsgespräch« für das Austauschprogramm, und davor hatte ich tierischen Bammel.

Wir schlossen unsere Räder ab und begannen unsere Tour durch die Läden.

Im dritten Geschäft fand sie ein Top, das ihr gefiel. »Vergiss es«, sagte ich und nahm es ihr aus der Hand. »Der Babydoll-Schnitt ist nichts für dich. Du brauchst eng anliegende Klamotten.«

Sie schnappte sich das Top. »Es ist hübsch.«

»Nicht, wenn du es anhast«, sagte ich. »Du hast nicht die richtige Figur dafür. Außerdem steht dir diese Farbe nicht. Probier mal das hier.« Ich reichte ihr ein enges rotes Top mit Spaghettiträgern.

Sie drückte das Babydoll-Teil an sich. »Kommandier mich nicht so rum! Mir gefällt das hier, und deshalb werde ich es kaufen.« Sie marschierte zur Kasse.

»Jeder Junge, der dich darin sieht, wird ›Oh, Gott!‹ sagen und dich aussortieren«, rief ich ihr nach.

Sie wirbelte herum, riss mir das rote Top aus der Hand und knurrte: »Okay, dann probier ich es eben an. Bist du jetzt zufrieden, du Nervensäge?«

Ich lachte und wartete ab. Sie knallte die Tür der Umkleidekabine hinter sich zu. Gleich darauf kam sie in dem roten Top wieder heraus. Sie baute sich vor mir auf, die Hände in die Hüften gestemmt. Sie sah sensationell aus, ihrer grimmigen Miene zum Trotz. »Nicht übel«, sagte ich. »Ich schätze mal, in diesem Top werden dich … mindestens fünfzig heiße Jungs bemerken.«

Wortlos verschwand sie in der Umkleide, knallte noch einmal die Tür hinter sich zu, kam mit beiden Tops wieder heraus und ging zur Kasse, ohne mich anzusehen. Ich ging ihr nicht nach, sondern schaute stattdessen die Röcke auf einem Kleiderständer durch.

Als sie zurückkam, lächelte sie wieder. Sie verriet mir nicht, welches Top sie gekauft hatte, und ich fragte nicht nach.

Am selben Nachmittag rief Carly an und lud mich zu einem Mädelsabend mit Pizza und DVD-Gucken ein. Megan und Tia würden auch kommen. Mum umarmte mich. »Aber natürlich, geh nur.«

Es tat gut, mal aus dem Haus zu kommen. Max schmollte und redete mit keinem von uns. Wir sahen ihn nur bei den Mahlzeiten. Er hatte sogar versucht, seinen Teller mit auf sein Zimmer zu nehmen, aber Mum war sofort eingeschritten. Sie ist der Ansicht, dass eine Familie Zeit miteinander verbringen und sich zum Essen um einen Tisch versammeln soll.

Am Sonntagmorgen wurde ich um sieben von den Jungs geweckt. Sie sprangen auf mein Bett und zogen mir die Decke weg. »Hört auf, ihr fiesen Gremlins!«, stöhnte ich.

Mein Wunsch nach einem eigenen Zimmer war noch nie größer.

»Lies uns eine Geschichte vor, Ruby!«, rief Theo.

»Sie kann nicht lesen«, sagte Davey. »Spiel mit uns, Ruby! Spiel mit uns verstecken.«

Ich setzte mich im Bett auf. »Raus mit euch, Jungs. Lasst mich in Ruhe!« Ich deutete auf die Tür. »Los!«

Sie schluckten. Theo fing an zu weinen. Pech. Ich legte mich wieder hin und zog mir das Kissen über den Kopf.

Gegen zehn stand ich auf. Max lag noch im Bett. Er kam erst mittags aus seinem Zimmer, setzte sich schweigend an den Tisch und stierte auf seinen Teller.

»Na, wie geht's?«, erkundigte sich Mum.

Er verzog verächtlich den Mund, antwortete aber nicht.

Er war nur dann freundlich, wenn es ihm in den Kram passte, genau wie Mr Vine.

Als er vom Tisch aufstand, sagte Calvin: »Max, wir zwei gehen heute Nachmittag angeln.«

»Leck mich«, sagte Max.

»Max Yarrow!«, brüllte Mum. »Ich toleriere es nicht, dass du so mit uns redest und dich aufführst wie ein verzogener Fratz! Du gehst heute Nachmittag mit Calvin angeln, und damit basta.«

Wow. Max starrte sie ungläubig an. Ungefähr so muss ein Kind aus der Wäsche gucken, das von seinem liebsten Teddybär gebissen wird.

Calvin stand auf. »Wir machen uns gleich mal auf den Weg. Nein, Davey, Theo, heute Nachmittag geht es nur um Max.«

Sie fuhren davon. Theo und Davey bekamen einen Wutanfall.

Wir hatten schon schönere Sonntage.

Calvin und Max blieben bis nach sechs weg. Mum sagte nichts, sah aber ständig auf die Uhr, und ihre Stirn war von Sorgenfalten durchzogen. Als sie endlich zurückkamen, hatten sie keinen einzigen Fisch dabei. Max schwieg noch immer, aber es war jetzt ein anderes Schweigen. Er verschwand in seinem Zimmer.

Calvin nickte Mum zu und lächelte. Sie rannte zu ihm und schlang die Arme um ihn. Er drückte sie an sich. »Wir werden sehen, Tessie. Wir werden sehen. Es war ein gutes Gespräch, aber ich weiß nicht, ob ich wirklich zu ihm durchdringen konnte.«

»Ich habe ihn zu sehr verwöhnt«, schluchzte sie.

Ja, das hatte sie, aber bei Theo und Davey würde das nicht passieren, dafür würde ich schon sorgen.

Bevor ich ins Bett ging, sagte ich: »Mum, ich komme morgen früh von der Arbeit zurück, so schnell es geht, damit ich mich um die Jungs kümmern kann.«

Die liebe, hilfsbereite Ruby. Die schlaue Ruby.

Halb sechs. Es war echt noch viel zu früh, um aufzustehen. Ich überlegte, ob ich liegen bleiben sollte. Brasilien. Ich wollte nach Brasilien. Ich stand auf und fuhr zur Arbeit. Ich kam drei Minuten zu spät. Mr Vine empfing mich mit einem bösen Blick, sagte aber nichts.

Ich machte den Fußboden sauber. Diesmal dauerte es nur halb so lang wie am ersten Tag.

»Jetzt putze ich die Toilette«, verkündete ich, als ich fertig war. »Wo ist sie?«

Mr Vine saß an seinem Schreibtisch im Hinterzimmer. Er deutete auf eine Tür, ohne den Kopf zu heben.

Ich öffnete die Tür und wich einen Schritt zurück, die Hand auf den Mund gepresst. Die Toilette stank bestialisch. Es war echt übel. Ekelhaft. Ich schaltete das Licht ein. Alles war total verdreckt. Wenn ich hier putzen sollte, dann musste ich eine Gefahrenzulage verlangen.

»Mr Vine, würden Sie mir dafür bitte Gummihandschuhe geben?« Ich fragte mich, ob man den Gestank auch draußen im Laden riechen konnte.

»Wenn du Gummihandschuhe haben willst, wirst du dafür blechen«, sagte mein reizender Boss.

Warum tat ich mir das eigentlich an? Ich marschierte in Richtung Ausgangstür. Er hob den Kopf. »Was ist denn jetzt schon wieder? Fang an, sonst regst du dich nachher wieder auf, weil du nicht genug Zeit hast.« Den letzten Halbsatz sagte er in einer quengeligen Mädchenstimme.

Tja, sollte er mich doch entlassen, mir egal. »Mr Vine, Sie sind hier derjenige, der sich ständig aufregt.« Das trug mir einen bösen Blick von ihm ein. »Die Toilette ist total versifft, und das wissen Sie auch. Ich werde sie putzen, aber nur, wenn Sie mir Gummihandschuhe und Desinfektionsmittel geben. Und heute werde ich damit ganz sicher nicht fertig, dafür ist sie zu dreckig. Also, Sie haben die Wahl.« Ich drehte mich um.

Hinter mir ertönte ein »Rums«, als hätte er mit der Faust auf den Tisch geschlagen. »Okay, okay, ist ja schon gut. Du verschwendest wertvolle Zeit. Die Gummihandschuhe sind in Gang zwei.«

Ich nahm mir außerdem ein frisches Putztuch, das ich mir vor Mund und Nase band, und umwickelte meine Füße mit Plastiktüten. Mit meinen Sandalen würde ich diesen Boden auf keinen Fall betreten.

Mr Vine verfolgte es mit missmutiger Miene, hielt aber den Mund.

Ich schaffte bloß den Boden und die Wände, dann war es sieben. Aber schon das machte einen Riesenunterschied, was den Geruch anging.

Er sah auf seine Armbanduhr. »Du hast später angefangen, also wirst du auch länger arbeiten.«

Vergiss es, Opa. »Das ziehe ich Ihnen von der Zeit ab, die ich neulich auf mein Geld warten musste. Geben Sie mir jetzt bitte meinen Lohn.«

Er sagte nichts, was wohl daran lag, dass soeben der LKW-Fahrer vom Samstag hereingekommen war. »Na, wie geht's, Kleine? Wie heißt du überhaupt? Ich kann dich ja nicht immer Kleine nennen, zumal du ja schon fast erwachsen bist.« Er grinste mich an.

»Ich heiße Ruby Yarrow.« Ich streckte ihm die Hand hin. »Schön, Sie kennenzulernen.«

Er schüttelte mir die Hand. »Mick Williamson. Und, hast du heute problemlos deinen Lohn gekriegt?«, fragte er mit einem Blick zu Mr Vine.

Ich lächelte ihn an. »Noch nicht, aber Mr Vine wollte ihn mir gerade geben.«

»Hervorragend.« Mick rieb sich die Hände. »Dann warte ich noch kurz, bis du dein Geld in der Hand hast, ehe ich gehe.«

Mr Vine gab mir wortlos meine zehn Dollar.

Mick und ich gingen gemeinsam hinaus. »Da sieht man mal wieder, wie oft der Schein trügt«, sagte er. »Ich dachte immer, der Kerl wäre ein herzensguter Mensch.« Er schüttelte den Kopf. »Dabei ist er ein richtiger Arsch mit Ohren!«

Ich lachte den ganzen Weg nach Hause.

Kapitel elf

Ich holte die Jungs aus dem Bett. Sie beschwerten sich nicht, sie zankten sich nicht. Sie lachten. Sie zogen sich an und machten ihre Betten.

Als ich in die Küche kam, wirkte Mum richtig fröhlich, zum ersten Mal, seit ich beschlossen hatte, mir ein Rückgrat zuzulegen.

Max kam herein. Er wünschte Mum einen guten Morgen. Er antwortete, als Davey fragte, ob ihm das Angeln Spaß gemacht hatte. (Nein.)

Ich war für ihn weiterhin unsichtbar, was mich nicht sonderlich störte. Aber ich fiel fast vom Stuhl, als er vom Tisch aufstand – und sein Geschirr abräumte! Du liebe Zeit! Was zum Geier hatte Calvin zu ihm gesagt?

Mum und ich starrten einander an, und sobald er draußen war, fing ich an zu kichern. Ich konnte nicht anders. Mum musste ebenfalls kichern. Es war schön. Es fühlte sich an, als wäre ich eine Schwester oder Freundin für sie und nicht ihre Tochter.

Heute waren die Bewerbungsgespräche für den Brasilienaustausch. Ich hatte Mum und Calvin nicht davon erzählt. Ich glaube, sie hätten auf dem Formular unterschreiben sollen, aber dafür war es jetzt zu spät.

Davey plapperte den ganzen Weg zur Schule. Tia plapperte den ganzen Weg zur Schule. Als wir unsere Fahrräder abstellten, sagte sie: »Du bist ja heute so mürrisch. Liegt's an Monster-Max oder an Mr Vine, dem alten Vollpfosten?«

Ich lachte. »An keinem von beiden. Ich bin total nervös wegen dem Bewerbungsgespräch.«

»Ach so. Tja, dann viel Glück.« Sie verpasste mir einen Klaps, und ich setzte mich in Bewegung. »Ich wette, du bist die Einzige, die schon einen Job hat.«

Das beruhigte mich ein bisschen. Megan war noch nervöser als ich.

»Du hast es wenigstens bald hinter dir«, brummte ich. Ich hätte Calvins Namen annehmen sollen, dann wäre ich gleich nach Megan gekommen, aber Ruby Diamond ist nicht gerade die ideale Namenskombination.

Wiremu war völlig unbesorgt. »Wenn sie mich nicht nehmen, bewerbe ich mich eben um eins von den Stipendien, mit denen man ein Jahr ins Ausland kann.«

Und Maisie sagte: »Ich hab's total vergessen. Wir waren am Wochenende Wasserskifahren. Stellt euch vor, ich bin sogar Monoski gefahren! Cool, nicht?«

Hmpf. Ich fragte mich, ob sie überhaupt nach Brasilien wollte.

Tom lümmelte auf seinem Stuhl. »Ich bin erst morgen dran.« Er gähnte. »Und wer weiß, ob ich den morgigen Tag überhaupt erlebe.« So, wie er aussah, würde er wieder die ganze Nacht Videospiele spielen.

Megan und ich sagten nichts.

Ich konnte mich nicht konzentrieren. Irgendwann verlor Janet, die Hilfslehrerin, die mich vormittags betreute, die Geduld. »Also, heute ist es wirklich hoffnungslos mit dir, Ruby!«

»Entschuldige, Janet! Tut mir echt leid!«

Mitten im Sozialkundeunterricht kam Megan zurück. »Es war gar nicht so schlimm«, flüsterte sie.

Ein Glück.

Trotzdem war mir übel. Ich hätte Mum bitten sollen, den Aufsatz für mich zu schreiben. Oder Max. Calvin hätte mir bestimmt geholfen.

Es wurde zwei Uhr, dann halb drei. Um Viertel vor drei ging ich aus der Klasse und wartete vor dem Raum, in dem die Gespräche stattfanden.

Amanda Trask kam heraus. »Es war richtig witzig!«, sagte sie grinsend.

Ungefähr so witzig wie wenn man sich den Finger in der Tür einklemmt.

Ich wurde hineingerufen. Hinter einem langen Tisch saßen drei Leute.

Miss Adams, die Berufsberatungslehrerin, stellte mir die anderen beiden vor. Die eine Frau kannte ich – es war Mrs Swann, die stellvertretende Schulleiterin. Der Mann hieß Mr Parks und war Besitzer eines Weinguts.

Er hatte den Brasilienaustausch vor drei Jahren zum ersten Mal organisiert. Sein Sohn war bei der ersten Reise dabei gewesen.

Mrs Swann hielt mein Formular hoch. »Also, Ruby, wir wissen, dass du eine Schreib- und Leseschwäche hast, aber das hier …« – sie tippte auf den Zettel – »ist beim besten Willen kein Aufsatz. Es hat für mich den Anschein, als hättest du dich kein bisschen bemüht.«

Ich ließ den Kopf hängen und verkrampfte die Finger ineinander. Mir war übel, und ich konnte kaum atmen.

»Also? Was hast du dazu zu sagen?«, fragte sie. Wahrscheinlich hatte sie schon die Nase voll von den Bewerbern.

»Das ist deine Gelegenheit, uns zu erklären, warum du so wenig geschrieben hast, Ruby«, sagte Miss Adams.

Ich versuchte es. »Daran habe ich zwei Stunden gesessen. Ich habe mein Bestes gegeben.«

Mr Parks las vor, was ich geschrieben hatte. *Wir werden alle gleich sein. Keiner wird lesen können.* Er las es vor, als wären keine Fehler drin, obwohl ich bestimmt welche gemacht hatte. »Erzähl doch mal, was du damit gemeint hast«, sagte er freundlich.

Ich konnte ihn nicht ansehen. »Naja, in Brasilien spricht man nicht Englisch, also werde ich zur Abwechslung nicht die Einzige sein, die sich dumm vorkommt.«

Sie schwiegen. Nach einer halben Ewigkeit räusperte sich Mr Parks. »Verstehe. Gutes Argument. Nenn uns doch noch ein paar weitere Gründe, warum wir dich für den Austausch auswählen sollten.« Mir fiel kein Einziger ein. Ich konnte nur an all die Gründe denken, die gegen mich sprachen. »Ich möchte einfach gern nach Brasilien«, flüsterte ich. Es klang bescheuert. Es *war* bescheuert. Aber ich brachte einfach den Mund nicht auf. Es war, als hätte man mir einen heißen, engen Ring um den Hals gelegt, der mich würgte.

Mrs Swann seufzte. »Erzähl uns etwas über dich. Was hast du für Hobbies?«

Mein Gesicht glühte. »Ich habe keine Hobbies.« Tia hätte sich statt mir bewerben sollen. Der kamen die Hobbies bei den Ohren raus.

»Und wie verbringst du deine Nachmittage?«, fragte Mrs Swann übertrieben geduldig. Als würde sie mit einem Idioten reden. Ich kam mir auch vor wie ein Idiot.

»Nimm dir ruhig Zeit, Ruby«, sagte Mr Parks freundlich. »Erzähl uns, was du in deiner Freizeit so machst. Du kannst es.«

Er erinnerte mich an Mick, den LKW-Fahrer. Ich lächelte ihn zaghaft an. »Ich habe nicht viel Freizeit. Ich muss Mum ziemlich viel helfen. Sie arbeitet, und ich kümmere mich um meine zwei kleinen Brüder.«

Er zwinkerte mir zu und formte mit den Lippen ein »Gut!«

Ich entspannte mich ein bisschen.

Die nächste Frage kam von Miss Adams. »Was weißt du über Brasilien?«

Mein Herz pochte. Nichts. Ich wusste gar nichts über Brasilien. »Ähm, es liegt in Südamerika.«

»Welche Sprache spricht man dort?«, wollte Mrs Swann wissen.

»Keine Ahnung.« Das war ja schlimmer als bei Mr Vine. Viel, viel schlimmer.

Mrs Swann beugte sich über den Tisch und funkelte mich verärgert an. »Ruby, meinst du nicht, es wäre ratsam gewesen, dich vor diesem Interview ein bisschen über Brasilien zu informieren? Warum hast du nicht im Internet nachgesehen?«

Am liebsten wäre ich hinausgelaufen. Mein Gesicht brannte. Ich stierte auf meine Fäuste hinunter, die auf meinem Schoß lagen. »Dafür kann ich nicht gut genug lesen, und außerdem haben wir keinen Computer.«

Der nette Mr Parks fragte: »Hast du dich sonst irgendwie vorbereitet? Hast du dich mit jemandem über Brasilien unterhalten? Fragen gestellt?«

Ich wollte gerade nein sagen, doch dann fiel mir ein, dass ich mich sehr wohl vorbereitet hatte. »Ich habe mir einen Job gesucht, um das nötige Geld zu verdienen. Ich putze morgens im Supermarkt, von sechs bis sieben, damit ich Mum danach mit den Jungs helfen kann.«

»Okay, Ruby. Danke«, sagte Miss Adams. »Am Mittwoch geben wir bekannt, welche Schüler am Austausch teilnehmen werden.«

Na, ich jedenfalls nicht. Ich ging hinaus in den Flur und lehnte mich an die Wand. Oh, Mann, das hatte ich ja gründlich vermasselt.

Danach schwänzte ich den Unterricht. Ich holte mein Rad und fuhr zu Daveys Schule. Ich war zu früh dran, und er wollte noch spielen, also setzte ich mich hin und sah ihm zu, während er im Sandkasten Straßen baute. Cat war auch da. Sie hatte einen Bulldozer, Davey einen Traktor. Sie winkte mir zu. »Hallo, Ruby!«

Ich lächelte und winkte zurück. Es tat gut, einfach so in der Sonne zu sitzen und ihnen beim Spielen zuzusehen.

Nach ungefähr zehn Minuten kam Cats Mum, und Davey und ich gingen nach Hause. Er sang mir ein Lied vor, das er gelernt hatte. »Sing mit, Ruby!«

Und so schmetterten wir vier Häuserblocks lang aus vollem Hals *Mein Hut, der hat drei Ecken*. Das heiterte mich ein bisschen auf. Ich hatte das Lied in seinem Alter auch gelernt und konnte mich noch genau an den Text erinnern.

Gemeinsam bereiteten wir das Abendessen vor. Heute gab es Fleischspieße. Davey machte es großen Spaß, die Fleisch- und Gemüsestücke aufzuspießen. Ich zerstrubbelte ihm die Haare. »Du bist ein toller Bruder, Kleiner.«

Nach dem Essen spülte Max das Geschirr. Er seufzte, und ihm war deutlich anzusehen, dass es ihn nervte, aber er sagte kein Wort. Calvin legte ihm eine Hand auf die Schulter. »Guter Junge.«

Ich war froh, dass ich niemandem von Brasilien erzählt hatte. Und dass sich Max nicht beworben hatte. Ihn würde man garantiert nach Brasilien schicken.

Als ich ins Bett ging, nahm ich mein Telefon zur Hand, um den Wecker zu stellen. Dann legte ich es wieder weg. Ich brauchte den Job nicht. Jetzt nicht mehr.

Ich legte mich hin. Ich würde nicht mehr in den Supermarkt gehen. Mr Vine war ein Aas. Ich hatte keine Lust darauf, jeden Morgen von ihm angeblafft zu werden.

Brasilien. Ich drehte mich auf den Bauch, vergrub das Gesicht im Kissen und weinte. Ganz leise, damit mich niemand hörte. Ich war so dumm! Warum hatte ich mir nicht vor dem Bewerbungsgespräch überlegt, was für Fragen man mir stellen würde? Dabei wollte ich doch unbedingt nach Brasilien. Aber das hatte ich wohl nicht so richtig rübergebracht. Jetzt würde ich nie nach Brasilien kommen.

Dann hörte ich auf einen Schlag auf zu heulen. Ich setzte mich auf und dachte nach. Im Sitzen kann man besser denken.

Wieso sollte ich nicht nach Brasilien fahren können? Natürlich konnte ich das. Okay, vielleicht nicht gemeinsam mit den anderen aus meiner Klasse. Ich würde wohl warten müssen, bis ich die Schule hinter mir hatte.

Ich legte mich wieder hin. Jawohl, genau das würde ich tun. Und bis es soweit war, konnte ich mich über Brasilien informieren. Mir fiel ein, was Carly gesagt hatte: *Die sprechen doch nicht einmal unsere Sprache.* Ich schauderte. Ganz schön gruselig, die Vorstellung, allein in ein solches Land zu fahren.

»Egal, ich mach's! Jawohl!«, rief ich.

Theo murmelte etwas und drehte sich um. Ich stellte meinen Handywecker.

Ich war schon fast eingedöst, da ging mir ein Gedanke durch den Kopf: Ich könnte ja Brasilianisch lernen. Spricht man in Brasilien Brasilianisch? Nun, ich würde es herausfinden, und irgendwie würde ich die Sprache lernen, die man dort sprach, wie auch immer sie hieß.

Kapitel zwölf

Mr Vine grunzte nur, als ich kam. Ich putzte den Boden und sang eines von Daveys Liedern. *Auf der Mauer, auf der Lauer*. Ein richtiger Ohrwurm, der sich hoffentlich tief in Mr Vines Gehirn fressen würde.

Er kam aus seinem Büro angestampft. »Das passt ja, dass du Kinderlieder singst. Für alles andere bist du wohl zu blöd, wie?«

Ich schwang den Besen in seine Richtung. »Genau.« Und dann sang ich weiter, während ich fegte. Ich sang das ganze Lied drei Mal, dann holte ich den Mop und wechselte zu *Bruder Jakob*. Das gefiel ihm auch nicht. Aber am allerwenigsten mochte er das *ABC-Lied*, deshalb sang ich das, bis ich mit dem Wischen fertig war.

Während ich das Klo putzte, hörte ich auf zu singen. Es stank noch immer dort drin, wenn auch nicht mehr ganz so schlimm wie am Anfang.

Diesmal bekam ich mein Geld ohne große Diskussionen.

Draußen auf dem Parkplatz kam mir Mick, der LKW-Fahrer, entgegen. »Und, irgendwelche Probleme heute, Ruby?«

Ich grinste ihn an. »Er fand die Lieder, die ich gesungen habe, nervig, aber sonst hat er heute keine Probleme gemacht, nein. Danke nochmal.«

Er wollte wissen, was ich gesungen hatte, und lachte schallend, als ich es ihm erzählte. Er gluckste noch immer, als er den Supermarkt betrat.

Ich fuhr nach Hause. Diese Woche wollte ich mein Geld zur Bank bringen. Yippie! Ruby Yarrow war auf dem Weg nach Brasilien.

Zu Hause weckte ich die Jungs. Auch sie machten heute kein Theater. Was war ich nur für ein Genie!

Ich setzte mich an den Küchentisch und frühstückte. Max war schon da, die Nase in einem Buch, und schaufelte sich das Essen in den Mund.

»Reichst du mir bitte mal die Milch, Max?«

»Hol sie dir doch«, brummte er, ohne den Kopf zu heben.

Ich riss ihm das Buch weg. »Weißt du, was du bist, Max Yarrow? Ein blödes Arschloch.«

»Mum!«, rief Theo. »Ruby hat geflucht! Sie hat gesagt, Max ist ein ...«

»Schluss damit, Theo«, fauchte Mum. »Max, gib ihr die Milch. Sofort.«

»Ich hole sie dir, Ruby«, Davey rutschte von seinem Stuhl, nahm die Milchpackung und reichte sie mir.

»Danke, Kleiner.«

»Max, du fährst heute mit mir und Theo mit«, sagte Mum. »Ich muss mit dir reden.«

»Das ist doch ein totaler Umweg für dich, Mum«, wandte er ein. »Du musst doch in die andere Richtung.« Typisch. Er versuchte es mit logischen Argumenten.

Mum sah ihn nicht an. Sie machte einfach weiter Daveys Lunchpaket fertig. »Ich weiß selbst, wo ich hin muss, Max. Wir liefern erst Theo ab, und von dort kannst du dann zu Fuß gehen. Du hast genügend Zeit. Und unterwegs kannst du dir ein paar Dinge durch den Kopf gehen lassen.«

Er schob den Stuhl zurück. »Nun hör schon auf zu nerven, Mum.«

»Ab ins Auto mit dir. Sofort«, befahl sie streng.

Er zuckte die Achseln und stieß seinen theatralischen Hollywood-Seufzer hervor, gehorchte dann aber. Davey und ich räumten die Küche auf. Diesmal machte es mir nichts aus.

Auf dem Weg zur Schule sangen wir gemeinsam *Bruder Jakob*.

Wiremu und Tom hatten heute ihr Bewerbungsgespräch für Brasilien. Ich fragte mich, ob sie nervös sein würden. Sie waren es nicht. »Wieso sollte ich nervös sein?«, fragte Wiremu. »Ich wurde schon von Mr Tahu angebrüllt. Mir jagt so schnell keiner mehr Angst ein.«

Tom gähnte. »Was? Ach so, das Gespräch. Deswegen mach ich mir sicher nicht in die Hosen.«

Sie fragten mich, wie es bei mir gelaufen war. Ich verzog das Gesicht. »Schlecht. Ich wusste nicht einmal, welche Sprache man in Brasilien spricht.«

Jetzt erwachte Tom zum Leben. »Brasilianisch?«

Maisie bohrte ihm einen Finger in die Rippen. »Nein, du Dumpfbacke. Dort spricht man Portugiesisch.«

Oh. Portugiesisch. Schon das Wort klang irgendwie schwierig.

Der Tag rollte vorüber wie eine unaufhaltsame Welle. Sie würde erst morgen verebben, wenn bekannt wurde, wer fahren durfte und wer nicht. Den ganzen Tag ging mir nur eine Frage durch den Kopf: Wie konnte ich Portugiesisch lernen?

Ich holte Davey ab, und wir machten das Abendessen. Ich war froh, dass ich beschlossen hatte, allein nach Brasilien zu fahren. Jetzt hatte ich etwas, auf das ich mich freuen konnte. Es war mein Geheimnis.

Am selben Abend setzte ich mich in mein Zimmer und machte eine Collage. Ich wollte eine Herbstgarderobe für ein Mädchen in meinem Alter zusammenstellen – ein Mädchen, das zehn Mal so viel Geld hatte wie ich. Ich stellte ein paar Outfits zusammen, die teils elegant, teils sportlich und lässig waren. Leider fehlte mir noch ein passendes Oberteil. Ich war auf der Suche nach einer Wickeljacke, fand aber nur Jacken, die aussahen, als wären sie für alte Männer bestimmt.

Ich brauchte neue Zeitschriften. Morgen auf dem Nachhauseweg würde ich mit Davey in einem Secondhandladen vorbeischauen.

Nur noch ein Tag, dann würden wir erfahren, wer nach Brasilien fahren durfte und wer nicht.

Ich wusste, dass sie mich nicht nehmen würden. Ich wusste es. Vielleicht fühlte ich mich deshalb am nächsten Morgen wie ein Lamm auf dem Weg zur Schlachtbank.

Mr Wood las die Verlautbarungen vor. Die Schüler, die sich für Brasilien beworben hatten, sollten in der großen Mittagspause in den Medienraum gehen. Megan und ich waren unglaublich nervös. Maisie kein bisschen. Wiremu zuckte bloß die Schultern. Tom gähnte.

Die Zeit schlich dahin. Als die Schulglocke ertönte, rieb sich Megan die Hände an ihrem Rock ab. »Jetzt wird es ernst.«

Ich hatte plötzlich keine Stimme mehr.

Wir mussten fünf Minuten warten, bis Miss Adams auftauchte. Sie las die Namen auf der Liste vor, in alphabetischer Reihenfolge. Erst die Mädchen, dann die Jungs. Megan Chaman war die Erste. Ich drückte sie fest an mich. Sie weinte. Maisie Lemmon.

»Yippie!«, riefen Megan, Maisie und ich. Sie sahen mich mit glänzenden Augen an.

Ich schüttelte den Kopf. »Man kann nie wissen«, flüsterte Maisie.

»Ich *will*, dass du mitkommst!« Megan ergriff meine Hand und umklammerte sie ganz fest.

Der letzte Name auf der Liste der Mädchen, die mitfahren durften, war Amanda Trask.

Okay. Das war's. Ich hatte gewusst, dass es so kommen würde. Die anderen sahen mich nicht an. Ich versuchte, nicht enttäuscht zu sein, aber ich war es trotzdem.

Wiremu wurde ausgewählt, Tom nicht. »Auch egal«, sagte er.

Der Rest des Tages war schwer durchzustehen. Ich freute mich für Megan, Maisie und Wiremu, aber das änderte nichts daran, dass ich einen kalten Kloß in der Kehle hatte. Ich lächelte, ich lachte, aber innerlich weinte ich.

Nach der Schule holte ich Davey ab. Auf einen Abstecher im Secondhandladen hatte ich jetzt keine Lust. Ich wollte mich bloß noch zu Hause verkriechen.

Wir machten Rindergulasch. Es war sehr aufwändig, aber irgendwie beruhigte mich das Kochen. Und Davey hatte Spaß daran, mir zu helfen. Er war fröhlich. Eine angenehme Gesellschaft.

An diesem Abend, beim Essen, redete Max mit mir. Er lächelte, was mir schon verdächtig vorkam. Was hatte er vor? Ich fand es bald heraus. »Hab gehört, du hat dich für den Brasilienaustausch beworben, Ruby.«

Wow. Er konnte echt fies sein, wenn er es darauf anlegte.

»Stimmt«, sagte ich. »Wieso?«

Er antwortete nicht. »Haben sie dich genommen?«

Mum sah von Max zu mir und wieder zurück, und auch Calvin beobachtete uns aufmerksam. Nur die Jungs aßen weiter.

Ich legte die Gabel ab. »Warum fragst du, Max? Du kennst die Antwort doch bestimmt.«

Er zuckte die Schultern und schob sich noch eine Gabelvoll von dem Essen, das Davey und ich gekocht hatten, in den Mund.

Ich wurde wütend. Musste er mir unbedingt unter die Nase reiben, wie dumm ich war? Dann kam mir der rettende Gedanke. Ich lächelte Mum an, die mich mit Sorgenfalten auf der Stirn musterte. »Ist nicht weiter tragisch, Mum. Ich hab's nur getan, weil sich Megan nicht allein bewerben wollte.« Jedenfalls war es am Anfang so gewesen. Ich lächelte Max über den Tisch hinweg an. Er ignorierte mich. »Ach übrigens, Mum«, sagte ich, »morgen muss ich nach der Schule in die Stadtbücherei. Davey nehme ich mit. Um das Abendessen kann sich ja Max kümmern.«

»Wir fahren mit dem Bus!« Davey klopfte auf den Tisch und sang: »Die Räder am Bus dreh'n sich rundherum …«

»Ich will auch mit!«, rief Theo.

Calvin kratzte sich übertrieben nachdenklich am Kinn. »Und wer begleitet mich dann morgen auf dem Nachhauseweg?«

Max schüttelte den Kopf und aß weiter. Er lächelte in sich hinein.

»Das ist eine gute Idee, Ruby«, sagte Mum. Sie setzte sich aufrecht hin und holte tief Luft. »Morgen essen wir Fischstäbchen, Max. Das ist nicht allzu schwer.«

»Und Kartoffelbrei«, sagte Davey. »Und Salat und Bohnen aus dem Garten. Und Feijoa-Kuchen.«

Max schüttelte erneut den Kopf. »Ruby kann doch kochen, wenn sie wieder zurück ist.«

Calvin sah aus, als wollte er etwas sagen, aber er tat es nicht.

Mum holte noch einmal tief Luft. »Ja, das könnte sie, Max, aber das wird sie nicht.«

Max zuckte die Achseln. »Okay, okay. Hör auf rumzustressen.«

Tja, morgen Abend würde es wohl Luftstäbchen, Luftbrei, Luft aus dem Garten und Luftkuchen geben.

Max ist so ein Loser. Merkt er nicht, dass Mum seinetwegen total gestresst ist? Aber wahrscheinlich ist ihm das egal.

Ich lief nach draußen und spielte mit den Kindern, während Max das Geschirr spülte.

Von Brasilien redete keiner mehr.

Kapitel dreizehn

Mein Wecker klingelte um halb sechs. Ich gähnte. Ganz schön blöd, um diese Uhrzeit freiwillig aufzustehen.

Mr Vine begrüßte mich mit dem üblichen Grunzen. Heute sang ich *Die Räder am Bus dreh'n sich rundherum*, während ich den Boden fegte und wischte. Als ich die Toilette putzte, sang ich nicht, obwohl sie inzwischen nicht mehr stinkt.

Weil ich zehn Minuten zu früh fertig war, fing ich an, die Regale im ersten Gang abzustauben. Auf die Idee war Mr Vine wohl noch nie gekommen. Vorne waren die Regale sauber, hinten lag jede Menge Staub.

Er bezahlte mich ohne irgendwelche fiesen Kommentare. »Danke, Mr Vine«, sagte ich höflich.

Mick stieg gerade aus seinem Laster, als ich ging. »Na, wie läuft's, Ruby?«

Ich lächelte ihn an. »Super, dank Ihnen.«

Er deutete mit dem Kopf in Richtung Supermarkt. »Dann benimmt er sich also?«

Ich flüsterte: »Er ist und bleibt ein Arsch mit Ohren, aber jetzt bezahlt er mich wenigstens, ohne Schwierigkeiten zu machen.«

Mick lachte und ging hinein.

Die Schüler, die nach Brasilien fahren durften, wurden in der wöchentlichen Schulversammlung beglückwünscht. Der Direktor sagte: »Es tut mir leid, dass wir nicht alle Bewerber auswählen konnten. Aber ihr seid alle Gewinner. Auch die, die nicht mitkönnen.«

Ach, ja? Inwiefern?

Ich erzählte den Mädels, was sich Max gestern Abend geleistet hatte.

Tia schüttelte den Kopf. »Mann, ist der nachtragend.«

»Das kannst du laut sagen. Der trägt Ruby 'ne ganze Tonne Wut nach«, witzelte Carly.

»Ich finde es sooo schade, dass du nicht mitfahren kannst«, sagte Megan. »Maisie ist ja ganz nett, aber sie ist nicht du.«

Nach der Schule holte ich Davey ab und fuhr mit ihm in die Stadt. Im Bus sang er: »Von den blauen Bergen kommen wir, unser Lehrer ist genauso doof wie wir ...« Ich sang mit. Wir waren nicht gerade leise.

Die Frau vor uns drehte sich um und zischte: »Also, wenn ihr schon unbedingt singen müsst, dann wenigstens mit dem richtigen Text, Herrgott nochmal!«

»Das ist doch der richtige Text!«, rief Davey überrascht. »Meine Lehrerin hat ihn mir beigebracht.«

Die Frau drehte sich wieder um. »Also, wirklich. Die Welt geht vor die Hunde.«

Daveys Lehrerin hatte ihnen sechs Strophen beigebracht. Wir sangen das ganze Lied drei Mal von vorn bis hinten durch. Außer der Frau vor uns hat sich niemand beschwert. Ein paar Leute haben sogar gelacht.

In der Bücherei gab es diesmal keine gebrauchten Zeitschriften zu kaufen. Wir waren schon fast wieder draußen, da blieb ich plötzlich stehen. »Warte, Davey, mir ist gerade etwas eingefallen. Lass uns nochmal reingehen.«

Ich marschierte zum Infodesk. Die Frau hinter dem Tresen lächelte. »Kann ich euch helfen?«

Vermutlich nicht. Ich fragte trotzdem. »Ich möchte Portugiesisch lernen. Ich will nämlich nach Brasilien. Aber ich weiß nicht, wie. Wie ich die Sprache lernen soll, meine ich.«

Sie sah mich überrascht an. »Alle Achtung! In letzter Zeit gibt es viel Nachfrage nach Büchern über Brasilien – lauter Kinder aus deiner Schule«, sagte sie mit einem Blick auf meine Schuluniform. »Aber für die Sprache hat sich bisher noch keiner deiner Schulkollegen interessiert.« Sie stand auf. »Dann bist du also zum Austausch zugelassen worden?«

Ich schüttelte den Kopf. »Nein, aber ich will trotzdem nach Brasilien. Später, wenn ich mit der Schule fertig bin.«

Sie nickte und deutete auf eine Wand. »Siehst du das Regal dort drüben? Da stehen unsere CDs. Du brauchst die für brasilianisches Portugiesisch.«

»Ähm, könnten Sie mir vielleicht beim Suchen helfen?« Ich gab mir einen Ruck. »Ich kann nicht lesen. Oder jedenfalls nicht gut.«

Jetzt glaubte sie bestimmt, dass ich dumm war. Wahrscheinlich fragte sie sich, wie ich auf die Idee gekommen war, eine Fremdsprache zu lernen. Aber sie sagte nur: »Dann ist das Lernen mit einer CD für dich ideal.« Dann kam hinter dem Tresen hervor, ging zu dem Regal mit den CDs und suchte mir die richtige raus. »Die Ausleihe ist kostenpflichtig. Bezahlen kannst du da drüben. Viel Erfolg!«

Wow, war die nett!

Als wir die Bücherei verließen, zog Davey an meiner Hand. »Fahr nicht nach Brasilien, Ruby.«

Ich ging in die Knie und umarmte ihn. »Keine Sorge, ich fahre erst, wenn ich mit der Schule fertig bin, und das dauert noch ziemlich lange.« Er wirkte trotzdem bedrückt, also sagte ich: »Was hältst du davon, wenn wir uns ein Eis holen und runter ans Meer gehen?«

Wir aßen unser Eis, und ich dachte, er hätte meine Brasilienpläne vergessen, aber schon bald fragte er: »Kann ich auch Brasilianisch lernen? Dann kann ich dich begleiten.«

Ich tupfte ihm etwas Eis auf die Nase. »Wir können gern zusammen die Sprache lernen, aber ich verspreche dir nicht, dass ich dich mitnehme.«

Wir spazierten am Strand entlang, in sicherer Entfernung zum Wasser. Die Wellen hier sind gefährlich. Immer wieder werden Leute von der Unterströmung erfasst. Es sind schon einige ertrunken.

Es war noch zu früh, um nach Hause zu gehen. Ich wolle sicher sein, dass Calvin da war, wenn wir kamen. »Okay, Davey, ich muss noch etwas besorgen.«

Wir gingen zu einem Secondhandladen, in dem es stapelweise gebrauchte Illustrierte gab. Ich fand gleich zwei Modezeitschriften. Kein schlechter Tag.

Als wir nach Hause kamen, kochten Calvin und Theo gerade. »Max ist also nicht aufgetaucht?«, fragte ich.

»Nein.« Calvin wirkte aufgebracht.

Mum und Max kamen fast gleichzeitig nach Hause. Mum wechselte einen Blick mit Calvin, und er schüttelte den Kopf. Mum seufzte, dann sah sie zu mir, als müsste sie sich erst in Erinnerung rufen, dass sie ein Rückgrat hatte. »Max, du wirst dir selbst etwas zu essen machen müssen.«

Er setzte sich und grinste sie an. »Ach, komm, Mum. Das meinst du doch nicht ernst. Das ist wäre ja Kindesmisshandlung.«

Mum tat, als hätte sie es nicht gehört. »Ruby, deckst du bitte den Tisch? Max braucht keinen Teller.«

Ich stellte fünf Teller auf den Tisch. Davey holte unaufgefordert das Besteck. Ich lächelte ihn an und streckte die Daumen nach oben.

»Nun hör schon auf, Mum. Das ist nicht fair. Ich habe den ganzen Nachmittag gebüffelt. Ich brauche etwas zu essen.« Es klang ruhig und zuversichtlich.

Das war der Zeitpunkt, an dem Mum normalerweise klein beigab. Max musste bloß erwähnen, wie brav er gelernt hatte, und schon bekam er, was er wollte.

Doch sie setzte sich gegenüber von Max an den Tisch und ergriff seine Hände. »Sieh mich an, Max. Ich habe dich gebeten, heute zu kochen.«

Er entzog ihr seine Hände. »Mum, du weißt, dass ich sowas nicht mache. Das ist Rubys Job. Sie macht das, was sie kann, und ich mache das, was ich kann. Es funktioniert. Versuch nicht, etwas zu reparieren, das gar nicht kaputt ist.«

Ich konnte es nicht fassen. »Du … du … du Kotzbrocken! Du arrogantes Aas!«

»Ruby! Sei still«, wies mich Mum zurecht. Doch sie fuhr auch Max an: »An deinen verqueren Ansichten bin bloß ich schuld, weil ich dich verwöhnt habe. Tja, das kann ich jetzt leider nicht mehr rückgängig machen, aber es muss sich definitiv etwas ändern. In Zukunft wirst du deinen Beitrag leisten, statt dich bloß von vorn bis hinten bedienen zu lassen.« Ihre Stimme zitterte, und sie wandte den Blick ab. »Calvin, du kannst jetzt das Essen servieren. Max kann sich nachher selbst etwas machen.«

Calvin stellte die Pfanne auf den Tisch und legte Mum eine Hand auf die Schulter. Sie griff nach seinen Fingern. Ich schöpfte Theo und Davey Essen auf den Teller. Während wir aßen, saß Max da und stierte grimmig vor sich hin. Es wurde kaum geredet. Ich habe keine Ahnung, wie er es anstellte, aber er schaffte es, seine Wut wellenartig im Raum zu verbreiten, ohne ein einziges Wort zu sagen. Er wartete, bis wir fertig waren, dann machte er sich mit viel Getöse vier Scheiben Toast, öffnete eine Dose Baked Beans und wärmte sie in der Mikrowelle auf.

Toastbrot, Butter und die leere Dose ließ er einfach auf der Anrichte stehen.

»Räum das weg, Max«, sagte Calvin und deutete auf die mit Butter verschmierte und von Brotkrümeln übersäte Anrichte. »Und danach gehen wir zwei eine Runde spazieren.«

Max legte beide Hände auf den Tisch. »Das muss ich nicht. Du bist nicht mein Vater.«

Mum brach in Tränen aus. »Ich schäme mich für dich, Max Yarrow. Am liebsten würde ich vor Scham im Boden versinken! Calvin ist bestimmt heilfroh, dass er nicht dein Vater ist. Wenn ich zugelassen hätte, dass er dich erzieht, wärst du jetzt ein sehr viel umgänglicherer Mensch.«

Calvin nahm sie in die Arme und sah über ihre Schulter hinweg zu Max. »Tu, was ich dir aufgetragen habe, Max. Jetzt gleich.« Seine Stimme war ruhig, aber ich hätte sofort gespurt, wenn er in diesem Ton mit mir geredet hätte.

Max haute mit der Faust auf den Tisch. »*Okay, okay,* ich mach ja schon! Nerv mich nicht. Meine Güte, was für ein Theater, wegen nichts und wieder nichts.«

Calvin beobachtete ihn, ohne Mum loszulassen. Theo rannte zu ihr, schlang die Arme um ihr Bein und heulte: »Nicht weinen, Mummy, bitte nicht weinen!«

Davey sah von Mum und Calvin zu Max und dann zu mir. Ich lächelte schief und legte den Zeigefinger auf die Lippen. Er nickte und kam unauffällig zu mir rüber.

Max pfefferte den Putzlappen in die Spüle. »So, zufrieden? Können wir's dann hinter uns bringen? Ich hab zu tun.«

»Mach dir keine Sorgen, Tessie«, sagte Calvin, und, zu Max gewandt: »Gehen wir.«

Max stieß seinen theatralischen Hollywoodseufzer hervor und stampfte zur Tür.

Mum weinte noch immer. Sie ließ sich im Wohnzimmer auf das Sofa fallen. Die Jungs kuschelten sich an sie. Das war alles meine Schuld. Hätte ich mich nicht auf die Suche nach meinem Rückgrat gemacht, dann würde sich Mum jetzt nicht die Augen ausweinen, Calvin müsste sich nicht mit Max herumschlagen, und die Jungs wären nicht so beunruhigt. Und ich hätte kein Leben.

»Es tut mir leid, Mum.«

Sie sah mich nicht an, schluchzte nur weiter, das Gesicht in den Händen bedeckt. »Nein, mir tut es leid, Ruby. Das ist alles meine Schuld. Ich habe ihn total verzogen.« Sie brachte die Worte kaum heraus. »Calvin hat mich immer wieder gewarnt, aber ich wollte ja nicht auf ihn hören.«

Ich wusste nicht, was ich tun sollte. Sie weinte, als könnte ihr gleich das Herz brechen. Davey sah zu mir und wimmerte: »Ruby?«

Theo lutschte an seinem Daumen, dabei hatte er damit eigentlich schon vor einem Jahr aufgehört.

Ich hob ihn hoch, ließ mich neben Mum nieder und setzte ihn auf meine Knie. »Nicht weinen, Mum. Du bist eine gute Mutter. *Ehrlich.* Bitte hör auf zu weinen.«

Es kostete sie große Mühe, aber schließlich schaffte sie es. »Ich muss mir die Nase putzen«, murmelte sie.

Davey sprang auf und brachte ihr Taschentücher. Nachdem sie ihre Tränen getrocknet hatte, legte sie die Arme um uns. »Ihr drei seid meine Goldkinder. Ich habe euch gar nicht verdient.«

»Hast du doch!«, widersprach Theo und rutschte von meinem Schoß rüber auf Mums. »Wir haben dich lieb.«

Sie wirkte erschöpft. »Ruby, Liebes, ich würde jetzt alles geben für eine Tasse Tee.«

Also machte ich ihr Tee. Sie war wirklich eine gute Mutter. Ich hätte sie nicht anders haben wollen. Ich goss heißes Wasser in ihre große Lieblingstasse und brachte ihr den Tee. »Du warst doch bloß zwei Jahre älter als ich, als du mich bekommen hast, Mum. Du warst noch so *jung.*«

Sie nahm mir den Tee ab und hielt die Tasse mit beiden Händen fest. »Es ist nicht unbedingt ratsam, so jung schwanger zu werden, Ruby. Du solltest dich hüten, meinem Beispiel zu folgen.«

Diesbezüglich bestand keine große Gefahr. Für die Jungs in meinem Alter war ich unsichtbar.

Mum trank ihren Tee, dann las sie Davey und Theo eine Geschichte vor. Ich spülte das Geschirr und fragte mich, wie es Calvin wohl mit Max erging. Ich hätte das ganze Geld auf meinem neu eröffneten Konto geopfert, um die beiden zu belauschen. Nein, das war Quatsch. Ich hatte hart gearbeitet für dieses Geld und ich würde es nicht verschwenden.

Wir brachten die Kinder ins Bett. Theo war anhänglich, Davey schweigsam.

Danach sah ich mit Mum fern. Naja, der Fernseher lief, aber wir konnten uns nicht konzentrieren. Mum sagte: »Sie sind schon so lange weg!«

Als die beiden endlich zurückkamen, schliefen die Jungs längst.

Max kam ins Wohnzimmer. »Es tut mir leid, Mum.« Dann sah er eine Zehntelsekunde lang zu mir. »Es tut mir leid, Ruby.« Danach verdrückte er sich hastig in sein Zimmer.

Ich sah ihm verblüfft nach. Seine Augen waren gerötet gewesen. Max hatte geweint?!?

Calvin sank neben Mum auf das Sofa, streckte die Beine aus und schloss die Augen.

Mum nahm seine Hand. »Alles okay, Calvin?«

Er öffnete ein Auge. »Der Junge wird uns noch ganz schön Nerven kosten, Tessie.«

Wird *uns* noch ganz schön Nerven kosten, hatte er gesagt. Wir hatten so ein Glück, dass Calvin bei uns war.

Mums Lippen zitterten, aber sie hielt die Tränen zurück. »Und jetzt?«

»Max wird sich schon noch machen, Tessie. Er hat eben die Grenzen ausgetestet. Jetzt weiß er, wo sie sind.« Er gähnte. »Mal sehen, ob er zur Vernunft kommt.«

Ich ging ins Bett.

Der nächste Tag war ein Freitag. Als Davey und ich nach der Schule nach Hause kamen, war Max schon da. »Calvin hat gesagt, ich muss heute kochen«, knurrte er. »Du kannst dir also dein ›Ständig bleibt die ganze Arbeit an mir hängen‹-Gewinsel sparen.«

Ich seufzte. Was auch immer ihn gestern Abend zum Heulen gebracht hatte, inzwischen war er wieder ganz der Alte. »Werd erwachsen, Max.« Wir ließen ihn stehen und gingen in unser Zimmer. Dort legte ich eine der Portugiesisch-CDs in meinen CD-Player. Bis zum Abendessen lernten Davey und ich, wie man auf Portugiesisch *Entschuldigung* und *danke* sagt. Ach ja, und *Ich bin Amerikaner*. Sehr hilfreich.

Wir verrieten niemandem, was wir machten.

Dann rief Max von draußen: »Ruby, deck den Tisch!«

Ich schaltete den CD-Player aus. »Los, komm mit, Davey. Jetzt zeigen wir ihm mal, wie toll wir sind.«

Wir hatten den Tisch gedeckt, ehe uns Max ein zweites Mal rufen konnte, was ihn sichtlich ärgerte. Ich wünschte, wir könnten Freunde sein. Seit ich beschlossen hatte, mir ein Rückgrat zuzulegen, war er kein einziges Mal nett zu mir gewesen.

Ich schüttelte unwillkürlich den Kopf. Wem machte ich hier eigentlich etwas vor? Er war auch davor nie nett zu mir gewesen. Der einzige Mensch, zu dem er nett war, war Max Yarrow.

Das Abendessen war nicht besonders lecker, aber wir aßen es trotzdem. »Nächstes Mal soll wieder Ruby kochen«, sagte Theo.

Max guckte ihn böse an.

Und so schleppte sich das Leben im Hause Diamond-Yarrow mühsam voran.

Kapitel Vierzehn

Max hielt den Ball flach. Er tat, was man von ihm verlangte, aber nie auch nur einen Handstreich mehr. Er schmollte nicht, er redete aber auch mit keinem von uns, wenn es nicht unbedingt nötig war. Mum sah aus, als könnte sie in Tränen ausbrechen, wenn man sie auch nur berührte. Sie sprach nicht von der Arbeit.

»Wie stehts denn mit den Gehaltsverhandlungen?«, erkundigte sich Calvin eines Abends bei ihr.

Mum rieb sich die Stirn. »Oh, ich fürchte, wir werden streiken müssen.«

Sie hatte die Verhandlungen eine Ewigkeit nicht mehr erwähnt. Für sie drehte sich alles nur noch um Max. Ich hatte ein schlechtes Gewissen, als wäre das alles meine Schuld. Dabei war es das gar nicht. Ich war nur der Auslöser gewesen.

Wobei auch das nicht ganz stimmte. Max hatte die Lawine selbst losgetreten, als er Mum überredet hatte, die Jungs in mein Zimmer zu stopfen. Hätte er das nicht getan, dann hätte ich nie angefangen, mich zu wehren. Trotzdem hatte ich ein schlechtes Gewissen gegenüber Mum. Ich wünschte, ich könnte das Problem irgendwie aus der Welt schaffen, aber das konnte ich nicht. Und Calvin genauso wenig.

Wenn ich mal gerade nicht an Max dachte, dann dachte ich an Brasilien. In eineinhalb Wochen kamen die Austauschschüler. In der Schule gab es Orchesterproben, Chorproben und vor allem viele Kapa-Haka-Proben.

Ab Donnerstag startete der Ticketverkauf für die Tanzparty. Ich beschloss, zu Hause zu bleiben. Es würde ohnehin niemand mit mir tanzen, und dann musste ich den ganzen Abend rumsitzen und lächeln, als hätte ich Spaß, bis mir das Gesicht wehtat. Megan musste hin, genau wie alle anderen Schüler, die nach Brasilien fahren durften. In der Pause sagte sie: »Besorgt euch die Eintrittskarten für die Party am besten gleich morgen, sonst sind sie womöglich ausverkauft.«

»Ich gehe nicht hin«, sagte ich.

Sie schnappte nach Luft. »Du musst hingehen, Ruby! Bitte!«

»Komm schon, Ruby, es wird bestimmt lustig«, sagte Carly. »Die Band ist super, ich habe sie schon mal gehört.«

Tia warf mir einen finsteren Blick zu. »Leg dir endlich ein Rückgrat zu!«

Ich erwiderte ihren Blick. »Ich habe verdammt nochmal ein Rückgrat, und dieses Rückgrat sagt mir, dass ich nichts tun sollte, auf das ich keine Lust habe, und damit basta.« Ich sprang auf und ließ sie stehen.

Sie sahen mir nach. Ich spürte ihre Blicke im Rücken. Ich trat nach einem Büschel Gras. Eigentlich hätte ich richtig Bock auf die Party, aber ich wollte nicht wieder den ganzen Abend mit einem breiten, falschen Lächeln im Gesicht rumhocken, während alle anderen einen Heidenspaß hatten.

Nach der Pause, im Englischunterricht, flüsterte Tia: »Alles okay bei dir?«

Ich nickte. »Ja. Tut mir leid, dass ich dich so angemotzt habe.«

Aber eigentlich war gar nichts okay. Ganz im Gegenteil. Warum konnte ich nicht tun, was ich tun wollte? Ich dachte darüber nach, während ich zu Daveys Schule fuhr. Die Reise nach Brasilien. Man hatte mich nicht ausgewählt, aber ich würde trotzdem hinfahren. Das zählte also nicht. Der Betrag auf meinem Bankkonto wuchs allmählich.

Dafür lief es mit Portugiesisch nicht so gut. Davey langweilte sich mit den CDs, und ich hatte kaum Zeit für mich, um sie mir anzuhören. Nächste Woche musste ich sie wieder zurückgeben.

Und dann die Party ... Mir stiegen Tränen in die Augen, wenn ich nur daran dachte. Partys sind Scheiße. Ich werde nie zum Tanzen aufgefordert. Nie.

Na, und? Ich kann ja trotzdem tanzen.

Huch? Wo kam der Gedanke denn plötzlich her? Aber es stimmte – ich konnte mich einfach allein mitten auf die Tanzfläche stellen und lostanzen. Oder gemeinsam mit Megan und Carly. Und mit Tia, falls sie bei ihrer Jagd auf einen heißen brasilianischen Austauschschüler keinen Erfolg hatte. Aber wie ich Tia kannte, würde sie sich gleich einen von ihnen anlachen.

Das könnte ich ja auch tun.

Schon bei der Vorstellung kribbelten mir die Fußsohlen. Ich ging schneller und trat besonders fest auf, um das Kribbeln zu vertreiben. Hm. Warum eigentlich nicht? Ich wurde wieder langsamer. Immerhin wusste ich schon, was *bitte* auf Portugiesisch heißt. Ich konnte einfach zu einem der brasilianischen Jungs gehen und die Wörter anbringen, die ich bis jetzt gelernt hatte: *Entschuldigung* und *bitte*, und den Rest musste ich dann eben auf Englisch sagen.

Wahrscheinlich würde er mich auslachen.

Jemand würde Max erzählen, dass ich jemanden zum Tanzen aufgefordert und mir eine Abfuhr geholt hatte.

Aber mir war egal, was Max dazu sagte. Früher war ich immer stolz darauf gewesen, dass er mein Bruder war. Wenn er am Ende des Schuljahres haufenweise Auszeichnungen erhalten hatte, war ich immer diejenige gewesen, die am lautesten geklatscht hatte.

Als ich bei Daveys Schule ankam, rannte er gleich auf mich zu. »Kann ich noch dableiben, Ruby? Wir spielen.«

Ich setzte mich auf eine Bank und sah ihm beim Ballspielen mit fünf oder sechs anderen Jungs zu. Ich hielt nach Cat Ausschau, sah sie aber nicht. Sie war wohl schon weg.

Meine Gedanken kreisten um die Party. Ich wollte endlich ein Leben. Die alten Zweifel wurden in meinem Kopf laut: *Du kannst nicht lesen. Du kannst nicht schreiben. Bleib bei dem, was du kannst. Wenn du etwas Neues ausprobierst, fällst du bloß auf die Nase.*

Ich setzte mich anders hin und beobachtete Davey. Sie spielten Four Square, und Davey war schon ganz gut darin.

Zum ersten Mal in meinem Leben widersprach ich der Stimme in meinem Kopf. *Na, und? Was ist schon dabei, wenn ich wirklich auf die Nase falle? Dann habe ich es wenigstens versucht.*

Lass es lieber bleiben, konterte die Stimme. *Du schaffst das nicht. Du bist dumm, schon vergessen? Alle werden dich anstarren.*

Sei still. Sei einfach still. Ich bin das Mädchen, das sich von Mr Vine nichts gefallen lässt, schon vergessen?

Ich versuchte, mir vorzustellen, wie es auf der Party sein würde. Konnte ich wirklich einfach auf einen Jungen zugehen und ihn zum Tanzen auffordern? Ich schluckte. Schon bei dem Gedanken daran krampfte sich mein Magen zusammen.

Aber ich musste ja gar keinen Jungen zum Tanzen auffordern. Ich konnte mit meinen Freundinnen tanzen. Okay, mit Tia eher nicht, denn die würde definitiv einen Jungen zum Tanzen auffordern. Höchstwahrscheinlich einen aus Brasilien.

Als ich mich mit Davey auf den Nachhauseweg machte, hatte ich eine Entscheidung getroffen: Ich würde auf die Party gehen und versuchen, mich zu amüsieren.

Tags darauf, als wir auf Mr Wood warteten, sagte ich zu den Mädels: »Okay, ich habe meine Meinung geändert. Ich hab das Geld für die Eintrittskarte dabei.«

»Yippie!« Megan fiel mir um den Hals. »Super«, sagte Carly.

Tia rief: »Klasse! Kommt vorher zu mir, dann können wir uns gemeinsam aufhübschen.«

So, jetzt gab es kein Zurück mehr. Jetzt musste ich es durchziehen.

Aber erst musste ich noch eine Woche überstehen. Sechs Mal morgens zu einer total beknackten Zeit aufstehen. Dafür konnte ich dann wieder sechzig Dollar auf mein Konto einzahlen. Der Boden im Supermarkt hat die Farbe gewechselt, seit er regelmäßig geputzt wurde. Vorher war er schmutziggrau gewesen, jetzt war er hellblau. Ich staubte weiter die Regale ab, und als ich mit dem letzten Gang fertig war, fing ich im ersten wieder an.

Da Mr Vine nie mit mir redete, sang ich bei der Arbeit. Mick grüßte mich jedes Mal, wenn wir uns über den Weg liefen. Manchmal hatten wir Zeit für einen Plausch. Er erzählte mir von seiner Frau Sarah und von seinen Kindern. Er hat einen Jungen und ein Mädchen.

Max sprach mit keinem von uns auch nur ein Wort mehr als nötig. Ich wartete nur darauf, dass Mum einknickte.

Die Mädels und ich überlegten fieberhaft, was wir zur Party anziehen sollten. Ich kriegte mich mit Tia in die Haare wegen dem Rock, den sie zu ihrem roten Top anziehen wollte.

Am Dienstagmorgen kamen die brasilianischen Austauschschüler an. Tia war nicht im Unterricht, weil die Kapa-Haka-Gruppe einen Auftritt bei der Begrüßungszeremonie hatte. Draußen war es warm, und durch die offenen Fenster des Zeichensaales konnten wir die Powhiri-Gesänge hören. Nach dem Waiata sangen die Brasilianer ein schwungvolles Lied. Hoffentlich trugen sie den Song abends beim Konzert noch einmal vor.

Tatsächlich sangen sie das Lied dann abends noch einmal, dann tanzten einige von ihnen Salsa, und danach gab es eine »Capoeira«-Einlage, die ganz schön spektakulär war. Es sah so aus, als wollten sich die beiden dort auf der Bühne umbringen. Sie traten und kickten nacheinander, berührten sich aber nicht ein einziges Mal mit ihren durch die Luft wirbelnden Füßen. Am Schluss schüttelten sie sich die Hand.

»Ich hoffe, das muss ich nicht auch lernen«, flüsterte Megan. »Aber das Salsatanzen hat mir gefallen.«

Die Kapa-Haka-Aufführung war große Klasse. Hinterher sprangen wir alle auf und klatschten. Tia grinste von einem Ohr zum anderen. Mr Tahu war bestimmt stolz auf sie.

Als Nächstes kam das Orchester, dann traten der Chor und eine Band auf, und danach kamen die Ansprachen.

Ich stellte die Ohren auf Durchzug, wie immer bei solchen Gelegenheiten. Zum Schluss betrat eine Schülerin aus Brasilien die Bühne und stellte sich ans Mikrophon. Sie sah umwerfend aus mit ihren langen, dunkelbraunen Haaren und den dunklen, glänzenden Augen. Sie trug ein Caopeira-Outfit – weiße Hose, weißes Top, und als sie uns anlächelte, setzten wir uns automatisch aufrecht hin. Interessant – sie hatte noch kein Wort gesagt und trotzdem hatte sie unsere volle Aufmerksamkeit. Wie machte man das bloß?

Als sie endlich anfing zu reden, verstand ich nur Bahnhof. Fremde Laute ergossen sich aus ihrem Mund wie ein munter gurgelnder, sprudelnder Bach. Ich konnte kein einziges bekanntes Wort heraushören.

Na, toll. Die Portugiesisch-CDs hatten ja nicht viel gebracht. Irgendwann ging ich mit Megan raus. Tia und die anderen Schüler, die einen Auftritt gehabt hatten, blieben noch zum Abendessen. Ich fragte mich, ob Tia schon entschieden hatte, wen sie bei der Party zum Tanzen auffordern würde.

Megans Vater brachte mich nach Hause.

Ich rannte ins Haus. Morgen stieg die große Party. Es würde bestimmt lustig werden … jedenfalls hoffte ich das.

Kapitel fünfzehn

Ich lief gerade wie ein aufgescheuchtes Huhn durchs Haus, weil ich noch einiges erledigen musste, ehe ich zu Tia ging, als sich Mum bei Max erkundigte, ob er auch auf die Party gehen würde.

Er durchquerte das Wohnzimmer, ohne sie anzusehen. »Nicht, wenn *sie* hingeht.«

Sie bedachte ihn mit einem strafenden Blick. Ich hielt den Mund und wünschte mir, es wäre alles anders. Ich war froh, dass ich auf die Party ging. Klar war ich nervös, aber ich war trotzdem froh. Es war gut, dass wir uns bei Tia verabredet hatten, um uns gemeinsam aufzubrezeln. Am liebsten wäre ich gleich rübergegangen, aber ich war noch nicht fertig.

Carly und ich kamen gleichzeitig bei Tia an. Megan war schon dort.

Noch eine Stunde, dann mussten wir los. Ich hatte also gar keine Zeit, nervös zu werden, denn wir mussten uns noch schminken und frisieren und mit Tia über ihren Rock diskutieren. Es war ein unglaubliches Gewusel und Geplapper und Gegacker.

Um die Kleiderfrage endgültig zu klären, zog Tia erst den Rock an, den sie tragen wollte, und danach den, zu dem ich ihr geraten hatte. »Also, welchen soll ich anziehen?«, fragte sie.

Carly fuchtelte mit dem Mascarabürstchen vor Tias herum. »Welchen du willst. In dem schwarzen Rock siehst du zwar aus wie ein Kürbis auf zwei Beinen, aber die Entscheidung liegt bei dir.«

Damit war die Sache erledigt, und Tia griff nach dem sexy Rock mit den roten Pailletten am Saum. »Sensationell«, sagte Megan.

Tia machte bloß: »Pfff.«

Ich trug Weiß – lauter Sachen aus diversen Secondhandläden, die ich ein bisschen geändert und aufgepeppt hatte. Als ich mich umgezogen hatte, starrten mich die Mädels an.

»Wo hast du denn dieses Top her?«, quiekte Carly. »So eines will ich auch.«

Ich grinste. »Von der Heilsarmee.«

»Den Rock auch?«

»Nö, der ist aus einem Secondhandladen.«

»Sieht aus wie ein Designerstück.« Megan seufzte. »Und meine Klamotten passen überhaupt nicht zusammen. Ich hätte dich um Rat fragen sollen, Ruby.«

Tia schnaubte. »Sei froh, dass du es nicht getan hast. Sie kommandiert einen bloß rum. Los, zieh dich an und lass sehen.«

»Naja ... Ist doch ganz okay, oder?«, sagte Carly, während sich Megan einmal im Kreis drehte, damit wir sie von allen Seiten betrachten konnten.

»Aber irgendwie finde ich einen Jeansrock nicht festlich genug für eine Tanzparty«, sagte Tia.

Sie hatte recht. Außerdem hatte Megans Minirock praktisch die gleiche Farbe wie ihr blaues Nackenträgertop. Es sah fast so aus, als hätte sie eine Uniform an. Megan war den Tränen nahe.

»Zieh mal Tias Kürbisrock an«, schlug ich vor. »Der sieht bestimmt toll aus an dir, und die Farbe wäre ein schöner Kontrast zu deinem Oberteil.«

Tia warf Megan ihren Rock hin. »Meinetwegen, nimm ihn. Vielleicht gibt Ruby dann endlich Ruhe.«

Tias Rock wirkte zu Megans Top viel edler als der Jeans-Mini. Außerdem war Megan größer und etwas schlanker als Tia, weshalb der schwarze Rock bei ihr etwas tiefer saß und ihr somit von den Proportionen her besser passte.

Carly pfiff anerkennend. »Das ist ja Zauberei!«

Ich grinste, und Tia lachte. »Okay, du kannst ihn behalten, Megan. Du siehst umwerfend aus.«

Dann mussten wir auch schon los. Ich hatte die ganze Zeit über keinen einzigen Schmetterling im Bauch gehabt, aber als uns Mr Manu vor der Schule ablieferte, flatterte plötzlich ein ganzer Schwarm in meinem Magen herum.

Es war eine total durchgeknallte Idee gewesen, auf diese Party zu gehen. Ich hätte jetzt gemütlich zu Hause sitzen und mit den Jungs Twister spielen können. Prompt meldete sich mein Rückgrat zu Wort. Ich wollte nicht immer daheim hocken und mit meinen kleinen Brüdern spielen. Mit hoch erhobenem Kopf betrat ich den Saal.

Die Austauschschüler aus Brasilien waren schon da. Noch tanzte niemand, die Band baute gerade ihre Instrumente auf.

»Los, kommt mit«, sagte Tia. »Wir quatschen sie an.« Sie spurtete los, ohne abzuwarten, ob wir ihr folgten oder nicht.

»Ohne mich«, winkte Carly ab. »Ich unterhalte mich lieber mit Jungs, die meine Sprache sprechen.« Und schon war sie auf dem Weg zu Wiremu, Zeke und Niles.

Megan und ich sahen uns an. Und was nun? »Komm, wir setzen uns da hinten hin«, sagte Megan und deutete auf eine Reihe Stühle, die an der Wand aufgereiht waren.

Wir hatten den Saal schon fast durchquert, da blieb ich plötzlich stehen. »Nein, das lassen wir mal schön bleiben. Wenn wir erst einmal sitzen, stehen wir den ganzen Abend nicht mehr auf.« Die Band begann zu spielen, und die Tanzfläche füllte sich mit Leuten. »Wir gehen jetzt rüber zu Carly, und dann tanzen wir.« Ich marschierte los, ehe mich der Mut verlassen konnte. Megan folgte mir. Carly versuchte gerade, Wiremu, Zeke und Niles zum Tanzen zu überreden.

»Seht sie euch an«, sagte sie verächtlich. »Die trauen sich nicht, diese Angsthasen!«

Megan grinste. »Ist doch ganz einfach! Ich zeig's euch.«

Und damit fing ein richtig toller Abend für mich an. Ich habe zwar keinen Jungen gefragt, ob er mit mir tanzen will, weder einen brasilianischen noch einen von unserer Schule, aber ich war trotzdem den ganzen Abend auf der Tanzfläche. Ich kam mir vor wie Cinderella vor Mitternacht.

Wie die zwölf Prinzessinnen, die so lange tanzten, bis ihre Schuhe Löcher hatten. Carly, Megan und ich tanzten mit Wiremu und Zeke und Niles, und hin und wieder gesellten sich auch Maisie und Amanda zu uns. Sogar Tom überwand sich kurz, aufzustehen und ein paar Lieder mitzuwackeln. »Ich hätte nicht gedacht, dass du heute Abend kommst«, schrie ich ihm ins Ohr.

Er verzog das Gesicht. »Mum hat mich gezwungen. Sie hat gesagt, sie verkauft meinen Computer, wenn ich nicht hingehe.«

Auch Tia tanzte gelegentlich vorbei. Jedes Mal tanzte sie mit einem anderen brasilianischen Jungen. Und jedes Mal lachten die beiden, und es sah aus, als würden sie sich königlich amüsieren.

Ich schätze mal, ich sah genauso aus.

Der Abend verging blitzschnell. Als der letzte Song angekündigt wurde, konnte ich gar nicht fassen, dass es vorbei war. Jetzt verstand ich, warum Cinderella über dem Tanzen die Zeit vergessen hatte.

Calvin wartete schon draußen auf uns, um uns nach Hause zu bringen. »Na, war's schön?«, fragte er.

»Es war der Hammer.« Ich seufzte zufrieden. »Ich hatte einen Riesenspaß.«

Und morgen war Sonntag, ich konnte also ausschlafen.

Noch eine Woche, dann hatten wir Osterferien. Die Austauschschüler waren alle bei Schülern aus der elften Klasse untergebracht und gingen auch mit ihnen in den Unterricht.

Als sie am Dienstagvormittag in den Bus stiegen, um nach Rotorua und in die Berge zu fahren, winkten wir ihnen nach. Tia wirkte sehr zufrieden mit sich.

Am Mittwoch fuhr ich nach der Schule mit Davey in die Stadt, weil ich die CDs zurückbringen musste. Ich hatte zwar ein paar Wörter gelernt, aber trotzdem so gut wie gar nichts von dem verstanden, was unsere brasilianischen Gäste gesagt hatten. Aber seit ihrer Ankunft, seit ich sie beim Salsatanzen und beim Capoeira gesehen hatte, war mein Wunsch nach Brasilien zu fahren, stärker denn je.

Wir gingen in die Bücherei und brachten die CDs zurück, danach wollte sich Davey von seinem Taschengeld ein neues LKW-Poster kaufen.

Wir gingen gerade die Straße entlang, da sahen wir auf einmal Cat und ihre Mutter. Cat lehnte an einem Auto, die Arme vor der Brust verschränkt und die Füße gegen die Bordsteinkante gestemmt. Sie schüttelte den Kopf. »Nein.«

Davey rannte zu ihr. »Hi, Cat! Ich kaufe mir gleich ein neues Poster.«

Cat machte einen Satz auf den Bürgersteig. »Ich will mit.«

Ihre Mutter fuhr sich mit den Fingern durch die Haare. »Das geht nicht, Catarina. Du musst mit mir kommen. Es tut mir leid, aber anders geht es nicht.« Sie lächelte mich an. »Ich muss zum Friseur, aber Cat hat keine Lust, mich zu begleiten.«

»Langweilig«, sagte Cat.

Ich lächelte ihre Mum an. »Wir sind noch eine Weile in der Stadt. Wenn Sie möchten, können wir Cat gerne mitnehmen.«

»Ja!«, rief Cat.

Ihre Mum musterte erst mich und dann Cat und warf einen Blick auf ihre Armbanduhr. »Du bist ein Engel. Danke. Ich bin in einer Stunde fertig. Wäre das okay? Dafür fahre ich euch hinterher nach Hause.«

»Cool!«, sagte Davey mit einem bewundernden Blick zum Auto.

»Gut, dann sind wir in einer Stunde wieder hier«, versprach ich.

»Bitte, kauft euch etwas zu essen. Ich will kein Wechselgeld.« Sie holte einen Zwanzigdollarschein aus dem Geldbeutel und drückte ihn mir in die Hand, dann spurtete sie zum Friseursalon ein paar Häuser weiter.

»Okay, Leute«, sagte ich. »Erst besorgen wir das Poster für Davey und dann holen wir uns etwas zu futtern.«

Als die Stunde vorbei war, gingen wir wieder zum Auto. Nach ein paar Minuten trat Cats Mum aus dem Salon. Sie kam geradewegs auf mich zu und umarmte mich. »Ich hatte recht, du bist wirklich ein Engel.«

Auf dem Nachhauseweg sagte sie: »Ruby, hast du zufällig noch ein bisschen Zeit? Dann könnten wir in den Park fahren. Die Kinder könnten ein bisschen spielen, und ich würde dich gern etwas fragen.«

Eigentlich hatten wir keine Zeit mehr, aber ich war zu neugierig.

Während die Kinder auf dem Karussell herumtobten, bis ihnen schwindlig war, sagte Cats Mutter: »Erst einmal möchte ich mich ganz offiziell vorstellen: Ich heiße Maria Oliveira und arbeite in der Stadt. Mein Mann Lucas ist Winzer. Ich bin in der IT-Branche, und wie du weißt, schaffe ich es nicht immer rechtzeitig aus dem Büro.« Sie lächelte mich an.

Ich erwiderte ihr Lächeln. Sie wollte mich bestimmt bitten, auf Cat aufzupassen, wenn sie sich mal wieder verspätete. Kein Problem.

Jetzt deutete sie mit der Hand auf ihre Tochter. »Du hast ja heute selbst erlebt, wie störrisch sie sein kann. Leider kann ich keinen Urlaub nehmen, deshalb habe ich für die Osterferien einen Platz in einer Kindertagesstätte für sie organisiert, aber sie will partout nicht hingehen.« Mrs Oliveira seufzte. »Ich könnte sie natürlich zwingen, aber als ich vorhin gesehen habe, wie gut sie sich mit dir versteht, da habe ich mich gefragt, ob du vielleicht …« Sie legte eine Pause ein, um mich anzulächeln. »Würdest du unter der Woche zu uns nach Hause kommen und auf sie aufpassen, Ruby?« Sie sagte mir, wie viel sie mir dafür bezahlen würde.

Ich schnappte nach Luft. So viel Geld! Aber ich konnte nicht. Ich schüttelte den Kopf. »Ich würde ja gerne, ehrlich, aber ich muss mich um Davey kümmern. Unsere Mum ist auch berufstätig, und wir können uns nicht noch eine Kinderbetreuung leisten. Mein kleiner Bruder Theo ist nämlich schon fast vier und geht auch in eine Krippe.«

Ich versuchte, nicht an das viele Geld zu denken, das ich mir hier durch die Lappen gehen ließ.

Ich versuchte auch, nicht daran zu denken, dass Max ja auf Davey aufpassen konnte. Er würde es nicht tun wollen, und wenn Mum ihn dazu zwang, musste Davey es ausbaden.

Mrs Oliveira deutete mit dem Kopf auf die Kinder. »Sie spielen so schön miteinander. Meinst du, deine Mutter würde erlauben, dass du Davey mitbringst? Ich fände es schön, wenn Catarina einen Freund finden würde.«

Und so wurden wir uns einig. Auf dem Weg zu uns nach Hause klatschten Cat und Davey die ganze Zeit über in die Hände. Mrs Oliveira lachte. »Und du bist dir ganz sicher, Ruby?«, fragte sie mich.

Ich nickte. Ich war selig. Ich hatte einen Ferienjob, der mir massenhaft Geld für meine Brasilienreise einbringen würde.

Davey und ich winkten den beiden zum Abschied. »So, jetzt müssen wir Vollgas geben, Kleiner. In ein paar Minuten kommen Calvin und Theo nach Hause.«

Er rannte los und war vor mir an der Tür.

In der Küche lag ein Zettel auf dem Tisch.

Kapitel sechzehn

Hm, seltsam. Ich griff nach dem Zettel. Es war eine Nachricht von Max. Der angeberische Schnörkel unter dem Text war eindeutig seine Unterschrift. Ich setzte mich und versuchte zu lesen, was dort stand. Mit handschriftlichen Texten habe ich noch mehr Probleme als mit gedruckten. Mühsam entzifferte ich die ersten paar Wörter.

Hallo Mum, ich bin weg.

Ich sprang auf und rannte in sein Zimmer. Dort herrschte ein Riesenchaos. Das Bettzeug lag auf dem Boden, der Schrank und die Schubladen der Kommode waren offen, und seine Kleider waren weg.

Ich rannte zurück in die Küche. Mein Herz klopfte so heftig, dass mir das Blut in den Ohren rauschte. Ich bekam kaum Luft. Wo war Max hin?

Dann hörte ich Calvin und Theo an der Tür. Ich raste hinaus in den Flur. »Calvin, lies das! Es ist von Max. Ich glaube … ich glaube …«

Er nahm die Nachricht in die Hand und las sie. Dann sah er mich mit versteinerter Miene an. »Er ist heute früh nach Australien geflogen, Ruby. Sein Vater hat ihm ein Ticket geschickt.«

Ich stöhnte auf und sank auf den Boden. Das würde Mum umbringen. Wie konnte er ihr das *antun*?

Calvin half mir hoch. »Halt du hier die Stellung, Ruby. Ich gehe mal rüber zu Alf und frage ihn, ob ich seinen Computer benutzen darf. Mal sehen, ob ich Hayden Yarrow im australischen Telefonbuch finde.« Er legte mir eine Hand auf die Schulter. »Keine Sorge, bis Tessie nach Hause kommt, bin ich wieder da.«

Sich Sorgen zu machen war ohnehin sinnlos. Und jetzt hatten wir wenigstens den Beweis, dass unser Vater in Australien war. Ein schwacher Trost.

Davey und Theo wollten wissen, wohin Calvin gegangen war. »Ich will auch zu Alf!«, rief Theo und stampfte mit dem Fuß auf.

Ich setzte mich mit den beiden in die Küche und erzählte ihnen, dass Max weg war. »Schläfst du dann jetzt in seinem Zimmer?«, wollte Davey wissen.

Ich lachte unter Tränen und umarmte ihn. »Mal sehen, wie es jetzt weitergeht.«

Sie machten sich keine großen Sorgen. Max spielte in ihrem Leben keine Rolle.

Ich fing an zu kochen, obwohl mir klar war, das Mum keinen Bissen runterbringen würde.

Nach einer Viertelstunde kam Calvin zurück. »Ein Glück, dass Yarrow ein so seltener Name ist«, sagte er und legte eine Liste auf den Tisch. »Und ein H als erster Buchstabe des Vornamens ist noch seltener.«

Ich zählte die Namen. Es waren trotzdem sechs Stück. Sechs Leute in Australien hießen H. Yarrow.

Sechs Anrufe, das war eine ganze Menge.

Calvin fuhr sich mit den Fingern durch die Haare. »Wir werden Tessie fragen, wo Hayden ihrer Meinung nach am ehesten leben könnte.«

Mir graute schon vor Mums Rückkehr.

Als wir draußen ihren Wagen hörten, ging Calvin ihr entgegen.

Ich hörte einen Aufschrei. Als sie zehn Minuten später hereinkamen, schluchzte sie.

Es war kein Abend, an den ich mich gerne erinnere. Ich stellte das Essen auf den Tisch, aber Mum starrte bloß auf ihren Teller. Sie konnte nichts essen. Die Jungs waren sehr still. Hin und wieder sahen sie mit besorgter Miene zu Mum.

Ich ging mit ihnen ins Bad und brachte sie dann ins Bett.

Als ich ins Wohnzimmer kam, saßen Mum und Calvin auf dem Sofa. Mum griff nach dem Telefon, das vor ihr auf dem Tisch lag. »Am besten bringe ich es gleich hinter mich.«

Sie rief den H. Yarrow in Westaustralien an, weil die Wahrscheinlichkeit, dass unser Vater dorthin gezogen war, ihrer Meinung nach am größten war. Ich hörte es klingeln und war sicher, dass niemand rangehen würde. Doch dann sagte eine Frau: »Hallo?«

Mum schnappte nach Luft. »Hallo. Ich möchte gerne Hayden Yarrow sprechen, bin ich da bei Ihnen richtig?«

Die Stimme am anderen Ende der Leitung war klar und deutlich zu hören, sogar für Calvin und mich. »Ja! Ach, Sie sind sicher Tessie, stimmt's?«

»Richtig«, flüsterte Mum. »Ist mein Sohn ... Ist Max schon angekommen?«

»Nein, der kommt erst in ungefähr drei Stunden. Er sitzt gerade in der Maschine aus Sydney ... Ich sage ihm, er soll Sie anrufen, wenn er angekommen ist, ja?«

Mum schluckte. »Ja, danke, das ist sehr nett von Ihnen. Ich wusste gar nicht, dass er ...« Sie konnte nicht weitersprechen.

»Wie, er hat Ihnen nichts erzählt?« Die Stimme der Frau war jetzt lauter. »Er hat Sie nicht um Erlaubnis gefragt? Na, wenn das nicht typisch Yarrow ist.« Mum sagte nichts, also fuhr sie fort: »Machen Sie sich keine Gedanken. Ich sorge dafür, dass er sich meldet, sobald er hier ankommt. Ich bin übrigens Linda, Haydens Frau.«

»Danke, Linda«, flüsterte Mum. Sie legte auf und brach gleich wieder in Tränen aus.

Ich ging ins Bett. Ich war stinksauer auf Max und hatte keine Lust zu warten, bis er anrief. Ich ging davon aus, dass ich noch wach sein würde, wenn das Telefon klingelte, aber ich schlief ein und bekam nichts mehr mit.

Diesmal war mir morgens bei der Arbeit nicht nach Singen zumute. Aufgebracht fegte und schrubbte ich den Boden des Supermarkts und putzte die Toilette. Es war direkt ein Wunder, dass die Klobürste hinterher noch Borsten hatte.

Mr Miesepeter bezahlte mich wortlos. Ich sah ihm geradewegs in die Augen und wartete nur darauf, dass er irgendeinen blöden Kommentar vom Stapel ließ, weil ich nicht gesungen hatte. Aber er grunzte bloß und klatschte das Geld auf den Tresen. Ich nahm es und sagte: »Dann bis Dienstag.«

»Samstag.«

»Dieses Wochenende ist Ostern. Wenn ich am Samstag kommen soll, kostet das extra.« Ich wartete ab. Er sagte kein Wort. »Gut, dann sehen wir uns also am Dienstag.«

Ich hatte beschlossen, wieder in mein altes Zimmer zu ziehen. Jetzt musste ich es nur noch Mum sagen.

Als ich nach Hause kam, saß sie in der Küche. Sie sah aus, als hätte sie die ganze Nacht kein Auge zugetan. Calvins Gesichtsausdruck war grimmig. Wir frühstückten schweigend. Mum tat jeden Handgriff mechanisch, als wäre sie in Gedanken ganz woanders. Ich konnte mir schon denken, wo, oder besser, bei wem. War nicht schwer zu erraten. Mein Rückgrat fiel in sich zusammen. Ich konnte sie nicht auf das Zimmer ansprechen. Nicht heute.

Ich vergaß völlig, Calvin von Maria und Cat zu erzählen, ehe er zur Arbeit ging. »Mum, ich habe einen Ferienjob!«, verkündete ich und erzählte ihr alles. »Und ich kann Davey mitbringen«, sagte ich zum Schluss.

»Oh. Gut. Das ist gut, Ruby.« Dann platzte sie heraus: »Ich hoffe nur, Hayden kümmert sich um Max.«

Ich half Theo, seine Tasche zu packen. Wenn ich ihr erzählt hätte, dass ich nach Brasilien abdampfe, hätte sie garantiert auch *Das ist gut, Ruby,* gesagt. Verdammter Max. Warum drehte sich für sie alles immer nur um ihn? »Mum, du musst los, es ist schon nach acht.« Und konzentrier dich beim Autofahren gefälligst auf die Straße, statt dir wegen Max den Kopf zu zerbrechen.

Als ich Tia berichtete, dass Max weg war, sagte sie nur: »Sei froh, dass du ihn los bist. Jetzt kannst du wieder in dein altes Zimmer ziehen.«

Jep.

Ich erzählte ihr auch von Maria, Cat und meinem Ferienjob. »Super!«, johlte sie und stupste mich mit dem Finger an. »Du weißt, was das bedeutet, oder?«

»Geld.«

»Das auch, aber vor allem wirst du nicht zu Hause sein, um deiner Mum zu helfen.« Sie kippelte mit dem Stuhl. »Besser geht's nicht, wenn du mich fragst.«

Ich war froh, dass wir ab morgen zwei Wochen und einen Tag Osterferien hatten. Auf dem Nachhauseweg kauften Davey und ich im Supermarkt Ostereier.

Ich war gespannt, ob mir Mr Vine einen Rabatt geben würde. Ich bekam keinen Rabatt. Während er die Frau vor mir und das Kind nach mir bediente, lächelte und scherzte er, bei mir nicht.

Ich zuckte die Achseln. Mr Vine war es nicht wert, dass ich mich über ihn aufregte.

Ich hoffte, dass Mum etwas weniger zerstreut sein würde, wenn wir nach Hause kamen. Aber als ich sie sah, war mir gleich klar, dass ich mir diese Hoffnung in die Haare schmieren konnte. Sie hatte dunkle Ringe unter den Augen, und die Sorgenfalten auf ihrer Stirn waren so tief wie noch nie.

In meinem Kopf tobten die ganzen alten Rechtfertigungen. *Ich kann sie nicht auf das Zimmer ansprechen. Noch nicht. Ich werde warten, bis sie sich wieder etwas gefangen hat.*

Ich wollte, dass sie mich anlächelte und sagte: »Du kannst wieder in dein altes Zimmer ziehen, Ruby.« Ich wollte, dass sie auch mal an *mich* dachte. Ich beschloss, sie morgen zu fragen. Vielleicht konnte sie ja heute Nacht schlafen, und dann ging es ihr morgen früh bestimmt besser.

In der Nacht von Samstag auf Sonntag versteckte ich mit Calvin die Ostereier für die Jungs. Bisher hatte das immer Mum gemacht, doch die saß diesmal nur auf der Couch und starrte an die Wand.

Am Sonntagmorgen wirkte sie endlich wieder ein bisschen lebendiger. Sie half den Jungs beim Ostereiersuchen. Wegen des Zimmers sagte sie nichts, aber sie ging ein paar Mal hinein und kam dann mit geröteten Augen wieder raus. Okay, sie brauchte noch Zeit. Ich konnte warten.

Tags darauf rief Wiremu an. »Hey, Ruby, hast du Lust auf Wasserskifahren? Das ist die letzte Gelegenheit, bevor es zu kalt wird. Zeke und Niles kommen auch mit. Was ist mit deinen Freundinnen?«

Ich fragte Mum nicht um Erlaubnis. Ich verkündete einfach, dass ich Wasserskifahren ging. »Das freut mich für dich, Ruby. Viel Spaß!« Wow, sie hatte es tatsächlich geschafft, mir drei Sekunden lang ihre ungeteilte Aufmerksamkeit zu schenken.

Und meinen Spaß würde ich definitiv haben. Ich würde nicht eine Sekunde an Zuhause denken.

Ich schaffte es gleich beim ersten Versuch. Tia ebenfalls. Die anderen nicht, obwohl Zeke und Niles nicht zum ersten Mal Wasserski fuhren. Wiremu fuhr mit einem Monoski. Carly gab auf und fuhr im Boot mit, Megan stand zwar beim zweiten Versuch kurz auf den Skiern, ließ dann aber vor Überraschung die Leine los.

Dann war das Osterwochenende auch schon vorbei.

Als am Dienstagmorgen um halb sechs der Wecker klingelte, überlegte ich kurz, ob ich ihn klingeln lassen sollte, bis die Jungs davon aufwachten. Dann konnte ich sagen: *Sorry, Mum, wenn ich mein eigenes Zimmer hätte, wäre das nicht passiert.* Aber ich stellte den Wecker ab und zog mich im Bad an, damit sie weiterschliefen.

Mr Vine begrüßte mich mit dem üblichen Grunzen. Er hatte nicht einmal gefegt. Der Boden war ziemlich dreckig. Ich krempelte die Ärmel hoch und machte mich an die Arbeit. Ich sang wieder *Auf der Mauer, auf der Lauer* in Endlosschleife, in der Hoffnung, dass ihn dieser Ohrwurm den ganzen Tag verfolgen würde. Mick schenkte mir ein Osterei, als er mich sah. Der alte Miesepeter schenkte mir nicht einmal ein Lächeln.

Um acht ging ich mit Davey zu Cat und Maria – sie hatte mich gebeten, sie so zu nennen. Wir brauchten nicht allzu lang, sie wohnten nur drei Straßen weiter.

Maria strahlte, als sie die Tür öffnete. »Ich hatte schon Angst, ihr kommt womöglich nicht.« Sie zeigte uns das Haus.

»Wow. Wunderschön.« Ich war fasziniert von den Bildern, den großen Fächern und den mit Bändern verzierten Masken, die an den Wänden hingen.

Über die Möbel waren zum Teil bunte Decken gebreitet, und auf den Holzböden lagen gemusterte Matten.

Sie lachte. »Freut mich, wenn es dir gefällt. Es erinnert mich an meine Heimat.« Sie deutete auf eine Liste, die am Kühlschrank hing. »Da stehen unsere Telefonnummern. Und das hier« – jetzt hob sie eine Seite aus der Zeitung hoch – »ist eine Liste von Veranstaltungen für Kinder in der Stadt.«

Und da war es wieder – mein Leseproblem. Ich war ihm direkt in die Arme gelaufen, noch bevor ich überhaupt angefangen hatte. Mir war übel. Ich würde es ihr sagen müssen.

»Ähm, Maria, ich muss Ihnen etwas sagen.« Ich konnte ihr nicht in die Augen sehen.

Sie legte mir die Hände auf die Schultern. »Was denn, Ruby? Bist du krank?«

Ich schüttelte den Kopf. »Nein, ich … Also, es ist so: Ich kann nicht lesen oder schreiben. Jedenfalls nicht sehr gut.« Ich zeigte auf die Liste und die Seite aus der Zeitung. »Die Zahlen sind kein Problem, aber die Wörter … Ich kann sie nicht lesen.« So, jetzt war es heraus.

Sie bohrte mir die Finger in die Schultern und schüttelte mich leicht. »Ruby, sieh mich an.« Sie wartete, bis ich den Kopf hob. Mein Herz pochte so wild, dass ich das Gefühl hatte, es müsste mir jeden Moment die Brust sprengen. »Also, das machen wir jetzt gleich nochmal.«

Was? Was sollte ich nochmal machen?

Sie lächelte. »Du wirst mir jetzt hoch erhobenen Hauptes erzählen, dass du eine Lernschwäche hast. Du wirst es ganz ruhig sagen, ungefähr so, wie du sagen würdest …« Sie überlegte kurz. »… dass du keine Erdnüsse verträgst.«

Wozu? Ich wollte es nicht noch einmal sagen. Das eine Mal war schon peinlich genug gewesen.

Sie zog mich zu einem Stuhl und befahl mir, mich hinzusetzen. »Hör zu, Ruby. Du musst aufhören, dich deswegen zu schämen. Die Menschen beurteilen dich nach deinem Selbstbild. Wenn du souverän und selbstsicher auftrittst, dann werden die Leute sagen: *Diese Ruby ist ein tolles Mädchen. Eine richtige Inspiration. Sie lässt nicht zu, dass ihr diese Lernschwäche im Weg steht.*«

Aber das konnte ich nicht. Sie verstand es einfach nicht. Ich sah auf die Uhr. »Müssen Sie nicht los? Sie werden sich verspäten.«

Und dann wurde mir klar, von wem Cat ihre Sturheit geerbt hatte: von ihrer Mutter. »Sag es, Ruby«, befahl Maria. »Ich werde so lange hier sitzen bleiben, bis du es sagst. Wenn es sein muss, den ganzen Tag, und ich werde dich trotzdem bezahlen.«

Mist! Diese Drohung hatte gesessen. Ich holte einmal tief Luft. Und dann gleich noch zweimal. »Ich muss Ihnen etwas sagen: Ich habe eine Lernschwäche und kann nicht lesen oder schreiben«, stieß ich hastig hervor und starrte dabei an die Wand hinter ihrem Kopf.

Sie stand auf, tätschelte mir die Schulter und sagte: »Das ist immerhin ein Anfang. Wir werden es noch einmal üben, wenn ich nach Hause komme, und morgen wieder, und übermorgen – so lange, bis ich zufrieden bin.«

Als Maria über meine missmutige Miene lachte, musste ich auch lächeln. Sie war nett. Ich fragte mich nur, wie sie wohl mit Tia auskäme, die mich auch immer herumkommandierte. »Lesen Sie mir noch schnell vor, was heute auf dem Programm steht? Ich werde es mir merken.«

Im Kino liefen ein paar Filme, und außerdem gab es ein Theaterstück mit dem Titel *Hans und die Bohnenranke.*

Das klang lustig. »Ich glaube, heute gehen wir ins Theater.«

Sie reichte mir einen Geldbeutel. »Hier, da sind fünfzig Dollar drin. Ich werde dir jeden Morgen fünfzig Dollar für Busfahrscheine, Eintrittskarten und Essen geben. Unternimm jeden Tag etwas mit Cat und Davey.«

Ich starrte sie an. »Aber … das ist viel zu viel, Maria!«

Sie drückte meine Hand. »Wir können es uns leisten, Ruby. Und außerdem ist es das wert. Amüsiert euch schön.« Sie küsste Cat, winkte uns zu und ging.

Yippie! Fünfzig Dollar pro Tag, mit denen wir machen konnten, was wir wollten! Aber ich würde trotzdem alle Tickets und Rechnungen behalten und sie ihr hinterher zeigen.

Mit etwas Glück vergaß sie ja, dass ich ihr jeden Tag wieder von meiner Lese- und Schreibschwäche erzählen sollte.

Kapitel siebzehn

Ich schaltete den Fernseher ein, auf der Suche nach ein paar Bastelideen. Es gab da eine Kindersendung, in der konnte man sich jede Menge Anregungen holen. Heute wurden in der Sendung Schachteln und Kartons bemalt, damit sie aussahen wie Häuser und Geschäfte. Sehr gut, das konnten wir machen, wenn es mal regnete. Die Schachteln und Kartons konnte ich aus dem Supermarkt mitbringen.

Der Tag verging blitzschnell. Zu Mittag machten wir Pfannkuchen und dann fuhren wir mit dem Bus in die Stadt. Wir bekamen gute Plätze im Kindertheater, und Cat und Davey fanden das Stück toll. Ich konnte mich allerdings nicht so richtig darauf konzentrieren. Immer wieder musste ich an das denken, was mir Maria gesagt hatte: dass ich mich für meine Lernschwäche nicht schämen musste.

Ich seufzte. Sie hatte leicht reden. Sie war schön und reich und wohnte in einem tollen Haus. Ihr Leben war einfach. Sie konnte sich eben nicht vorstellen, wie sehr ich unter meiner Schwäche litt. Wie schwer es mir fiel, jemandem zu sagen, dass ich nicht richtig lesen konnte.

Dann war das Theaterstück zu Ende, und ich war richtig froh, dass ich mich wieder mit den Kindern beschäftigen musste. Als wir nach Hause kamen, war Maria schon da. Cat rannte zu ihr, gefolgt von Davey, und berichtete aufgeregt von ihrem Tag, in einer Sprache, die ich nicht verstand. Die Wörter sprudelten nur so aus ihr heraus, der Tonfall war singend.

Maria lachte. »Immer langsam, Catarina, und sprich Englisch, Schätzchen.«

Cat stampfte mit dem Fuß auf. »Nein! Ich kann nicht. Ich weiß die Wörter nicht.«

Ich lachte. »Sie könnte Ihnen doch kurz in Ihrer Sprache von dem Theaterstück erzählen, und danach wechseln wir wieder ins Englische. Wir haben uns super amüsiert.«

Maria lächelte mich an. »Das ist lieb von dir, Ruby. Was sagst du dazu, Catarina?«

Sie strahlte mich an und krähte: »Obrigada, Ruby!« Sie war gut erzogen – aber nur, wenn es ihr in den Kram passte. Dann fing sie wieder an, wie ein Wasserfall in ihrer Muttersprache zu reden.

Obrigada. Ich sah zu Davey. »Sie hat *danke* gesagt«, flüsterte er.

Ich nickte. Wir warteten, bis sie Maria in singendem Tonfall und mit glänzenden Augen berichtet hatte, worum es in dem Stück gegangen war. Sie lachte und gestikulierte wild mit den Händen. Ich hörte kein einziges Wort, das ich von der CD kannte.

Hinterher umarmte Maria sie. »Das klingt ja wunderbar, Schätzchen.«

»War das Portugiesisch, Cat?«, wollte Davey wissen.

»Ja«, sagte Cat. »Ich komme aus Brasilien.« Sie sagte es auf Portugiesisch, und diesmal verstanden wir sie.

»Ich bin Amerikaner«, sagte Davey auf Portugiesisch, und Maria und Cat lachten.

»Bist du nicht! Du kommst aus Neuseeland!«, sagte Cat.

»Wo hast du denn das gelernt, Davey?«, fragte Maria.

»Ich kann noch mehr.« Er streckte die Brust heraus und erzählte von den CDs und dass ich nach Brasilien wollte.

»Hmm«, sagte Maria. »Das ist ja interessant.« Sie drehte sich zu mir um. »Was hältst du davon, wenn Catarina und ich dir Portugiesisch beibringen, Ruby?«

»Mir auch!«, rief Davey.

»Ja, Davey, dir auch.« Sie legte den Kopf schief. »Also, was sagst du, Ruby?«

Jetzt hatte ich meine Stimme wiedergefunden. »Oh, ja, bitte!« Sie lachten, weil ich es auf Portugiesisch gesagt hatte.

»Hervorragend.« Maria klatschte in die Hände. »Wir fangen damit an, sobald du mir in die Augen sehen und mir sagen kannst, dass du nicht lesen und schreiben kannst.«

Mist. Sie hatte es nicht vergessen. Und es hatte keinen Zweck, mit ihr zu diskutieren. Also gut, meinetwegen. Ich streckte mein Rückgrat. *Dieses verfluchte Ding.* »Ich kann nicht richtig lesen und schreiben.«

»Besser«, sagte sie. »Und jetzt gehst du vor die Tür, kommst wieder rein und sagst: *Maria, es gibt da etwas, das Sie wissen sollten.* Und dann erzählst du es mir. Ich möchte, dass dir bewusst wird, wie unwichtig das ist. Dass du trotzdem ein kluges, kompetentes Mädchen bist. Und wenn du das geschafft hast, fangen wir mit dem Portugiesischunterricht an.«

Ich hatte überhaupt keine Lust, aber Maria war so hart und unnachgiebig wie eine Mauer.

Also tat ich, was sie mir aufgetragen hatte. Und zwar nicht bloß einmal, sondern sechs Mal hintereinander. Erst dann war sie zufrieden. Trotzdem sagte sie: »Das üben wir jetzt jeden Tag bis zum Ende der Osterferien.«

Als sie meinen ungehaltenen Blick sah, lachte sie.

Und dann brachten sie uns die Worte für Tisch, Stuhl, Zimmer, Haus, Schlafzimmer, Bett, Küche, Wand, Licht und Tür bei. »Das reicht für heute«, sagte Maria.

»Und morgen gibt es einen Test!« Cat klatschte in die Hände.

Ehe wir nach Hause gingen, erinnerte mich Maria daran, ihr morgen meine Kontonummer mitzubringen, damit sie mir meinen Lohn überweisen konnte.

Zu Hause machte ich das Abendessen – allein, denn Davey wollte Calvin und Theo beim Reparieren des Rasenmähers helfen. Was für ein Tag! Ich verdiente Geld und lernte Portugiesisch. Eine Stimme in meinem Hinterkopf wiederholte, was Maria gesagt hatte: *Du bist ein kluges und kompetentes Mädchen.* Jawohl. Genau das war ich.

Ich beschloss, meiner Mutter zu sagen, dass ich aus dem Zimmer der Jungs ausziehen würde.

Doch als sie nach Hause kam, ging sie direkt in Max' Zimmer, das ja eigentlich mein Zimmer war. Sie sagte nicht Hallo, lächelte nicht. Sie begrüßte nicht einmal Calvin.

Verfluchter Max! Sogar wenn er gar nicht da war, bestimmte er mein Leben! Aber jetzt hatte ich endgültig die Nase voll. Ich stürmte in das

Zimmer – mein Zimmer. Mum saß weinend auf dem Bett. In der Hand hielt sie ein T-Shirt von Max. »Mum, ich ziehe wieder in dieses Zimmer. Es ist mein Zimmer, und Max ist nicht da.«

Sie hob den Kopf. »Wie kannst du nur so herzlos sein, Ruby? Er ist *weg*!«

Ich setzte mich neben sie, riss ihr das T-Shirt aus der Hand und warf es auf den Boden. »Er ist nicht tot, Mum – er ist bei unserem Vater in Australien und amüsiert sich dort.«

Sie rückte von mir ab. »Du verstehst das nicht.«

Da hatte sie recht. Ich stand auf. »Ich muss nach dem Essen sehen.«

Sie sagte nichts. Ich ging hinaus. Es war mein Zimmer, und heute Abend würde ich umziehen. Es war lange genug ein Schrein für Max, den verlorenen Sohn gewesen.

Ich rief alle zum Essen. Mum aß drei Bissen, dann sagte sie: »Ruby, du wirst nicht umziehen. Das Zimmer muss für Max frei bleiben, für den Fall, dass er zurückkommt.«

Calvin sah mich an und schüttelte den Kopf. Dann legte er Messer und Gabel ab und sagte: »Tessie, Ruby und ich werden nach dem Essen ihre Sachen rübertragen.« Er hob die Hand. »Keine Widerrede. Ich habe schon zu viel gehört. Jetzt wirst du zur Abwechslung mal zuhören. Falls Max zurückkommt, wird er sich an die Gegebenheiten anpassen müssen. Wir werden nicht zulassen, dass er unser ganzes Leben auf den Kopf stellt.« Er ergriff ihre Hand. »Er wird ein Mitglied dieser Familie sein, Tessie, und nicht das Oberhaupt.«

Sie entriss ihm ihre Hand, sprang auf und rannte aus der Küche.

Na, toll. Max konnte von Glück sagen, dass er auf der anderen Seite der Tasmanischen See war. Wäre er jetzt hier gewesen, hätte ich ihm die Haare büschelweise ausgerissen.

Nach dem Essen sagte Calvin: »Lass das Geschirr ruhig stehen, Ruby. Wir haben Wichtigeres zu tun.« Er sah zu Theo und Davey. »Wie sieht es aus, helft ihr uns?«

Als wir fertig waren und wieder in die Küche gingen, spülte Mum das Geschirr und weinte ins Spülbecken.

Ich verzog mich in mein Zimmer und rief Tia an, um mich gründlich auszukotzen. Hach, das tat gut. Tia erzählte, dass sie einen neuen Freund hatte. »Nur über die Osterferien«, sagte sie. »Wenn die Schule wieder losgeht, muss ich ihn abservieren. Der wird mir sonst zu anstrengend.«

Er hieß Aaron und gehörte zu den Schülern, die nächstes Jahr nach Brasilien fahren durften. Pff! Ich wette, der konnte auf Portugiesisch noch nicht einmal sagen *Wo ist der Tisch? Er ist dort drüben.*

Ruby Yarrow ist ein kluges und kompetentes Mädchen. Jawohl.

Kapitel achtzehn

Es wurden die schönsten Ferien, die ich je hatte. Wir gingen Eislaufen, Reiten und zwei Mal ins Kino. Wir kochten gemeinsam und aßen, was wir gekocht hatten. Am Donnerstag regnete es in Strömen. Als wir morgens kamen, stand Cat am Fenster und starrte mit finsterem Blick hinaus. »Regen ist doof. Ich hasse den doofen Regen.«

»Sag es auf Portugiesisch«, bat Davey. Auf Portugiesisch.

Und schon hob sich ihre Laune. Die beiden tanzten durch das Wohnzimmer und sangen auf Portugiesisch *Regen ist doof. Ich hasse den doofen Regen.*

Maria verdrehte die Augen. »Viel Glück«, sagte sie, ehe sie ging.

Es war der perfekte Tag, um die Schachteln zu bemalen, die ich aus dem Supermarkt mitgebracht hatte. Ich breitete in der Garage Zeitungen aus und holte die zerlegten Kartons. Es waren so viele, dass es für eine richtige Einkaufsstraße reichte. Vorher mussten wir allerdings in der Stadt Farbe und Pinsel besorgen. »Okay, Kinder, zieht eure Gummistiefel und Regenmäntel an. Wir haben eine Mission.«

Cat ließ uns alles noch einmal auf Portugiesisch sagen. »Und wir fahren mit dem Bus«, sagte Davey. »Und im Bus können wir Portugiesisch reden, und alle werden uns anstarren. Das wird cool.«

Das war es tatsächlich. Genau wie die Häuser und Läden, die wir bastelten. Während wir die Kartons bemalten, lernten Davey und ich die Namen der Farben auf Portugiesisch.

Die bemalten Kartons reihten wir nebeneinander auf, in einer Ecke ganz hinten in der Garage, wo sie nicht stören würden, wenn Maria und Lucas nach Hause kamen.

Maria zwang mich jeden Tag, wenn sie kam, mein Sätzchen wegen der Leseschwäche zu sagen. Dann tranken wir eine Tasse Tee und unterhielten uns auf Portugiesisch. Als sie am Freitag nach Hause kam, sagte ich zu ihr: »Maria, ich muss Ihnen etwas sagen: Es ist für mich jetzt wirklich keine große Sache mehr. Ich schäme mich nicht mehr deswegen. Es ist so, wie es ist, und ich lasse mich deswegen nicht unterkriegen.«

Sie schloss mich in die Arme und beglückwünschte mich.

Ich sagte: »Obrigada, Maria. Obrigada.«

Dann ging ich mit Davey nach Hause. Ich war glücklich. Maria hatte mich gebeten, Cat nach den Ferien von der Schule abzuholen und nach Hause zu bringen. »Wir werden uns jeden Tag eine halbe Stunde hinsetzen und uns auf Portugiesisch unterhalten, und um vier gehst du dann mit Davey zu euch nach Hause.« Und sie bestand darauf, mich dafür zu bezahlen, dass ich Cat abholte.

Mein Reisebudget für Brasilien wuchs. Maria würde kommendes Jahr im April mit ihrer Familie nach Brasilien fliegen, und sie wollte, dass ich mitkam und bei ihnen wohnte. »Wir würden uns riesig freuen, wenn du uns begleitest.«

Das fand ich natürlich schön. Mum dagegen schien sich gar nicht zu freuen, wenn sie mich sah. Sie versuchte zu lächeln und Interesse an dem zu zeigen, was ich machte, aber es wirkte immer irgendwie halbherzig. Nie lachte sie.

Wegen des Zimmers sagte sie nichts mehr. Dafür schrieb sie Max alle zwei, drei Tage einen Brief. Er hatte noch keinen einzigen beantwortet. Calvin und ich machten uns Sorgen um sie, aber sie zuckte bloß die Schultern. »Mir geht's gut. Lasst mich in Ruhe.«

In der ersten Woche nach den Osterferien wurde im Krankenhaus gestreikt. Ich hatte erwartet, dass ihr das endgültig den Rest geben würde, aber das Gegenteil war der Fall. Sie stürzte sich mit Feuereifer in die Gewerkschaftsarbeit, stand in der Streikpostenkette, gab Interviews im Radio und im Fernsehen. Was sie sagte, klang sehr überzeugend. Wir waren stolz auf sie.

Aber man zog ihr eine Woche Lohn ab. Und genau an dem Tag, an dem der Streik beendet wurde, ging das Auto kaputt. Die Reparatur kostete tausend Dollar. Eine Kollegin nahm sie mit in die Arbeit, solange der Wagen in der Werkstatt war, aber auf Dauer war das keine Lösung. »Ich sollte mir eine Stelle in Napier suchen«, sagte sie. »Ich hab's satt, jeden Tag nach Hastings zu fahren, und die Arbeit im Krankenhaus hängt mir auch schon zum Hals raus.«

Trotzdem brauchte sie ihr Auto.

Sie gingen zur Bank und nahmen einen Kredit auf.

Es wurde Herbst und schließlich Winter. Jetzt tranken Davey, Cat und ich heiße Schokolade, wenn wir von der Schule kamen. Maria sprach mit mir über Schnee, Eis und Kälte. Sie lieh mir Hör-CDs mit Geschichten. »Die sind eigentlich für Kinder. Wir haben sie für Catarina aus Brasilien mitgebracht. Die Sprache ist recht einfach. Nimm die Bücher dazu auch mit; die Bilder werden dir beim Verständnis helfen.«

Am nächsten Tag unterhielten wir uns immer über die Geschichte, die ich mir angehört hatte. Ende Mai sagte Maria: »Du lernst schnell, Ruby. Deine kleinen grauen Zellen sind auf Zack.« Bei jeder Gelegenheit sagte sie mir, wie intelligent ich war, wie clever und gewitzt. Wenn ich bei ihr war, kam ich mir auch wirklich so vor.

Bei uns zu Hause hatte sich nicht viel geändert – Mum redete nicht oft über Max, aber sie schrieb ihm weiter Briefe. Er hatte sich kein einziges Mal bei ihr gemeldet, mal abgesehen von dem einen Anruf an dem Tag, an dem er in Australien angekommen war. Ich weigerte mich, an ihn zu denken.

Zu seinem Geburtstag im Juni lief Mum zu Hochtouren auf. Sie kaufte Geschenke für ihn, und außerdem eine riesige Karte, die *Happy Birtday* spielte, wenn man sie öffnete. Sie befahl Theo und Davey, etwas für Max zu malen. »Du musst ein Geschenk für ihn besorgen, Ruby. Du kannst es dir leisten, bei all dem Geld, das du verdienst.«

Sie hatte mich nie gefragt, was ich mit meinem Geld vorhatte. Ich zuckte die Schultern. »Meinetwegen.« Ich hatte keine Lust, wegen Max einen Streit vom Zaun zu brechen. Als ich das nächste Mal mit Cat und Davey in der Stadt war, kaufte ich ihm im Secondhandladen den ersten Band von Harry Potter. Das Buch war billig und sah aus fast wie neu, aber ich hätte es auch genommen, wenn die halben Seiten gefehlt hätten und wenn ich gewusst hätte, dass er es schon gelesen hatte. Es wäre mir sogar ganz recht gewesen, wenn er es schon gelesen hatte. Außerdem kaufte ich noch sechs Modezeitschriften, die alle noch ziemlich aktuell waren.

Mum schickte das ganze Paket eine Woche vor seinem Geburtstag ab. Er rief nicht an, er schrieb nicht. Was hatte sie auch anderes erwartet?

In der letzten Juniwoche waren die Abschlussprüfungen, und unsere Lehrer ermahnten uns ständig, fleißig dafür zu lernen. Vor allem in der letzten Woche vor den Prüfungen machten sie uns richtig irre damit. »Ihr habt es gut«, jammerte ich, als ich mit den Mädels zusammensaß. »Ihr könnt wenigstens lernen.« Mir hatte nie jemand erklärt, wie ich es anstellen sollte.

»Dafür hast du eine gute Ausrede, dich davor zu drücken«, sagte Carly. »Meine Eltern gehen mir in einer Tour damit auf die Nerven. Mum nörgelt, Dad schreit rum, und Jasmine reibt mir ständig unter die Nase, wie viel sie gebüffelt hat, als sie in meinem Alter war. Zum Kotzen.«

»Tja, so hat jeder sein Päckchen zu tragen«, seufzte Tia und verdrehte die Augen.

»Es ist so öde.« Megan seufzte. »Und ich hasse lernen. Aber meine Oldies haben versprochen, dass sie einen Hunderter für jedes Fach springen lassen, in dem ich gut abschneide. Für Brasilien.«

Es klingelte, und auf dem Weg in unsere Klasse hatte ich die zündende Idee: »Hey, Leute, wie wär's denn, wenn wir uns am Samstag alle bei mir zu Hause zum Lernen treffen? Ihr bringt eure Bücher mit und lest mir daraus vor. Dann reden wir darüber, und auf diese Weise haben wir alle etwas davon.« Ich hielt gespannt die Luft an. Wahrscheinlich würden sie mir jetzt alle den Vogel zeigen.

Doch Megan nickte. »Super Idee. Ich bin dabei.«

Carly zuckte die Schultern. »Warum nicht? Das ist auf jeden Fall besser als zu Hause zu hocken.«

»Gut«, sagte Tia. »Aaron hat mir eine SMS geschickt und gefragt, ob ich zum Lernen zu ihm komme.« Sie begann zu tippen und las dabei vor, was sie schrieb: »Tut mir leid, hab schon andere Pläne.«

Carly grinste. »Ich wette, den serviert sie noch vor Sonntagabend ab.«

Sie verlor die Wette – Tia servierte ihn noch am selben Tag ab, zwischen der Englischstunde und dem Wahlfach.

Mum war überrascht, als ich ihr erzählte, dass die Mädels zum Lernen vorbeikommen würden, doch dann lächelte sie und sagte: »Das ist toll, Ruby. Was hältst du davon, wenn ich zu Mittag Lasagne für euch mache?«

Ich umarmte sie. Es ging bergauf.

Kapitel neunzehn

Meine erste Prüfung war am selben Tag wie Max' Geburtstag, und Mum vergaß, mir Glück dafür zu wünschen.

Als ich morgens aus dem Supermarkt nach Hause kam, überfiel sie mich gleich mit der Frage, ob sie ihn anrufen sollte oder nicht. »Hoffentlich unternimmt Hadyen etwas Schönes mit ihm. Und ich hoffe mal sehr, dass er Max auf eine gute Schule schickt. Der Junge braucht unbedingt eine gute Ausbildung.«

Ja, ja.

Meine Prüfung erwähnte sie mit keinem Wort.

Stattdessen rief sie nach Theo.

Ich machte Frühstück und brachte Davey zur Schule.

Für die Englischprüfung musste ich in einen kleinen Raum im Verwaltungstrakt. Ich hatte einen Schulbegleiter, der mir bei der Prüfung half, indem er mir die Aufgaben vorlas. Yippie. Mal wieder eine Extrawurst für Ruby Yarrow.

Die Prüfung war schwierig, aber ich hatte das Gefühl, dass ich besser abschneiden würde als beim letzten Mal, denn diesmal hatte ich keine Hemmungen mehr, meinen Betreuer zu bitten, mir die Aufgaben so oft vorzulesen, bis ich sie verstanden hatte.

Am Nachmittag war Naturwissenschaft dran. Mein Schulbegleiter hieß Mr Webb und war ein pensionierter Schuldirektor. Er tat, als würde er sich die Ärmel hochkrempeln. »Willkommen zur zweiten Runde, Ruby. Also, dann legen wir mal los.«

Als ich fertig war, sammelte er alle Zettel ein und lächelte mich an. »Gut gemacht, Ruby. Du hast ungefähr sechzig Prozent richtig.«

Ich starrte ihm mit offenem Mund nach, auch, als er längst weg war.

Am nächsten Tag kam Mathe dran, und am Nachmittag Sozialkunde. Mr Webb sagte, in Mathe hätte ich ungefähr 70 Prozent richtig gehabt, aber von Sozialkunde habe er leider keine Ahnung. Das glaubte ich ihm allerdings nicht. Er ist clever. Und nett.

Am Mittwochvormittag war die Prüfung in Gesundheitserziehung, und nachmittags kamen dann die Wahlfächer. Ich hatte Kunst und Werken genommen. In Kunst musste man keine Prüfung ablegen, und von Stoff- und Materialkunde hatte Mr Webb nicht allzu viel Ahnung, hatte ich den Eindruck.

Alles in allem kam es mir so vor, als hätte ich diesmal insgesamt ganz gut abgeschnitten, wenn auch längst nicht so gut, wie Mr Webb mir prophezeit hatte. Die Noten würden wir erst nach den Ferien erfahren.

Am letzten Schultag des Semesters verhagelte uns die Sozialkundelehrerin die Ferien mit den Worten: »Okay, Leute, und jetzt zu eurer Hausaufgabe für die Ferien ...« Sie wartete kurz ab, weil ein Stöhnen durch die Klasse ging. »Ich möchte, dass ihr euch bis zum Anfang des nächsten Semesters eine Stelle für ein Schnupperpraktikum sucht.« Wir sollten einen Tag in einem Betrieb verbringen, in dem wir gerne arbeiten würden, wenn wir mit der Schule fertig waren. Das Datum schrieb sie an die Tafel.

Ich denke nie darüber nach, was ich nach der Schule machen möchte. Ein Mädchen, das nicht lesen oder schreiben kann, hat nur wenig Möglichkeiten. Mum erwartet, dass ich mir eine Stelle als Köchin suche oder wie sie im Krankenhaus als Putzfrau arbeite. Calvin meint, ich könnte mich bei einer Kinderkrippe bewerben, weil ich so gut mit Kindern umgehen kann. Aber selbst wenn ich das wollte, bräuchte ich dafür eine Ausbildung, und die würde ich niemals schaffen.

Wir redeten die ganze Stunde nur über dieses Thema. Die anderen schienen ganz genau zu wissen, was sie später mal werden wollten. »Ich brauche kein Schnupperpraktikum. Ich will professioneller Gamer werden, und dafür brauche ich nur meinen Computer«, sagte Tom.

»Nun, Tom, da du über dieses Thema schon bestens informiert bist, möchte ich, dass du dir etwas anderes überlegst. Vielen Dank.«

Tia wollte ihr Schnupperpraktikum in der Röntgenabteilung des Krankenhauses machen. »Ich mag Knochen«, sagte sie.

Megan wollte bei einem Friseur »schnuppern«. »Ich möchte eine Lehre bei einem richtig guten Friseur machen, dann kann ich später durch die Welt reisen und gleichzeitig arbeiten.«

Bei Carly war ich sicher, dass sie uns veräppeln wollte: »Ich möchte auf einer der großen Farmen oben an der Taihape Road arbeiten.«

»Das glaube ich erst, wenn ich es mit eigenen Augen sehe«, spottete Tia. »Auf einer Farm muss man früh aufstehen, Mädel.«

Carly ist allgemein als Langschläferin bekannt.

Wiremu wollte entweder Physiotherapie, Sportreporter oder Filmproduzent werden.

Ich sagte nichts und hoffte, dass mich niemand fragen würde, was ich mal werden wollte.

Am Samstag redete ich mit Mum darüber. Sie umarmte mich und sagte: »Ach, Ruby, Mädchen wie du haben nicht allzu viele Möglichkeiten. Es wird bestimmt nicht einfach. Warum bewirbst du dich nicht als Verkäuferin in einem Kleidergeschäft? Du magst doch Mode.«

Das stimmt zwar, aber ich habe keine Lust, Klamotten zu verkaufen. Ich kann mir lebhaft vorstellen, wie das laufen würde: Eine sechzigjährige Kundin kommt in den Laden und probiert ein Kleid an, für das sie viel zu alt ist. Ein teures Kleid. Sagen wir mal, eins für fünfhundert Dollar. Sie lächelt mich an und sagt: »Was für ein tolles Kleid! Jetzt sagen Sie mir mal ganz ehrlich: Sieht mein Hintern darin fett aus?«

Ich würde zurücklächeln und sagen: »Tja, meine Liebe, das Problem ist nicht Ihr Hintern, sondern Ihr faltiger Hals. Und dann sind da noch Ihre dicken Knie und die Schwabbelarme. In diesem Kleid zeigen Sie viel zu viel Haut, also lassen Sie mal lieber die Finger davon.«

Sie würde total verärgert abdampfen, und meine Chefin würde mich zusammenstauchen und mich feuern. Und überhaupt müssen Verkäuferinnen lesen und einen Computer bedienen können. Sie müssen Namen und Adressen aufschreiben können.

»Greif nach den Sternen, Ruby«, sagte Calvin. »Tu um Himmels willen nicht das Naheliegendste.« Im selben Krankenhaus wie Mum als Putzfrau zu arbeiten wäre das Naheliegendste. »Denk daran, Computer können heutzutage schon sprechen.« Er lächelte mich an und ging. Er hatte ein Vorstellungsgespräch – er wollte an den Wochenenden als Tankwart arbeiten, um unser Budget etwas aufzubessern.

Theo weinte und wollte ihn begleiten. Mum sagte, es sei nur vorübergehend. Nur, bis wir finanziell aus dem Gröbsten raus waren. Theo weinte trotzdem.

Am Montagmorgen, während ich den Boden im Supermarkt fegte und wischte, traf ich mal wieder eine dieser wichtigen Entscheidungen. Ich würde mir ein richtig interessantes Schnupperpraktikum suchen. Nur, wo?

Als ich mit Davey bei Maria ankam, lief uns Cat gleich entgegen. »Ruby! Mama sagt, wir dürfen mit dem Zug nach Gisborne fahren! Mit einer Dampflok! Aber nur, wenn du uns begleitest. Kommst du mit, Ruby? Bitte!«

Sie redete sehr schnell, auf Portugiesisch, und ich verstand jedes Wort. »Eine Dampflok? Da komme ich gern mit! Heute?«

Maria küsste mich auf beide Wangen. So machte man das in Brasilien, hatte sie mir erklärt. »Nein, es wäre erst nächste Woche. Wir haben schon mal Tickets gekauft, für alle Fälle. Aber bist du auch ganz sicher? Das wird ein langer Tag. Der Zug fährt eine ganze Weile von Napier nach Gisborne und wieder zurück.«

»Ja, ich bin sicher. Das wird ein Abenteuer!« Ich war noch nie in Gisborne.

Davey war erst einmal sprachlos. »Darf ich dann wieder den Zuglenker machen?«, fragte er mit glänzenden Augen, als er sich wieder gefangen hatte.

Maria verneinte, aber das konnte seine Freude nicht trüben.

Die Ferien waren ziemlich verregnet, und ich zerbrach mir ständig den Kopf darüber, wo ich mein Schnupperpraktikum machen sollte. Ich hatte keine Ahnung, wen ich fragen und was ich machen sollte.

Wir guckten Kinderfernsehen und bastelten Insekten aus Eierkartons. In der nächsten Sendung wurde gezeigt, wie man Masken aus Papptellern macht. Cat warf ihre auf den Boden, als sie fertig war. »Die ist blöd. Das ist keine richtige Maske.«

Naja, sie war nicht zu vergleichen mit denen, die bei ihr zu Hause an der Wand hingen, aber das Basteln hatte ihr Spaß gemacht. Mir auch. Ich bastle einfach gern. Vielleicht könnte ich mein Schnupperpraktikum in einem handwerklichen Betrieb absolvieren.

Die Zugfahrt nach Gisborne war am letzten Ferientag. Wir mussten um halb acht am Bahnhof sein. Ich hatte Mr Vine gesagt, dass ich an dem Tag nicht kommen konnte. Er hatte gestöhnt. »Das ist mal wieder typisch! Man kann sich überhaupt nicht auf dich verlassen. Kommst und gehst, wie es dir passt, du unverlässliches Gör.«

Ich lächelte ihn an. »Sie können sich gern einen Ersatz suchen.«

Lucas brachte uns zum Bahnhof. »Schade, dass ich nicht mitfahren kann. Hier.« Er drückte mir eine Kamera in die Hand. »Bitte mach ganz viele Fotos.« Er zeigte mir, wie man die Kamera bediente. »Ich hätte gern ein Foto von der Eisenbahnbrücke aus, die über den Flughafen in Gisborne führt.«

Wir stiegen ein, und Lucas reichte mir den Picknickkorb, den Maria für uns hergerichtet hatte. »Viel Spaß!«

Cat fand die Zugfahrt ganz toll – jedenfalls die erste halbe Stunde. Danach wollte sie wieder nach Hause, und zwar *auf der Stelle*. »Du bist dumm!«, schimpfte Davey. »Züge sind *nicht* langweilig!«

Na, toll. »Ruhe jetzt, ihr zwei. Cat, such dir etwas draußen vor dem Fenster und bring mir das portugiesische Wort dafür bei.«

Sie schob die Unterlippe nach vorn. »Nein. Ich will nach Hause.«

Wenn ich könnte, würde ich dich auf der Stelle heimschicken, du Nervensäge, das kannst du mir glauben.

Der alte Mann, der uns gegenübersaß, verbeugte sich vor mir. »Ich mag lange Zugfahrten auch nicht besonders gern.« Er lächelte mich an. Cat und Davey ignorierte er. »Deswegen habe ich stets etwas Papier dabei. Sieh her.« Er holte ein blaues, quadratisches Blatt Papier aus seiner Tasche.

»Doof«, sagte Cat.

»Bitte, halt den Mund, Cat«, sagte ich zu ihr auf Portugiesisch. »Ich möchte hören, was der Mann sagt.«

Davey klebte mit dem Gesicht am Fenster und sah zu, wie die Dampfschwaden draußen vorbeizogen.

Der alte Mann begann das Papier zu falten. Er faltete eine Schachtel und reichte sie mir. »Möchtest du auch eine machen? Für das kleine Mädchen ist es noch zu schwer.«

»Ist es nicht«, fauchte Cat. »Sie sind doof.« Zum Glück sagte sie es auf Portugiesisch.

Die Augen des alten Mannes funkelten. »Du sprichst sehr gut Englisch. Woher kommst du?« Er sah mich an, nicht Cat.

Ich lächelte ihn auch an. »Ich komme aus Neuseeland, aber Cat hier kommt aus ...«

»Ich sage es!« Cat warf ihm einen finsteren Blick zu. »Ich komme aus Brasilien. Ich heiße Catarina.«

Er verbeugte sich. »Ich grüße dich, Catarina. Ich heiße Ishi und komme aus Japan.«

»Ich kann auch eine Schachtel machen«, sagte sie. »Zeig es mir.«

Ehe er etwas darauf antworten konnte, sagte ich: »Cat, ich möchte, dass du Mr Ishi höflich darum bittest.«

Sie musterte mich und schien zu überlegen, ob sie tun sollte, was ich ihr aufgetragen hatte. Ich bemühte mich um einen strengen Blick, der sagte: »Tu's, sonst ...«

Sie gab nach und schenkte ihm ein Lächeln. Ein richtig sonniges.

»Bitte, Mr Ishi, zeigen Sie mir, wie man eine Schachtel faltet.« Er zeigte es uns.

Ich sagte: »Danke, Mr Ishi. Danke.«

Er verbeugte sich wieder. Seine Augen funkelten. »War mir ein Vergnügen, Miss Ruby.«

Dann gab er Cat ein Blatt Papier, und sie faltete ganz ohne seine Hilfe eine Schachtel. Er gab ihr drei weitere Blätter in verschiedenen Farben. Sie faltete eine rosa Schachtel, öffnete den Picknickkorb, entnahm ihm eine Mandarine, legte sie in die Schachtel und reichte sie Mr Ishi. »Für Sie, Mr Ishi.« Sie verbeugte sich.

Die ganze Fahrt bis nach Gisborne faltete sie Schachteln.

Davey bewegte sich keine Sekunde vom Fenster weg.

In Gisborne hatten wir zwei Stunden Aufenthalt, in denen ich die Kinder kreuz und quer durch die Stadt scheuchte. Ich hatte einen Plan: Ich wollte Cat so müde machen, dass sie auf der Fahrt nach Hause schlafen würde.

Es funktionierte, aber ich war trotzdem froh, als die Dampflok ein letztes Pfeifen von sich gab und wir wieder in Napier ankamen.

Lucas holte uns ab. Er wirbelte Cat durch die Luft. »Na, war das aufregend, mein Schatz? Hat es dir gefallen?«

»Nein«, sagte sie.

Er setzte sie ab und verzog das Gesicht. »Ach, herrje, das tut mir leid, Ruby. War es sehr schlimm?«

Ich gab ihm die Kamera und erzählte ihm, dass ich vergessen hatte, ein Foto von der Brücke über dem Flughafen zu machen. Und ich berichtete von Mr Ishi, den Schachteln und der Blitzbesichtigung von Gisborne. Ich lächelte ihn an. »Mr Ishi ist ein Heiliger.«

»Was kann man von anderen Menschen leider nicht behaupten kann«, sagte Lucas mit einem Blick zu seiner Tochter. »Ich bin froh, dass dir das Lächeln nicht vergangen ist, Ruby.«

Es war nicht der schönste Tag der Ferien gewesen, aber wir hatten ihn überlebt. Und ich war in Gisborne gewesen.

Kapitel zwanzig

Die Schule ging wieder los. Ich hatte Tia die ganzen Ferien nicht gesehen. »Wie war's in Queenstown?«, fragte ich. Wir gingen zu Fuß zur Schule, so konnten wir besser reden.

»Schön. Kalt. Das Winterfestival war der Hammer.«

Hm. Das klang amüsanter als eine Zugfahrt nach Gisborne mit einem schlecht gelaunten Kind.

Megan war auch weggewesen. »Ich war in New Plymouth. Es hat geregnet.«

Carly hatte in einem Altersheim gearbeitet, das ihrer Tante gehörte. »Das will ich jedenfalls nicht machen, wenn ich mit der Schule fertig bin.«

Ach, richtig. Das Schnupperpraktikum.

Wir erhielten die Prüfungsergebnisse. Jeder Lehrer hatte *Gut gemacht, Ruby* oder *Tolle Leistung* oder etwas in der Art unter meine Prüfung geschrieben. Tia las sie mir alle vor und grinste dabei von einem Ohr zum anderen.

Miss Harris erinnerte uns daran, dass wir am Mittwoch unser Schnupperpraktikum absolvieren mussten. »Und, was wirst du machen?«, fragte Tia.

»Keine Ahnung.«

Abends zeigte ich Mum meine Prüfungen. Sie freute sich. Sie umarmte mich, aber dann sagte sie: »Zu schade, das mit deiner Leseschwäche, Ruby. Wenn du die nicht hättest, könntest du alles werden, was du willst.«

Na, vielen Dank auch, Mum.

Am Dienstag hatte ich noch immer keine Idee für das Schnupperpraktikum. Schließlich fragte ich die Schneiderin nebenan, ob ich einen

Tag bei ihr mitarbeiten könnte. Sie näht Hochzeitskleider. Das stellte ich mir interessant vor.

War es aber nicht. Die Schneiderin ist zwar ganz nett, aber sie war total gestresst. Sie hat am Samstag zwei Hochzeiten und muss ständig die Kleider ändern, weil die eine Braut immer dicker wird und die andere immer dünner. Am liebsten hätte ich ihr gesagt, sie soll die Kleider einfach vertauschen, aber ich habe es mir verkniffen. Ich glaube, das hätte sie nicht besonders witzig gefunden, so gestresst, wie sie war. Ich musste den ganzen Tag Nähte auftrennen. »Du bist ein richtiger Segen, Ruby. Wenn ich rechtzeitig fertig werde, dann nur dank dir.«

Sie wollte wissen, ob ich auch morgen und übermorgen nach der Schule vorbeikomme und ihr helfe. Gegen Bezahlung.

Ich habe abgelehnt. Schön langsam hängt mir der Spruch *Du bist ein Segen* zum Hals raus.

hinterher mussten wir im Unterricht etwas über unser Schnupperpraktikum schreiben. Ich habe mir große Mühe gegeben und mir überlegt, als was ich in einer idealen Welt arbeiten möchte.

Das stand auf meiner Liste:

WAS ICH GUT KANN:	MÖCHTE ICH DAS BERUFLICH MACHEN?
Kinderbetreuung	Nein
Nähte auftrennen	Nein
Kochen	Nein
Portugiesisch sprechen	Schön wär's
Wasserskifahren	Träum weiter
Modecollagen basteln	Pfff

Daran bin ich zwei Stunden gesessen. Miss Harris habe ich meine Liste nicht gezeigt.

In der dritten Semesterwoche wurde es bitterkalt. Maria trug mir auf, Cat nach der Schule mit zu uns nach Hause zu nehmen. Sie würde sie dann bei uns abholen. Sie wollte nicht, dass Davey und ich abends durch die

Kälte zu Fuß nach Hause gehen mussten. Cat, Davey und ich legten den ganzen Weg im Laufschritt zurück, weil wir so froren.

Maria kam und unterhielt sich eine halbe Stunde mit mir auf Portugiesisch. »Ich freue mich immer richtig auf unser Gespräch«, sagte sie. »Du lernst so schnell, Ruby.«

Ehe sie ging, gab sie mir noch ein paar Hörbücher. »Das hier ist für Erwachsene, aber ich glaube, du wirst das meiste trotzdem verstehen.« Sie erzählte mir, worum es ging: Um eine Frau, die mit obdachlosen Kindern in den Slums von São Paulo arbeitet.

In der letzten Juliwoche, am Freitag, hatte ich Geburtstag. Megan hatte eine super Idee: »Wir könnten eine Wintersonnwendfeier für dich veranstalten. Mum hat versprochen, einen Truthahn für uns zu machen.«

»Klasse«, sagte Tia und kramte ihr Handy hervor. »Ich schreibe Callum nur schnell, dass es aus ist.« Sie sah mich an. »Was hat deine Mum geplant?«

Ich zuckte die Schultern. Mum hatte nichts erwähnt.

»Wir können das Fest auch auf Samstag verlegen, falls es ein Problem gibt. Ihr könntet doch alle bei mir übernachten.«

»Und wenn am Samstagmorgen mein Wecker klingelt, weil ich zur Arbeit muss, wacht ihr alle auf.«

Am Freitag stand ich zur üblichen Uhrzeit auf. Calvin wünschte mir einen guten Morgen, aber nicht alles Gute zum Geburtstag. Na, im Laufe des Tages würde es ihm bestimmt wieder einfallen. Ich sagte nichts.

Im Supermarkt war alles wie immer. Ich überlegte, ob ich den alten Miesepeter um eine Gehaltserhöhung bitten sollte, schließlich war ich jetzt fünfzehn. Ich ließ es bleiben.

Danach fuhr ich schnell nach Hause. Hoffentlich hatte mir Mum ein paar neue Zeitschriften besorgt.

Normalerweise erriet ich schon im Voraus, was sie mir schenken würde, aber diesmal hatte ich keine Ahnung.

Als ich zur Tür hereinkam, hob sie den Kopf. »Oh, gut, du bist wieder da, Schätzchen. Könntest du dich bitte um Theo kümmern? Er ist heute richtig aufsässig.«

Okay, also erst Theo, dann alles Gute zum Geburtstag, liebe Ruby. Doch auch als ich schließlich am Frühstückstisch saß, brachte sie mir kein Geschenk. Allmählich wurde mir klar, dass sie meinen Geburtstag einfach vergessen hatte. Ich gab ihr einen Wink mit dem Zaunpfahl. »Denk daran, dass ich heute Abend bei Megan eingeladen bin, Mum.«

Auch das hatte sie vergessen.

Ach, scheiß drauf. Ich würde sie garantiert nicht an meinen Geburtstag erinnern, schon gar nicht, nachdem sie an Max' Geburtstag zur Hochform aufgelaufen war. Ich sollte weglaufen. Vielleicht wüsste sie mich dann wieder mehr zu schätzen. Ich verabschiedete mich nicht von ihr, als sie mit dem kreischenden Theo im Schlepptau hinaus zum Auto lief. Es fiel ihr gar nicht auf.

In der Schule lief es dann besser. Die Mädels wünschten mir alles Gute zum Geburtstag, und als Wiremu aufstand, um Happy Birthday zu singen, stimmte die ganze Klasse mit ein. Ich wurde feuerrot, aber es war schön.

Um vier kam Maria mit einem Geschenk zu uns nach Hause. »Für dein Zimmer«, sagte sie.

Ich machte es auf. Sie hatte mir eine der Masken mitgebracht, die in ihrem Wohnzimmer an der Wand hingen. »Wow! Woher hast du gewusst, dass das meine Lieblingsmaske ist?«

Cat strahlte mich an. »Von mir. Die hast du immer angeschaut.«

Nachdem die beiden gegangen waren, packte ich die Sachen, die ich für die Übernachtung bei Carly brauchen würde, dann kochte ich das Abendessen.

Um fünf kamen Calvin und Theo. Auch Calvin hatte meinen Geburtstag vergessen. Ich setzte mich auf mein Rad und fuhr zu Megan. Alle meine Freundinnen hatten Geschenke für mich. Von Tia bekam ich ein Armband, von Megan ein Buch über Mode. »Es sind viele Bilder drin«, sagte sie. »Ich dachte, dann ist es okay.«

Ich blätterte es durch. »Es ist klasse, danke!«

Carly schenkte mir vier neue Modezeitschriften. Eine davon, eine englische, kannte ich noch gar nicht.

»Ihr seid die Besten, Mädels!« Ich umarmte sie alle. Über meine Familie redeten wir nicht. Stattdessen aßen wir, guckten DVDs und lachten. Irgendwann kam Megans Mum und wünschte uns eine gute Nacht. Ich rannte zu ihr und umarmte sie. »Danke für diesen tollen Geburtstag!« Sie wirkte erfreut.

Ich rief mir in Erinnerung, was für einen lustigen Abend wir gehabt hatten, und versuchte, ihn mir nicht von Gedanken an meine Familie verderben zu lassen. Doch als wir uns schließlich zum Schlafen hingelegt hatten, fiel es mir schon schwerer.

Jedes einzelne Mitglied meiner Familie hatte meinen Geburtstag vergessen. Nicht einmal Davey hatte etwas gesagt, dabei war er dabei gewesen, als mir Maria die Maske gegeben hatte.

Mum hätte daran denken müssen. An Max' Geburtstag hatte sie doch auch gedacht.

Ich war entschlossen, nicht zu weinen, aber ein paar Tränen vergoss ich trotzdem. Die anderen Mädels schliefen schon.

Meine Familie. Ein Mädchen mit Rückgrat hätte etwas gesagt.

Nein, verdammt nochmal! Wenn ein Mensch, den man liebt und der einem wichtig ist, Geburtstag hat, dann vergisst man den doch nicht einfach! Ein Geburtstag sollte kein Rückgrat erfordern. Meine Tränen versiegten. Es gibt doch nichts Wirksameres als eine richtige Wut im Bauch, wenn man versucht, mit dem Weinen aufzuhören.

Ich hatte einen Wendepunkt in meinem Leben erreicht. Es war an der Zeit für eine weitere wichtige Entscheidung. Ich, Ruby Diana Yarrow, würde mich von meiner Familie nicht mehr fertigmachen lassen.

Ich seufzte. Hatte ich mir das nicht schon mal vorgenommen? Und es war noch gar nicht so lange her.

Irgendwann schlief ich ein. Mein Wecker klingelte viel zu bald. Die anderen Mädchen brummten und stöhnten, während ich mich anzog.

Ich stopfte meine Klamotten in meine Tasche und legte die Geschenke vorsichtig ganz obenauf.

Draußen war es dunkel und kalt. Ich radelte ganz schnell, damit mir warm wurde. Der Lichtstrahl meines Fahrradlichts wirkte dünn und verloren in der Finsternis.

Der alte Miesepeter begrüßte mich mit dem üblichen Grunzen. Diesmal sang ich nicht bei der Arbeit. Mir war nicht danach, und außerdem musste ich nachdenken. Mr Vine bezahlte mich, und ich fuhr nach Hause.

Dort waren alle noch im Bett. Gut. Ich legte mich hin und schlief.

Kapitel einundzwanzig

Ich stand erst zum Mittagessen auf. Mum hatte noch immer nicht gemerkt, dass sie meinen Geburtstag vergessen hatte. Tja, zum Teufel mit ihr. Ich würde sie bestimmt nicht daran erinnern.

Wir hatten fast fertig gegessen, als das Telefon klingelte. Mum ging ran. »Max! Ach, Schatz, ist das schön, deine Stimme zu hören!«

Sie lachte und zugleich weinte sie.

Ich nicht. Mir war klar, dass er nicht angerufen hatte, um mir zum Geburtstag zu gratulieren.

»Natürlich kannst du zurückkommen, Schatz. Was für eine Frage. Es ist dein Zuhause, und das wird es immer bleiben.« Sie wischte sich die Tränen aus den Augen und lächelte uns an.

Na, toll. Max kam nach Hause. Super. Klasse. Großartig.

»Wann kommst du denn an, Schatz?« Sie riss die Augen auf. »Wie, er will nicht …? Bist du sicher, Max?«

Sie lauschte. Was er sagte, konnten wir nicht hören. »Mal sehen, ob wir eine Lösung finden. Im Moment ist das Geld recht knapp bei uns. Doch, doch, natürlich wollen wir, dass du wieder nach Hause kommst. Ruf morgen um diese Zeit nochmal an. Wir werden sehen, was wir tun können. Ich liebe dich, mein Schatz. Bis bald.«

Sie legte das Telefon auf den Tisch.

»Hayden will den Rückflug nicht bezahlen?«, fragte Calvin.

Sie nickte. »Er sagt, dass er schon den Hinflug bezahlt hat und dass Max nicht ständig hin und her wechseln kann.« Sie stützte den Kopf in die die Hände.

Calvin legte ihr einen Arm um die Schultern. »Wir finden schon eine Lösung, Tessie. Ganz bestimmt.«

Sie sah ihn an. »Aber das Geld, Calvin! Was kostet ein Flug von Perth nach Neuseeland?«

Er zog die Jacke an, die er auf der Tankstelle tragen musste. »Geh doch mal rüber zu Alf und frag ihn, ob er es für dich im Internet nachsehen kann. Und wenn ich nach Hause komme, entscheiden wir, was wir machen.«

»Nimm mich mit«, bettelte Theo. »Ich will mit zu Alf!«

»Ich will auch mit!«, mischte sich Davey ein. »Alf *mag* uns.«

Und so war ich gleich darauf mit dem schmutzigen Geschirr und meinen Gedanken allein.

Meine Gedanken waren:

Die Bank würde ihnen kein Geld mehr leihen.

Und es gab nichts, das wir hätten verkaufen können, um das Geld zusammenzubekommen.

Ich war die Einzige, die Geld hatte.

Wahrscheinlich sogar genügend Geld.

Aber ich wollte mein Geld nicht an Max verschwenden.

Ich wollte ja gar nicht, dass er wieder nach Hause kam.

Als Mum mit den Jungs zurückkehrte, blätterte ich in einer meiner neuen Zeitschriften. Ich hob den Kopf, als sie zur Tür hereinkamen. Mum war ganz blass und sie sah besorgt aus. »Stell dir vor, Ruby, der Flug kostet ungefähr siebenhundert Dollar! Und dann muss er noch den Bus von Auckland nach Napier nehmen und auf der Fahrt braucht er doch auch nochmal Geld, um etwas zu essen zu kaufen ...« Sie lehnte sich an die Anrichte und starrte ins Leere. »Ich hoffe, Calvin hat eine Idee.«

Sag Max, er soll sich einen Job suchen und sich das Geld verdienen. Oder bleiben, wo er ist und dort versauern. Es lag mir auf der Zunge, aber ich hielt mich zurück.

Calvin sah müde aus, als er nach Hause kam. »Tja, Tessie, wir haben wohl nur eine Möglichkeit: Wir werden uns das Geld bei einem Kredithai leihen müssen.«

Mum sank auf die Couch. »Aber die verlangen doch alle Wucherzinsen ... Das können wir nie zurückzahlen.« Sie erzählte ihm, wie viel das Ticket kostete.

Er setzte sich, streckte die Beine aus und schloss die Augen. »Wir haben keine andere Wahl, Liebes. Wir haben keine andere Wahl.«

Sie bemerkten gar nicht, dass ich mich aus dem Zimmer schlich. Ich stieg auf mein Rad, ehe ich meine Meinung ändern konnte, und fuhr zum Geldautomaten. Mehr als fünfhundert Dollar am Tag konnte ich nicht abheben.

Am nächsten Morgen, bevor Calvin zur Arbeit ging, fuhr ich nochmal hin und hob den Rest ab.

Sie saßen in der Küche, als ich zurückkam. Auf dem Tisch standen noch die Reste vom Frühstück. Ich legte ihnen die siebenhundert Dollar hin. Es war ein dicker Stapel aus Zwanzig-Dollar-Scheinen. »Nehmt keinen Kredit auf«, sagte ich nur, dann rannte ich aus der Küche. Ich wollte nicht hören, was sie faseln würden. Sie würden sagen, dass ich das nicht hätte tun sollen. Mum würde weinen. Aber am Ende würden sie das Geld doch nehmen. *Nehmt es einfach und erspart mir das Theater.*

Verfluchter Max. Sollte es sich nicht gut anfühlen, wenn man ein gutes Werk getan hatte? Das tat es aber nicht. Mir war, als hätte man mir das Geld gestohlen. Ich schloss mich in meinem Zimmer ein.

Nach zehn Minuten klopfte Mum an die Tür. »Ruby? Kann ich reinkommen?«

Ich setzte mich auf. Am besten brachte ich es gleich hinter mich. »Meinetwegen.«

Sie hatte geweint. Sie setzte sich aufs Bett und legte die Arme um mich. »Danke, mein Schatz. Du bist die beste Tochter der Welt. Und keine Sorge, wir zahlen es dir zurück.«

Warum sorgst du nicht dafür, dass Max es mir zurückzahlt?

»Schon gut, Mum.« Wäre ich die beste Tochter der Welt, dann hätte ich gesagt: »Ich hab's gern getan.« Aber das stimmte nicht, also sagte ich es auch nicht.

Ich fragte mich, ob sie Max erzählen würden, woher sie das Geld hatten, aber als er zu Mittag anrief, erwähnte Mum es nicht. Inzwischen war sie wieder fröhlich. »Max, mein Schatz, wir haben dir einen Flug für kommenden Sonntag gebucht«, sagte sie aufgeregt und nannte ihm die genauen Zeiten. »Tut mir leid, dass es nicht eher ging, aber es ist viel billiger, wenn man eine Woche wartet.«

Ich beobachtete ihr Gesicht. Sie lächelte. Er beschwerte sich also nicht darüber, dass er nicht früher kommen konnte.

»Wir holen dich dann um halb vier vom Busbahnhof ab. Ich kann's kaum erwarten! Ich liebe dich, mein Schatz.« Sie legte auf und vollführte sogar einen kleinen Freudentanz in der Küche.

Mein letztes Max-freies Wochenende verging viel zu schnell.

Am Samstag fuhr ich mit Tia, Megan und Carly in die Stadt. Sie wollten shoppen gehen. Ich ließ meine Bankkarte zu Hause, damit ich nicht in Versuchung kam, auch noch den Rest meines Geldes zu verbraten, nachdem ein so großer Teil bereits weg war. Aber mein Rückgrat war stärker denn je. Max würde mich nicht von meiner Reise nach Brasilien abhalten. Die siebenhundert Dollar würde ich nicht zurückbekommen, das wusste ich. Ich würde eben noch mehr sparen und noch mehr arbeiten müssen. Denn nach Brasilien würde ich auf jeden Fall fahren.

In der Stadt liefen uns Wiremu und Niles über den Weg, und wir gingen mit ihnen zum Bowling. Ich schaffte vier Strikes.

Es war ein schöner Tag. Ich war gut gelaunt, als ich nach Hause kam. »Hi! Ich bin wieder da!«, rief ich und riss die Tür zu meinem Zimmer auf.

Mum fuhr herum. Sie kniete vor den offenen Schubladen meiner Kommode und hielt einen Stapel Unterhosen von mir in der Hand. Mein Bett war abgezogen.

»Mum! Was soll das werden?« Ich nahm ihr meine Unterhosen weg und stopfte sie wieder in die Schublade. »Und was hast du mit meinem Bett gemacht?«

Sie wedelte mit der Hand. »Nun reg dich doch nicht so auf, Ruby. Ich räume dein Zimmer aus, weil doch morgen Max zurückkommt.«

Als hätte ich das vergessen. »Mum, ich weiß, dass Max morgen zurückkommt«, sagte ich langsam. »Aber das ist mein Zimmer. Max hat hier nichts verloren.«

Sie schnalzte mit der Zunge, wie immer, wenn sie fand, dass ich mich besonders uneinsichtig benahm. »Hör auf damit, Ruby. Wir haben das doch alles schon mal durchgekaut. Du teilst dir das große Zimmer mit Theo und Davey, und Max bekommt dieses hier.«

Und da flippte ich so richtig aus. »Nein! Ich werde mein Zimmer verdammt nochmal behalten!«, schrie ich. »Ich wollte mir nie das Zimmer mit Theo und Davey teilen und das werde ich auch nicht mehr tun.« Ich stampfte mit dem Fuß auf. »*Auf gar keinen Fall*! Du hast gesagt, es ist nur vorübergehend, bis wir eine andere Lösung finden.« Ich holte tief Luft. »Aber du hast überhaupt nicht versucht, eine andere Lösung zu finden. Ich behalte dieses Zimmer, und damit basta!«

Sie zog die Schublade wieder auf. »Nun hör schon auf, Ruby. Sonst bist du doch auch nicht so störrisch und egoistisch.«

Das verschlug mir beinahe die Sprache. Aber nur beinahe. Ich wurde sehr ruhig. Gefährlich ruhig. »Mum«, sagte ich leise. »Ich werde mir *nicht* mit den Jungs das Zimmer teilen. Ich bin ein Mädchen und ich bin fünfzehn Jahre alt. Ich brauche ein eigenes Zimmer.«

»Du bist nicht fünfzehn«, bellte sie.

Ich hob eine Augenbraue und starrte sie an. Ich konnte richtig zusehen, wie der Groschen fiel. Wie ihr klar wurde, dass sie nicht an meinen Geburtstag gedacht hatte. »Bitte geh jetzt, Mum.«

Sie schnappte nach Luft und sank nach hinten auf die Fersen. »Es tut mir so leid, Ruby! Ich hab's total vergessen.«

Ich nickte. »Ja, du hast es vergessen. Max war gar nicht da, und trotzdem hast du an seinen Geburtstag gedacht. Aber meinen hast du vergessen.« Mein Tonfall war immer noch ganz ruhig. »Ich behalte mein Zimmer. Und ich werde es mit niemandem teilen. Und jetzt geh, bitte.«

Sie ging hinaus. Ich ließ mich auf mein unbezogenes Bett fallen. Ich zitterte, und zugleich war mir nach einem triumphierenden »Ha!« zumute. Also schrie ich »Ha!« und hoffte, dass sie es hörte.

Kapitel zweiundzwanzig

Mum erwähnte nicht mehr, dass sie meinen Geburtstag vergessen hatte. Ich glaube nicht, dass sie es Calvin erzählt hat, denn der sagte auch nichts.

Ich seufzte. Ich hatte wohl gehofft, sie würde irgendwie versuchen, es wieder gut zu machen. Etwas Leckeres für mich kochen oder so. Sie konnte ja nur schlecht losziehen und mir ein teures Geschenk kaufen, denn dafür hätte sie sich von mir Geld leihen müssen. Wäre doch witzig: *Ruby, könntest du mir noch ein paar hundert Dollar leihen? Ich möchte gern ein richtig tolles Geschenk für dich besorgen.*

Ach, hör auf, dich selbst zu bemitleiden, Ruby Yarrow. Genau. Gute Idee. Ich sollte lieber an Max denken, der morgen Nachmittag hier ankommen würde. Beim Essen brummte Mum: »Nicht zu fassen, dass Hayden keinen Pfennig für Max' Flug herausrückt. Und dass es ihm offenbar völlig egal ist, wenn der arme Junge zwei volle Tage unterwegs ist.«

Calvin musterte sie scharf. »Max kann sich glücklich schätzen, dass er wieder nach Hause kommen kann, Tessie. Vergiss das nicht.«

Sie blinzelte, dann rieb sie sich das Gesicht. »Stimmt. Du hast völlig recht.« Sie lächelte mich an. »Er kann sich wirklich glücklich schätzen.«

»Muss er dann wieder bei uns schlafen?«, wollte Davey wissen. »Wir wollen Max nicht in unserem Zimmer. Wir wollen Ruby.«

Calvin zerstrubbelte ihm die Haare. »Ja, Max zieht wieder zu euch. Aber keine Sorge, er wird viel netter sein als vorher.« Er sah zu Mum, als er das sagte.

Sie setzte sich gerade hin. »Ja, ganz recht. Er wird ein ganz neuer Mensch sein.«

Ts. Das glaubte ich erst, wenn ich es mit eigenen Augen sah.

»Magst du uns nicht mehr, Ruby?«, fragte Theo und sah mich mit großen, traurigen Augen an.

Ich sprang von meinem Stuhl auf und umarmte ihn. »Doch, natürlich, ich habe euch zum Fressen gern. Aber ich bin ein Mädchen, und ihr nicht.« Ich runzelte die Stirn. »Jedenfalls glaube ich nicht, dass ihr Mädchen seid.«

Er kicherte, aber Davey wirkte gar nicht glücklich. »Max ist gemein und er redet nie mit uns.«

»Er wird mit euch reden und er wird nett zu euch sein«, sagte Calvin. Wieder sah er dabei zu Mum.

Sie nickte. »Ich werde ihm nicht mehr alles durchgehen lassen, versprochen.«

Ich stand auf und stellte meinen Teller in die Spüle. »Ich gehe dann, Mum.«

Sie musterte mich erstaunt. »Wo willst du hin, Ruby?«

Okay, ich geb's zu, ich hatte sie nicht eingeweiht. »Zu Megan. Sie hat ein paar DVDs ausgeliehen. Tia und Carly kommen auch. Bis später.«

Sie lächelte. »Viel Spaß. Und bis elf bist du zu Hause, ja?«

Ich blieb an der Türschwelle stehen. »Halb zwölf, Mum. Du weißt doch, mit jedem Geburtstag eine halbe Stunde länger.«

Sie lief rot an. »Ach, richtig. Gut, dann also bis halb zwölf, Schätzchen.«

Calvin sah von ihr zu mir. Seine Stirn war gerunzelt. Ich grinste ihn an und schloss die Tür.

Ich wollte die Zeit ohne Max bis zur letzten Minute auskosten, aber der Sonntagnachmittag kam trotzdem viel zu schnell. Ich fuhr nicht mit Mum und den Jungs zum Busbahnhof, um ihn abzuholen, und ich sah zu, dass ich nicht da war, als sie zurückkamen.

Ich ging erst zum Abendessen nach Hause, in der Hoffnung, dass sich Mums Freude über die Rückkehr des verlorenen Sohnes bis dahin schon ein bisschen gelegt hatte.

Sie hatte sein Lieblingsgericht gekocht – Roastbeef mit Erbsen, Yorkshire Pudding und Soße, gegrilltes Gemüse und eine Baisertorte als Nachtisch.

»Hallo, Max«, sagte ich. Okay, das hatte wohl etwas abweisend und unfreundlich geklungen. Ich gab mir Mühe: »Du bist ja richtig braungebrannt. Aber wehe, du bist größer als ich.«

Er gab sich ebenfalls Mühe: »Ich war schon vorher größer als du. Aber ich schätze, die Jungs werden mich bald eingeholt haben.«

Darüber mussten alle grinsen. Es wäre schön, wenn dieses »Wir sind eine glückliche Familie«-Gefühl anhalten würde, aber ich machte mir keine Illusionen.

Immerhin schien Max kein Problem damit zu haben, dass er sich nun wieder das Zimmer mit den Jungs teilen musste. Zumindest sagte er nichts dazu. Trotzdem war ich misstrauisch und auf der Hut. Ich würde mich nicht noch einmal übertölpeln lassen.

Max sagte, er sei zu müde, um am nächsten Morgen in die Schule zu gehen. Mum umarmte ihn. »Es ist einfacher, wenn du gehst, Max. Du wirst sehen, es wird bestimmt nicht so schlimm. Außerdem wirst du erwartet.«

Er schmollte ein bisschen, aber sie gab nicht nach. »Du musst hingehen, Max. Keine Diskussionen bitte.«

Er war überrascht. Ich ebenfalls. Wow! Vielleicht wurde jetzt ja doch einiges anders.

Morgens zwang sie ihn, rechtzeitig aufzustehen, und als er sie anfauchte, wies sie ihn zurecht. Nachdem er gefrühstückt hatte, befahl sie ihm, seine Sachen wegzuräumen, und ermahnte ihn, das Geschirr zu spülen.

Ich hielt den Mund und machte mich mit Davey auf den Weg.

»Na, was treibt der Kronprinz?«, wollte Tia wissen, als wir uns trafen.

»Er tut, was man ihm sagt. Es ist beängstigend.« Ich berichtete ihr alles. »Und als Davey und ich gegangen sind, hat er gerade das Geschirr gespült.«

Sie lachte den ganzen Weg zur Schule. »Na, dann ist ja alles bestens. Hoffentlich bleibt es so.«

Ich hatte schon Angst, er könnte mich beim Portugiesisch-Üben mit Maria erwischen, aber er nahm gleich wieder seine alten Gewohnheiten auf und zog sich nach der Schule nur kurz um, dann verschwand er wieder und kam erst pünktlich zum Abendessen nach Hause. Mir war das ganz recht so.

Ich redete mit Maria über die ganze Sache und lernte dabei eine Menge neuer Wörter: Fairness, Gleichheit, Geschwister, Erwartungen.

Sie brachte mir auch wieder ein neues Hörbuch mit. Es handelte von einer Frau, die man zwangsverheiratet hatte.

Ich hatte eine Frage an Max, aber ich wartete ein paar Tage, bis ich sie ihm stellte. Am Samstag, als Mum nicht zu Hause war, fragte ich: »Wie ist Hayden denn so, Max?«

Seine Miene wurde sogleich verschlossen. »Ich will nicht über ihn reden.«

Ich starrte ihn an. Wow! Hatte unser Vater ihn vermöbelt oder sonst irgendwie fertiggemacht?

Max schüttelte den Kopf und stürmte aus dem Zimmer.

Mist. Ich war es falsch angegangen. Ich hätte ihn fragen sollen, wenn Mum oder Calvin dabei sind. Seltsamerweise hatte ich mir vorher nie Gedanken über unseren Vater gemacht, aber jetzt war ich neugierig. Ich wollte unbedingt mehr über ihn wissen.

Am Montag fragte ich Maria um Rat. Bei dieser Gelegenheit lernte ich das portugiesische Wort für Geduld. Sie sagte, früher oder später würde ich bestimmt mehr erfahren. Ich müsste nur warten.

Also wartete ich. Zum Glück konnte ich in meinem eigenen Zimmer warten.

Und tatsächlich, nach ein paar Wochen war es Mum, die Max eine Frage stellte. »Haben Hayden und Linda eigentlich Kinder, Max?«

Ich servierte gerade das Essen und gab mir Mühe, so zu tun, als würde mich die Antwort kein bisschen interessieren.

»Ja, zwei Mädchen.«

»Ah«, sagte Mum und lachte fröhlich. »Dann war er bestimmt ganz froh, noch einen Mann im Haus zu haben, oder?«

Ich setzte mich und half Theo beim Fleischschneiden.

»Max?«, hakte Mum nach.

»Ja, am Anfang schon«, sagte Max und schob sich einen riesigen Bissen in den Mund.

»Zwei Mädchen«, sagte Mum. »Wie alt sind die beiden denn? Und wie ist Linda so? Am Telefon klang sie jedenfalls ganz nett.«

Max kaute eine halbe Ewigkeit, dann schluckte er und sagte: »Lilac ist zehn und Shannon acht. Und Linda ist ganz okay.«

Lilac und Shannon. Ich hatte zwei Halbschwestern, die auf der anderen Seite der Tasmanischen See lebten und von deren Existenz ich bisher nichts geahnt hatte. Eine seltsame Vorstellung.

Calvin wechselte das Thema. »Was ist eigentlich mit dem Streik, Tessie? Mein Boss hat mich gefragt, ob ich auch noch die Spätschicht am Freitagabend übernehmen will. Auf der Tankstelle, meine ich.«

Mum schüttelte den Kopf. »Die Verhandlungen sind festgefahren. In den kommenden paar Tagen müssen wir entscheiden, ob wir wieder streiken.«

Calvin nickte. »Okay, dann sage ich ihm, dass ich die Schicht übernehme.«

Mum ließ die Faust auf den Tisch donnern. »Es ist nicht fair! Es kann doch nicht sein, dass du einen zweiten Job annehmen musst, damit wir überleben können.«

Er zuckte die Schultern. »Es gibt Leute, die sind schlechter dran als wir.«

Das war für mich noch nie ein Trost gewesen. Jedenfalls sah es nicht danach aus, als würden sie mir mein Geld in nächster Zeit zurückzahlen können.

Ich hatte zwei Halbschwestern. Wahnsinn.

Jetzt hoffte ich nur, dass Mum Max noch die allerwichtigste Frage stellen würde – die, die mich schier verrückt machte: *Warum wolltest du wieder nach Hause?* Aber sie tat es nicht.

»Hab Geduld«, sagte Maria. »Du wirst es herausfinden. Ich schätze mal, noch vor dem Ende der Ferien.«

Schätzen war ein neues Wort für mich. Die Ferien fingen in zwei Wochen an. Wenn sie recht hatte, würde ich es irgendwann im Laufe der nächsten vier Wochen erfahren. So lange konnte ich warten.

Kapitel dreiundzwanzig

Ich versuchte, nicht mehr an Hayden zu denken.

Gegen Ende der Woche erfuhr Mum, dass es nun doch keinen Streik geben würde. »Sie haben sich geeinigt. Wir arbeiten weiter.« Aber sie war nicht zufrieden. »Wir hätten nicht einwilligen sollen. Wir haben uns zu billig verkauft.«

Ich machte ihr eine Tasse Tee und setzte mich zu ihr, während sie sie trank. »Such dir eine andere Arbeit, Mum. Du musst nicht dort bleiben.«

Sie haute mit der Faust auf den Tisch. »Wer stellt mich denn schon ein? Ich habe keine Qualifikationen. Ich kann ja nicht einmal mit einem Computer umgehen.« Sie seufzte und tätschelte meine Hand. »Leute wie wir haben es schwer, Ruby. Max wird es viel leichter haben, und Davey ebenfalls, wie es aussieht. Nur um Theo mache ich mir Sorgen.«

Na, toll. Und Ruby kann man getrost vergessen. Wie wär's denn mal mit ein klein wenig Unterstützung für mich, Mum? Ich sprang auf und blickte finster auf sie hinunter. »Weißt du, was ich an deiner Stelle tun würde?«

Sie starrte mich an. Ich war wütend, und das kannte sie nicht von mir.

»Ich würde eine Weiterbildung machen. Du kannst lesen. Geh auf die Abendschule. Was hält dich denn davon ab?« Ich presste die Hände auf mein Gesicht und versuchte, mich zu beruhigen.

Sie lachte. »Das kann ich nicht. Wie stellst du dir das vor?«

Ich stützte mich mit beiden Händen auf dem Tisch ab und zischte: »Mum, wenn ich lesen und schreiben könnte wie du, dann würde ich hungern und in Lumpen herumlaufen, wenn es sein müsste, nur um etwas zu lernen.« Mir kamen die Tränen. Ich rannte hinaus, aber auf der Schwelle blieb ich noch einmal stehen und drehte mich um. »Tu es, Mum. Und hör endlich auf, dich über deine Arbeit zu beschweren.«

Dann schloss ich mich in meinem Zimmer ein und weinte mir die Augen aus. Mum glaubte nicht an mich. Aber zum Glück hatte sie ja ihren blitzgescheiten Sohn Max. Sie erwartete nicht, dass einmal etwas aus mir werden würde. Das hatte ich schon vorher gewusst, aber es tat trotzdem weh, es aus ihrem Mund zu hören. Ich schleuderte mein Kissen aus dem Bett. Ich sollte es mir nicht so zu Herzen nehmen.

Das Gespräch mit Mum hing mir immer noch nach, als ich am nächsten Morgen bei Mr Vine den Boden fegte und wischte. Ich wollte kein Mädchen sein, das nur zum Putzen zu gebrauchen war. Ich wollte eine Arbeit, bei der ich mit Leuten reden konnte. Eine Arbeit, bei der ich meinen Kopf benutzen musste. Eine abwechslungsreiche Arbeit. Nachdenklich tauchte ich immer wieder den Mop in den Eimer, bis mich Mr Vine anschnauzte: »Hey, mach gefälligst weiter! Ich bezahle dich nicht dafür, dass du hier rumstehst und Löcher in die Luft starrst.«

Ich putzte weiter. Für fiese alte Knacker wie ihn wollte ich jedenfalls nicht arbeiten.

Während ich mit Tia zur Schule fuhr, redeten wir über die Ferien. Ich würde arbeiten. Sie auch. Sie flog zu ihrem Bruder nach Auckland, um auf seine Kinder aufzupassen. »Sie werden mich irre machen«, sagte sie. »Deshalb bleibe ich auch nur eine Woche. Ich brauche auch ein bisschen Zeit für mich.«

Megan und Carly fuhren ebenfalls weg. Megan würde die Ferien bei ihren Großeltern in Masterton verbringen, Carly wollte noch einmal auf der Farm arbeiten, auf der sie ihr Schnupperpraktikum gemacht hatte. »Gegen Bezahlung«, sagte sie. »Um diese Jahreszeit gibt es dort viel zu tun.«

»Und mit wem soll ich abhängen, wenn ihr alle weg seid?, beschwerte sich Wiremu.

»Mit mir«, sagte Niles. »Ich bleibe hier.«

Wiremu klopfte ihm auf den Rücken. »Wir werden uns wohl noch ein paar andere Schnitten aufreißen müssen.«

Wir lachten, aber die Vorstellung, dass sich Wiremu »eine Schnitte aufriss«, gefiel mir gar nicht.

Als Maria an diesem Nachmittag vorbeikam, um Catarina abzuholen, fragte sie mich, ob ich in der ersten Ferienwoche mitkommen wollte nach Wellington. »Wir fliegen am Donnerstagabend hin und am Sonntagvormittag zurück. Wir müssen nämlich am Freitagabend zu einer Dinnerparty und am Samstag zu einer Hochzeit.« Sie hob die Hand und zeigte mir ihre gekreuzten Zeige-und Mittelfinger. »Wir hoffen, dass du uns begleitest und auf Catarina aufpasst, gegen Bezahlung natürlich. Wir würden in einem Hotel in der Stadt wohnen.«

»Cool!«, rief ich begeistert. »Ein Kurztripp nach Wellington? Mit dem Flugzeug? Klar komme ich mit!«

Cat und Maria lachten, und Cat sagte: »Wir können Portugiesisch reden und mit der Standseilbahn fahren. Das wird lustig!«

Als sie weg waren, sagte Davey: »Ich will auch mit!«

Ich zerstrubbelte ihm die Haare. »Wenn du mal älter bist, kannst du auch verreisen. Wo fährst du dann hin?«

Er hopste durch die Küche. »Nach Brasilien! Ich werde Portugiesisch reden, und alle werden voll überrascht sein.«

Ich warf ihm eine Kartoffel zu. »Hier, schäl die. Wir sollten anfangen zu kochen.«

Da ich am Freitag nicht da sein würde, musste sich wohl oder übel Max um ihn kümmern. Armer Davey. Ich hatte ein schlechtes Gewissen, aber das konnte mich nicht davon abhalten, nach Wellington zu fliegen.

Als ich es Mum beim Abendessen erzählte, sagte sie lächelnd: »Du Glückliche! Das wird bestimmt toll, Ruby.« Dann wurde sie wieder ernst. »Wann genau bist du weg, sagst du?«

»Wir fliegen am Donnerstag um halb fünf hin und am Sonntag zurück.«

Calvin sagte: »Wenn jemand ein Recht auf ein bisschen Erholung hat, dann du, Ruby. Ich hoffe, du hast so richtig viel Spaß dort.«

»Und wer kümmert sich dann um Davey?«, fragte Mum.

»Ich bin schon groß. Ich brauche niemanden, der sich um mich kümmert«, sagte Davey. Dann sah er zu mir und fuhr auf Portugiesisch fort: »Vor allem nicht Max. Der mag uns nicht.«

»Hört gefälligst auf, in eurer Fantasiesprache über mich zu reden«, fauchte Max.

Ich grinste Davey an und antwortete in unserer »Fantasiesprache«: »Es ist ja nur für einen Tag. Sag ihm einfach, du willst ins Kino gehen.«

»Schluss damit, ihr beiden«, fuhr Mum dazwischen. »Das mag ein lustiges Spiel sein, aber jetzt reicht es.«

»Es ist kein Spiel!«, protestierte Davey. »Das ist Portugiesisch.«

»Ja, klar.« Max schnaubte verächtlich.

Mum brachte ihn mit einer Geste zum Schweigen. Dann atmete sie einmal tief durch, setzte sich aufrecht hin und sagte: »Max, halte dir bitte den Freitag frei, und den Donnerstagnachmittag ebenfalls. Du musst auf Davey aufpassen.«

Max schob seinen Stuhl zurück und stand auf. »Für sowas bin ich nicht zuständig.«

Calvin sagte nichts, aber er ließ Mum keine Sekunde aus den Augen. Sie sagte: »Das bist du sehr wohl. Du bist ein Teil dieser Familie und deshalb hilfst du mit.«

Max ging zur Tür.

»Max! Bleib gefälligst hier!«, rief sie streng. »Du musst noch das Geschirr spülen. Und du bist am Freitag für Davey verantwortlich.«

»Ich will nicht, dass Max auf mich aufpasst«, greinte Davey. »Er wird gemein zu mir sein. Ich will Ruby.«

Max trat nach der Tür.

»Ruby da, Ruby dort. Seit ich wieder da bin, geht es bloß noch um *Ruby*. Sie hat ihr eigenes Zimmer, sie muss nie das Geschirr spülen und jetzt darf sie auch noch nach Wellington fliegen, und ich muss ihre Arbeit tun. Schon wieder.«

Theo brach in Tränen aus. »Max soll wieder nach Australien gehen.«

Calvin hob ihn hoch und drückte ihn an sich, dann stand er mit dem Jungen auf dem Arm auf. »Ruby fliegt nicht zum Vergnügen nach Wellington, sondern um zu arbeiten, Max.«

»Na, und?«, schnarrte Max. »Ist doch ihr Problem. Was hat das mit mir zu tun?«

»Ruby hat uns das Geld für dein Flugticket geliehen, Max. Geld, für das sie hart gearbeitet hat. Und jetzt spül das Geschirr und benimm dich. Ich schäme mich für dich.«

Ich verzog mich. In meinem Zimmer, das ich mit niemandem teilen musste, setzte ich mich aufs Bett und dachte nach. Max hatte nicht gewusst, woher das Geld für seinen Flug gekommen war. Das bedeutete, dass er nicht danach gefragt hatte. Und es bedeutete, dass Mum es ihm nicht gesagt hatte. Sie hätte es ihm sagen sollen. Sie sollte endlich aufhören, ihn mit Samthandschuhen anzufassen.

Dann fiel mir ein, wie sie reagiert hatten, als Davey gesagt hatte, dass unsere »Fantasiesprache« in Wahrheit Portugiesisch war. Keiner hatte ihm geglaubt. Interessant. *Ja, klar,* hatte Max gesagt, was so viel bedeutete wie: *Ruby ist doch viel zu blöd, um auch nur* Buh! *auf Portugiesisch oder in irgendeiner anderen Fremdsprache zu sagen.*

Ich zuckte die Schultern. Er lag falsch und damit war er der Dumme. Ich hatte wichtigere Probleme. Zum Beispiel musste ich mir überlegen, welche Klamotten ich nach Wellington mitnehmen sollte. Ich warf einen Blick in meinen Schrank. Ich würde Jeans und meine Stiefel anziehen. Und obenrum? Das war schwieriger.

Am Ende beschloss ich, einen warmen Pulli mitzunehmen und das langärmelige T-Shirt, das ich beim selben Flohmarkt gekauft hatte wie die Stiefel. Es hatte einen Fleck auf der Vorderseite gehabt, aber den hatte ich mit einem knallgrünen Knopf überdeckt. Und dann hatte ich noch ein paar weitere Knöpfe danebengenäht – einen pinkfarbenen mit Glitzerrand, einen quadratischen schwarzen und zwei blaue in unterschiedlichen Farbschattierungen und Formen. Jetzt sah es so aus, als käme das Shirt aus einem teuren Designerladen.

Ich würde Mrs Tapiri, meine Werklehrerin, fragen, ob ich meine Jacke zu Hause fertignähen durfte. Wenn ich ihr sagte, wieso ich sie brauchte, würde sie es vielleicht erlauben.

Am nächten Morgen erzählte ich Mr Vine, dass ich in den Ferien drei Tage verreisen würde. Er warf mir einen bitterbösen Blick zu. »Du bist sowas von unzuverlässig!«

Ich lächelte. »Dann suchen Sie sich doch eine andere Putzfrau!« Ich war hundertprozentig sicher, dass er es nicht tun würde – und falls doch, war es mir egal.

Vor den Ferien musste ich aber noch eine Woche Schule hinter mich bringen. Max verhielt sich unauffällig. Er war nicht sonderlich nett zu den Jungs, aber auch nicht richtig gemein.

Am Mittwoch redete ich mit Mrs Tapiri wegen der Jacke. Ich fragte sie, ob sie es sich überlegen will, aber sie nickte nur. »Du bist ohnehin fast damit fertig, Ruby. Du musst sie nur noch in die Stadt bringen, um die Knopflöcher nähen zu lassen.«

Ich grinste sie an. »Nicht nötig, ich mache Paspelknopflöcher.«

Sie lachte. »Meine Güte, du scheust ja wirklich keine Mühen.«

Ehrlich gesagt hatte ich bloß keine Lust, meine Jacke in fremde Hände zu geben. Man konnte nie wissen, ob die Leute, denen man seine Sachen anvertraute, womöglich Mist bauten und damit das ganze Kleidungsstück ruinierten.

Als Mum am Freitag nach Hause kam, zeigte ich ihr die Jacke. Sie betrachtete sie eingehend, dann lächelte sie mich an. »Die ist toll, Ruby. Du könntest Modedesignerin werden.« Sie gab mir die Jacke zurück und umarmte mich. »Es würde mich riesig freuen, wenn du Karriere machst.«

»Ich überleg's mir, Mum.« Aber das sagte ich nur, um sie glücklich zu machen. Ich wollte keine Modedesignerin werden. Dafür hatte ich nicht genügend Ideen. Okay, ich konnte ein paar Klamotten nähen oder die, die ich gebraucht gekauft hatte, ändern, aber Modedesignerin? Dazu hatte ich nicht das Zeug. Ich grinste sie an. »Und, hast du dir schon überlegt, welche Abendkurse du machen willst? Es gehen jedes Semester welche los.«

Sie runzelte die Stirn und wedelte mit der Hand. »Herrgott nochmal, Ruby, hör auf, mich damit zu nerven. Es geht nicht.«

»Warum geht es nicht?«

»Schon deshalb, weil wir es uns nicht leisten können. Also, lass gut sein.« Damit stampfte sie in ihr Schlafzimmer, um sich umzuziehen. »Lass uns essen. Ich bin am Verhungern.«

Max ließ sich praktisch das ganze Wochenende nicht blicken, und auch in den Ferien bekamen wir ihn die ersten paar Tage kaum zu Gesicht. Es war mir egal. Ich flog am Donnerstagabend nach Wellington.

Mum befahl ihm, am Donnerstagnachmittag zu Hause zu sein. Lucas und Maria wollten mich um halb fünf abholen. Um Viertel nach vier tauchte er auf. Ich redete nicht mit ihm. Ich hatte meine Sachen gepackt und konnte kaum stillsitzen. Schon zum dritten Mal öffnete ich meine Tasche, um nachzusehen, ob ich alles dabei hatte. Max hatte sich ein riesiges Sandwich gemacht und sah mir zu. Als ich mich anschickte, den Reißverschluss wieder zuzuziehen, sagte er: »Dad hat sich über mich lustig gemacht, als ich das gemacht habe.«

Ich zog den Reißverschluss zu, ganz langsam, dann hob ich den Kopf. »Echt? Warum das?« *Red weiter, Max. Erzähl!*

»So ist er eben«, sagte Max mit einem Schulterzucken. »Er gibt einem gern das Gefühl, dumm zu sein.« Er schaltete den Fernseher ein.

Davey setzte sich zu ihm aufs Sofa. Es fiel ihnen gar nicht auf, dass ich ging. Cat hielt mir sogleich den Sicherheitsgurt hin, als ich zu Maria und Lucas ins Auto kletterte. »Anschnallen, Ruby!«

»Yes, Sir!«, sagte ich, salutierte und griff nach dem Gurt, worauf sie anfing, »Yes, Sir! Yes, Sir!« zu johlen. Ich ignorierte sie und beugte mich nach vorn zu Maria. »Sie hatten recht, was das Thema Geduld angeht.« Ich erzählte ihr, was Max gerade gesagt hatte.

Sie lächelte mich über die Schulter hinweg an. »Na, also, allmählich vervollständigt sich das Bild. Und du wirst noch mehr herausfinden.«

»Mit Geduld«, sagte ich. Aber jetzt waren wir erst einmal auf dem Weg zum Flughafen und würden gleich die Maschine nach Wellington steigen. »Ich bin schon so gespannt!«

»Mama nicht«, sagte Cat. »Sie fliegt nicht gern nach Wellington. Sie sagt, wenn sie Achterbahn fahren will, dann lieber in Disneyland.«

Lucas lachte. »Kein Grund zur Beunruhigung, Ruby. Maria übertreibt immer, wenn es um's Fliegen geht.«

Aber es gab gar keine Turbulenzen. Als wir in Wellington zum Landeanflug ansetzten, holperte es zwar ein wenig, aber Maria blieb ruhig. Ich dagegen war viel zu aufgeregt, um zu reden, und viel zu sehr damit beschäftigt, mir alles anzusehen. »Wow, was für ein riesiger Flughafen«, staunte ich beim Anblick der langen Korridore, durch die haufenweise Geschäftsleute in Anzügen hasteten.

Maria und Lucas grinsten sich an, und dann wechselte Lucas einen Blick mit Cat und schüttelte den Kopf, aber sie sagten nichts. Naja, ich hatte eben noch nie einen richtig großen Flughafen gesehen. Aber das würde ich. Definitiv.

Ich hatte auch noch nie in einem Hotel übernachtet. Ich dachte, wir würden uns zu viert ein Zimmer teilen, aber Lucas und Maria hatten eine Suite reserviert, mit einem Zimmer für sich und einem für Cat und mich.

»Wir gehen essen«, verkündete Maria. »Zieh dir etwas Warmes an, Ruby, hier ist es kälter als in Napier.«

Sie hatte recht, der Wind zerrte an unseren Kleidern. Die Straßen waren hell erleuchtet, und überall wimmelte es vor Leuten. Wir aßen in einem japanischen Restaurant. Maria lächelte den Kellner an. »Was können Sie uns empfehlen?«

Das würde ich mir merken. *Was können Sie mir empfehlen?* Das war viel besser als jemanden zu bitten, dass er mir die Speisekarte vorlas.

Die drei lachten, als ich versuchte, mit Stäbchen zu essen. Aber sie lachten mit mir, nicht über mich, und sie zeigten mir, wie man es richtig macht. Max und ich hatten echt Glück gehabt, dass Hayden nach Australien gezogen war, als wir noch klein waren. Ich fragte mich, ob er sich über Lilac und Shannon auch lustig machte.

Ich beobachtete die Leute, die ins Restaurant kamen. Einige hatten altmodische Jacken an, andere trugen schicke Mäntel aus elegantem, dunklem Wollstoff. Einige Männer trugen Sakkos und Schals. Bevor sie sich hinsetzten, legten alle Gäste ihre Jacken und Mäntel ab, und dann sah ich, wie sie darunter angezogen waren. Am Nebentisch trug eine Dame einen dunkelgrauen Rock, kniehohe Stiefel und ein mehrschichtiges Oberteil in Rosa und Grau. Die junge Frau hinter ihr hatte eine Hose, eine Bluse und darüber einen Pullover mit V-Ausschnitt an. Wenn sie sich bewegte, glitzerte ihre Halskette. Alle sahen sie aus, als kämen sie gerade aus ihrem Büro in einer großen, wichtigen Firma.

»Okay«, sagte Lucas. »Wir sollten uns überlegen, was wir morgen machen.« Er lächelte mich an. »Was möchtest du dir denn ansehen, Ruby?«

»Mir egal«, sagte ich. »Eigentlich alles. Das Parlament und das Nationalmuseum und die Standseilbahn ... und ganz viele Geschäfte.«

Er stöhnte und schüttelte den Kopf. »Keine Geschäfte! Bei allem anderen bin ich mit von der Partie, aber keine Klamottenläden.«

Während wir plauderten und lachten, beobachtete ich die ganze Zeit über, wie sich die anderen Gäste benahmen und sah mir an, wie sie gekleidet waren. Verglichen mit ihnen war ich eigentlich nicht schick genug angezogen, aber ich sah noch einigermaßen okay aus. Ich war bestimmt die Einzige im Restaurant, die weniger als zehn Dollar für ihr gesamtes Outfit ausgegeben hatte. Okay, der Stoff für meine Jacke hatte mehr gekostet, aber immer noch viel weniger als jede andere Jacke im Raum.

Hinterher gingen wir zu Fuß zurück zum Hotel. Lucas trug Cat, und sie schlief ein, ehe wir ankamen.

Kapitel Vierundzwanzig

Am nächsten Morgen stand die Sonne am blauen Himmel, aber es war kalt. Wir frühstückten im Hotel. Einige Leute häuften so viel Essen auf ihre Teller, dass man damit eine ganze Schule hätte durchfüttern können. Würstchen, Speck, Tomaten, Rührei, Baked Beans, Pilze, Toast. Und davor hatten sie schon Obst und Cornflakes verdrückt. Kriegten die denn bis morgen früh nichts mehr zu essen?

Ich selbst brachte vor Aufregung kaum etwas hinunter. »Iss, Ruby«, sagte Lucas. »Du wirst viel Energie brauchen, um das Programm zu absolvieren, das ich für euch zwei zusammengestellt habe.«

»Und ich gönne mir heute einen Wellness-Tag«, verkündete Maria. »Das wird herrlich.«

Lucas scheuchte uns rechtzeitig für die Besichtigungstour des Parlaments aus dem Hotel. Cat wollte wisssen, ob wir Königin Elisabeth II. sehen würden. »Eher nicht«, sagte Lucas.

Dafür sahen wir den Premierminister, aber Cat war nicht sehr beeindruckt. »Ich will die Königin sehen, mit der Krone auf dem Kopf.« Gegen Ende der Besichtigungstour war sie gelangweilt und gereizt .

Lucas nahm sie auf den Rücken. »Sollen wir etwas trinken gehen?«

Er führte uns über die Straße, wo wir uns in einem Innenhof in die Sonne setzten und Kaffee tranken, während Cat die Tauben jagte.

Wir wollten gerade gehen, als eine junge Frau am Nebentisch plötzlich die Hände vors Gesicht schlug und laut aufstöhnte.

Lucas sprang auf und ging zu ihr rüber. »Ist etwas passiert, junge Dame?«

Sie sah hoch und schüttelte den Kopf. »Nein, es geht mir gut, ich bin bloß total bescheuert.«

Er legte den Kopf schief und betrachtete sie. »Auf mich wirkst du nicht bescheuert. Wie wär's, wenn du dich zu uns rübersetzt? Manchmal hilft es, wenn man in Gesellschaft ist.«

Sie lächelte ihn an und sah zu uns rüber. Ich grinste sie an, und Cat sagte: »Ich heiße Catarina, und du?«

Das Mädchen stand auf. »Ich bin Georgia. Die bescheuerte Georgia.«

Lucas zog einen Stuhl für Georgia heran. »Setz dich, Georgia, und erzähl uns von deinem Problem, wenn dir danach ist. Das ist Ruby, und ich heiße Lucas.«

Sie schenkte mir ein kurzes, abwesendes Lächeln, dann breitete sie die Arme aus. »Seht mich an und sagt mir, was ich bin. Ich meine, sagt mir, wo ich arbeite.«

Wir betrachteten sie. Sie trug ein weites T-Shirt über einem karierten Männerhemd, und dazu eine Dreiviertelhose, Stoffturnschuhe und Socken, die bis zum Saum der Hose reichten. Ihre Lockenmähne hatte sie sich zu zwei dicken Rattenschwänzen zusammengebunden. Sie wirkte cool und trendig. »Ich glaube, du arbeitest in einem Reisebüro«, sagte ich. »Oder in einer modernen Werbeagentur.«

Lucas lachte. »Mich brauchst du nicht zu fragen, ich habe keine Ahnung.«

Georia stöhnte erneut, aber diesmal nicht ganz so laut. »Ich sitze hier schon eine halbe Stunde und sehe mir an, wie die Leute angezogen sond. Um eins habe ich ein Vorstellungsgespräch. Ich bewerbe mich um eine Stelle bei einem Kreditunternehmen, bei dem ich mit Banken und Firmen zu tun habe.«

»Oh«, sagte ich.

»Genau.« Sie zupfte an ihren Haaren. »Ich war so lange Studentin, an das passende Outfit habe ich einfach nicht gedacht. Ich bin echt ein Idiot. Dabei habe ich mich so gut auf das Gespräch vorbereitet. Ich habe meine Hausaufgaben gemacht und kann alle Fragen beantworten, aber über mein Aussehen habe ich mir null Gedanken gemacht. Wenn ich so dort aufkreuze, werden sie mich überhaupt nicht ernst nehmen.«

Lucas sah auf die Uhr. »Dann geh und kauf dir etwas Neues. Du hast noch eineinhalb Stunden.«

Ihre Augen füllten sich mit Tränen. »Ich bin pleite.«

»Hast du keine Kreditkarte?«, fragte er.

Sie schniefte. »Doch, aber die ist schon mit tausend Dollar überzogen.«

Er stand auf. »Tja, das ist ein Notfall. Wenn du diese Stelle nicht kriegst, musst du dich weiter bewerben. Du brauchst die passenden Klamotten.«

Er zog den Reißverschluss an Cats Jacke zu. »Kommt mit, Leute. Wir haben zu tun.«

Georgia rührte sich nicht vom Fleck. Sie saß da wie ein Häufchen Elend. Lucas klopfte mit der Hand vor ihr auf den Tisch. »Auf, auf, junge Dame! Jetzt wird geshoppt.«

Sie hob den Kopf. »Ihr kommt mit? Alle drei?«

»Ja.« Er lachte. »Ich werde dir wohl keine große Hilfe sein, ganz im Gegensatz zu den Mädels. Also, wo müssen wir hin?«

Sie stand auf. Sie wirkte verdattert, aber sie lächelte. »Ins Stadtzentrum. Lambton Quay.«

»Wartet hier«, befahl Lucas und verschwand. Wir starrten ihm nach. Zwei Minuten später hupte ein Taxi. Lucas saß bereits drin und winkte uns.

Gleich darauf waren wir auch schon in einer Straße mit Geschäften, die sich Georgia leisten konnte. Allerdings wusste ich, dass es besser war, wenn ich mit ihr allein loszog. »Lucas«, sagte ich, »was halten Sie davon, wenn Sie mit Cat eine Standseilbahnfahrt machen, und wir treffen uns dann um halb eins an der Talstation?« Damit hatten wir eine Stunde Zeit. Jetzt war Speed-Shopping angesagt.

Während Lucas und Cat in Richtung Standseilbahn-Talstation davonfuhren, starrte Georgia ratlos in ein Schaufenster. »Ich habe keine Ahnung, was ich kaufen soll«, jammerte sie. »Wo soll ich anfangen? Ich weiß so gut wie nichts über Klamotten.«

Ich packte sie am Arm. »Ich dafür umso mehr. Komm mit, erst brauchst du Stiefel. In welchen Laden gehen wir?«

»Hier entlang.« Sie hörte auf zu jammern und spurtete los. Ich lief ihr hinterher. Gemeinsam drängten wir uns durch die Menschenmassen, die uns entgegenkamen. »Wir versuchen es mal hier.« Sie betrat einen Laden, blieb stehen und sah sich hilflos um.

Ich ging geradewegs auf eine Verkäuferin zu. »Würden Sie uns bitte helfen?« Ich erklärte ihr die Situation. »Wir haben es schrecklich eilig. Meine Freundin benötigt kniehohe schwarze Stiefel mit fünf bis sechs Zentimeter hohem Absatz. Und sie sollten einigermaßen günstig sein.«

Die Verkäuferin war super. Sie brachte drei Paar Stiefel. »Probieren Sie die als Erstes. Das sind die Billigsten und zugleich die Besten.«

Georgia schlüpfte etwas benommen hinein, zog den Reißverschluss hoch und ging einmal quer durch den Laden. »Sie passen.«

»Super.« Ich lächelte die Verkäuferin an. »Die nehmen wir.«

Drei Minuten später waren wir auch schon wieder unterwegs. Wir hatten noch fünfzig Minuten Zeit.

Georgia führte mich in den nächsten Laden. Ich schüttelte den Kopf. Er gehörte zu einer Kette, die es in Napier auch gab, und sie würde hier nicht finden, was sie brauchte. »Los, raus«, befahl ich und ging hinaus, ehe sie widersprechen konnte. Wir liefen wieder zum Anfang der Straße zurück, und ich führte sie in ein Geschäft, das nicht allzu teuer war.

»So, jetzt besorgen wir dir ein Kleid.«

»Nein!«, protestierte sie. »Ich trage nie Kleider.«

»Dann fängst du heute damit an. Ein Kleid ist billiger als Rock und Bluse, und es sieht elegant aus.« Ich sah ein paar Kleider auf einem Ständer durch und zog eines davon vom Bügel. »Hier, das steht dir bestimmt gut. Probier es an.«

Während sie in der Umkleide war, machte ich mich auf die Suche nach einem Blazer und Strümpfen, die farblich zu dem Kleid passten. Ich warf beides über die Tür der Kabine. »Zieh die Strumpfhose erst an, wenn ich dich in dem Kleid und den Stiefeln gesehen habe.«

Georgia brummte etwas. Nur halblaut zwar, aber ich schnappte trotzdem das Wort *herumkommandieren* auf. Ich lachte.

Als sie aus der Umkleidekabine trat, war sie ein neuer Mensch. Sie wirkte elegant und professionell. Nur ihre erstaunte Miene passte nicht dazu, und ihre Frisur war ein Desaster.

»Sensationell«, sagte ich. »Das einfarbige Kleid lässt dich größer aussehen, und der Blazer bringt deine Taille gut zur Geltung.« Ich schickte sie wieder in die Kabine. »Zieh die Strumpfhose an, und dann kümmern wir uns um deine Haare.«

Ein paar Minuten später war sie fertig angezogen und ging zur Kasse. Dort grinste sie die Verkäuferin an und erklärte ihr, warum wir es eilig hatten. »Können Sie mich abkassieren, ohne dass ich nochmal alles ausziehe?«

»Das wird eine Herausforderung«, stellte die Dame an der Kasse fest, »aber die nehme ich gerne an. Kann allerdings sein, dass es etwas unbequem für Sie wird.«

Hmm, vielleicht hätte Georgia die Sachen doch besser nochmal ausziehen sollen. Sie musste sich ganz schön verrenken, aber sie lachte darüber.

Danach setzte sie sich noch einmal in eine der Umkleidekabinen, damit ich sie frisieren konnte. Sie gab mir ihre Bürste, und ich öffnete ihre Rattenschwänze. »Du hast schöne Haare.« Sie waren hellbraun und lockig. »Aber wenn du wie eine Geschäftsfrau aussehen willst, solltest du sie lieber straff zurückkämmen und zu einem Knoten zusammenbinden.«

Als ich fertig war, stellte sie sich draußen vor einen Spiegel. Sie starrte sich an, drehte sich hierhin und dorthin. Dann umarmte sie mich. »Ich kann gar nicht glauben, dass ich das bin. Danke, Ruby. Vielen Dank.«

Ich zog sie auf die Straße. »Wir sind noch nicht fertig. Jetzt brauchen wir noch Lippenstift und einen Augenbrauenstift.«

Sie blieb mitten auf dem Bürgersteig stehen und schüttelte den Kopf. »Vergiss es! Ich schminke mich nie.«

Ich zuckte die Schultern. »Wie du willst. Aber wenn du mich fragst, fehlt dir noch das gewisse Etwas – ein bisschen Farbe auf den Lippen und um die Augen. Im Moment wirkt dein Gesicht irgendwie … nackt.«

Georgia fluchte und marschierte erbost weiter. »*Okay*, meinetwegen. Aber es darf nicht zu teuer sein.«

Wir gingen zu Farmers, wo ich sie schminkte und dann zu einem Spiegel zog. »Das sollte reichen.«

»Hmpf«, sagte sie mit gerunzelter Stirn, dann lachte sie. »Okay, du hattest recht.« Sie betrachtete sich noch einmal. »Ehrlich gesagt, sehe ich umwerfend aus.«

Ich reichte ihr mein Handy. »Könntest du Lucas eine SMS schicken? Schreib ihm, dass wir dort auf ihn warten, wo wir vorhin Kaffee getrunken haben, dann müssen wir nicht wieder den ganzen Weg zurück.«

Verwundert nahm sie mein Handy.

»Oh!« Ich grinste. »Ich hätte dir wohl sagen sollen, dass ich eine Lernschwäche habe. Ich kann nicht lesen und schreiben.«

Sie tippte eine SMS und schickte sie an Lucas. »Du hast eine Lernschwäche, und ich habe keine Ahnung von Mode. Wir sollten uns zusammentun – gemeinsam wären wir ein super Team.«

Bis zu ihrem Vorstellungsgespräch hatte sie noch eine halbe Stunde Zeit. Auf dem Weg zu dem Café im Innenhof deutete Georgia auf ein Hochhaus. »Da muss ich nachher hin.« Sie richtete sich zu ihrer vollen Größe auf. »Und ich fühl mich gut. Nein, ich fühl mich fantastisch!«

Nach fünf Minuten kamen Lucas und Cat. Lucas befahl Georgia aufzustehen und ging einmal um sie herum. »Respekt! Ich bin sehr beeindruckt. Ehrlich gesagt habe ich nicht erwartet, dass ihr es schafft.«

»Das verdanke ich nur Ruby«, sagte Georgia. »Allein hätte ich es nie und nimmer geschafft.«

Ich runzelte die Stirn. »Und was machst du damit?« Ich zeigte auf die Einkaufstüten, in denen nun die Klamotten waren, die sie vorher getragen hatte. »Das kannst du nicht alles zum Vorstellungsgespräch mitbringen.«

Lucas nahm ihr die Tüten ab. »Wir nehmen sie mit. Wir gehen als Nächstes zum Nationalmuseum, da können wir sie an der Garderobe abgeben.«

Ich gab Georgia meine Telefonnummer, damit sie mir eine SMS schicken konnte, wenn sie fertig war. Sie stand auf. »Okay, ich muss los.«

Wir wünschten ihr Glück und sahen ihr nach, bis sie in dem Hochhaus verschwunden war.

»Ich habe Hunger«, sagte Cat.

Während wir etwas aßen, dachte ich über Georgia nach. Schon seltsam. Leute einzukleiden war für mich so einfach wie für sie das Lesen und Schreiben.

»Wenn sie die Stelle kriegt, dann verdankt sie das dir, Ruby«, bemerkte Lucas, als hätte er meine Gedanken gelesen.

Ich ließ mir seine Worte durch den Kopf gehen, während wir am Ufer entlang zum Te Papa spazierten. Es hatte mir Spaß gemacht, Georgia zu helfen. Und ich wusste, Lucas hatte recht – in den Klamotten, die wir jetzt mit uns herumtrugen, hätte sie die Stelle niemals bekommen.

»Was meinst du, Lucas, könnte ich das beruflich machen? Glaubst du, es gibt Leute, die mich dafür bezahlen würden, wenn ich sie beim Kleiderkaufen berate?«

Lucas lachte. »Keine Ahnung. Das musst du schon Maria fragen. Die kann es dir bestimmt sagen.«

Kapitel fünfundzwanzig

Wir besichtigten gerade das Außengelände des Nationalmuseums, als eine SMS von Georgia kam. Ich reichte Lucas mein Handy.

»Sie ist da.« Er gab mir mein Telefon zurück und zückte sein eigenes. »Simsen ist mir zu umständlich. Ich rufe sie an und sage ihr, wo wir sind.«

Gleich darauf rannte sie uns auch schon über die Brücke entgegen. Erst umarmte sie mich, dann packte sie Cat und warf sie in die Luft und zum Schluss schüttelte sie Lucas die Hand. »Es ist super gelaufen. Ich weiß zwar nicht, ob ich die Stelle bekomme, aber das Vorstellungsgespräch habe ich super hingekriegt.« Sie wirbelte herum. »Ich hab mich gut gefühlt. Ich war passend angezogen. Ich bin hoch erhobenen Hauptes da rein und wieder raus.« Sie lachte. »Entschuldigt. Ich bin noch total aufgekratzt.«

Wir gingen mit ihr zur Garderobe, um ihr ihre Sachen zu geben. Lächelnd drückte sie ihre Tüten an sich. »Danke, Ruby! Du bist einsame Spitze.« Sie versprach, mir zu schreiben, ob sie den Job bekommen hatte oder nicht. »Ich melde mich auf jeden Fall, auch wenn es nicht klappt.«

Wir verbrachten den ganzen Nachmittag im Museum. Ich musste immer wieder an Georgia und unsere Shoppingtour denken. Wenn ich das beruflich machen könnte – wenn ich anderen Leuten beim Kauf ihrer Klamotten helfen könnte, dann wäre das Arbeiten das reinste Vergnügen.

Aber würde mich jemand dafür bezahlen? Ich fragte mich, was Mum wohl davon halten würde. Wäre so etwas in ihren Augen ein richtiger Job? Und wenn ja, wie sollte ich an Kunden kommen?

Schließlich gingen wir zurück ins Hotel, damit sich Lucas für das Abendessen umziehen konnte, zu dem Maria und er eingeladen waren. Maria brauchte keine Hilfe bei der Auswahl ihres Outfits. Sie sah elegant und wunderschön aus. Ich beschloss, mit ihr über meine Idee zu reden, wenn sie etwas mehr Zeit hatte.

»Habt ihr Hunger?«, fragte sie.

»Und wie!«, sagte Cat. »Wir könnten einen Walfisch verdrücken, und Walfische sind riesig.«

Maria lachte. »Ihr könnt im Hotel essen. In der vierten Etage gibt es ein gutes Restaurant.« Sie lächelte mich an. »Sag dem Kellner einfach unsere Zimmernummer, dann schreibt er es auf unsere Rechnung.«

An dieses Leben könnte ich mich gewöhnen. Aber noch war alles neu für mich, und in meinem Bauch tanzten mal wieder die Schmetterlinge. Ich hatte keine Ahnung, wie man sich in einem Hotelrestaurant benahm.

Cat zog mich an der Hand zur Tür. »Komm schon, Ruby. Mein Bauch tut schon weh vor Hunger.«

Tja, ich hatte keine andere Wahl. Ich holte tief Luft, schnappte mir die Schlüsselkarte, die wir brauchten, um hinterher wieder in unser Zimmer zu kommen, und dann zogen wir los.

Wir fanden das Restaurant ohne Probleme. An der Tür blieb ich stehen. Es sah alles so teuer aus, so nobel. Am liebsten wäre ich davongelaufen, aber Cat zog schon wieder an meiner Hand. »Nun *komm* endlich!«

Ich trat ein und blieb gleich wieder stehen. Es gab so viele Tische, und an den meisten saß schon jemand.

Eine Frau kam lächelnd auf uns zu und fragte: »Ein Tisch für zwei?«

»Oh. Ja, genau. Danke.« Wir folgten ihr, und ich hatte das Gefühl, dass mich alle Leute im Restaurant anstarrten und dachten: *Sie hat keine Ahnung, wie man sich in einem Restaurant benimmt. Was für ein ahnungsloses Landei.*

Nachdem wir uns hingesetzt hatten, reichte uns die Frau die Speisekarte. »Der Kellner kommt gleich.« Sie lächelte noch einmal, dann ging sie.

Ich umklammerte die Speisekarte und starrte auf die Buchstaben in der Hoffnung, sie würden sich zu sinnvollen Wörtern zusammenfügen, aber natürlich taten sie das nicht. Also legte ich die Speisekarte weg. Es war sinnlos, den Kellner zu fragen, was er uns empfehlen konnte – Cat würde ein Riesentheater machen, wenn sie es nicht essen wollte.

»Kannst du sie lesen, Ruby?«, fragte sie.

Ich schüttelte den Kopf und verzog das Gesicht. »Ich muss den Kellner um Hilfe bitten.«

Da klingelte mein Telefon. Seltsam. Alle meine Freundinnen schickten mir SMS – und auch das nur, wenn sie wussten, dass ich jemanden dabei hatte, der sie mir vorlesen konnte. »Hallo?«

Es war Georgia. »Ich hab den Job, Ruby! Ich hab's geschafft! Danke, danke, danke!«

Ich packte Cats Hand. »Sie hat den Job, Cat! Hey, Georgia, ich freu mich riesig. Gratuliere!«

Als wir aufgelegt hatten, grinsten Cat und ich uns an, hoben die Hand und klatschten ab. Wen interessierte es schon, ob ich lesen konnte? Ich hatte andere Talente.

Dann kam auch schon der Kellner an unseren Tisch. »Haben die Damen gewählt?«

Ich lächelte ihn an. »Nein. Ich kann die Speisekarte nicht lesen, weil ich eine Lernschwäche habe. Könnten Sie uns bitte helfen?«

Ungefähr zehn Sekunden sagte er nichts, sondern musterte uns nur hochnäsig. »Dann schlage ich vor, die Damen essen bei McDonalds, dort kann sich man das Essen nämlich anhand der *Bilder* aussuchen«, sagte er und ging.

Mein Gesicht glühte, und ich kam mir so klein vor wie mein kleiner Finger. Ich wäre am liebsten hinausgelaufen und hätte mir die Augen ausgeheult, aber Cat ließ sich von ihm nicht einschüchtern. »Du bist gemein!«, rief sie ihm auf Portugiesisch nach. »Ich hoffe, deine Zähe fallen aus und beißen dich in den Hintern!«

Er drehte sich nicht um. Cats wütende Reaktion erinnerte mich an mein Rückgrat. »Warte hier«, sagte ich zu ihr, stand auf und marschierte los, ehe ich Angst bekommen und es mir anders überlegen konnte. Wieder spürte ich, wie mich die anderen Gäste anstarrten. Ich ging trotzdem weiter. Cat brauchte etwas zu essen. Hungrig würde ich sie bestimmt nicht zurück auf unser Zimmer bringen.

Ich ging zu der netten Frau am Empfangspult. Sie lächelte mich überrascht, aber freundlich an und fragte: »Kann ich dir helfen?«

Ich nickte, presste die Hände zusammen, damit sie nicht sah, dass sie zitterten, und berichtete ihr, was passiert war.

Sie riss die Augen auf und runzelte die Stirn. »Den werde ich mir gleich mal vorknöpfen«, versprach sie. Ihrer Miene nach zu urteilen würde er ganz schön Ärger bekommen. Gut. »Warte, ich helfe dir.« Sie begleitete mich noch einmal an unseren Tisch und half uns dabei, etwas zu essen auszusuchen.

Das Essen servierte dann ein anderer Kellner. Der Unfreundliche von vorhin war verschwunden.

Als wir beim Nachtisch angelangt waren, kam die Frau wieder vorbei und entschuldigte sich noch einmal bei uns. »Der wird euch nicht mehr ärgern.«

Ich starrte sie an. »Haben Sie ihn entlassen?«

»Aber natürlich!«, rief sie. »So geht man nicht mit Gästen um.«

Auf dem Weg zu unserem Zimmer war ich hin- und hergerissen. Okay, der Kellner war unhöflich gewesen. Sehr unhöflich sogar. Trotzdem plagte mich das schlechte Gewissen. Er hatte seinen Job verloren, weil ich ihn verpetzt hatte.

Ich brachte Cat ins Bett und erzählte ihr zwei Geschichten. Erst die von Cinderella, dann die von Maui, der die Sonne fängt. Nachdem sie eingeschlafen war, setzte ich mich draußen im Wohnzimmer ans Fenster und schaute hinaus auf die Stadt. Ich war total erledigt. Das Essen lag mir wie ein Stein im Magen. Ohne Rückgrat war das Leben echt einfacher. Wäre Cat nicht dabei gewesen, dann hätte ich einfach aufstehen und gehen können, ohne mich zu beschweren.

Er war unhöflich gewesen und dafür bestraft worden. Ich hätte stolz auf mich sein sollen, weil ich mich gewehrt hatte. Stattdessen kam ich mir vor wie ein Idiot, weil ich nicht lesen konnte. So würde das mein Leben lang gehen. Mir war, als hätte man mir einen Eisenring um die Brust gelegt. Ich sehnte mich nach meinem Bett zu Hause in Napier. Tja, bis Sonntag musste ich noch hierbleiben.

Am nächsten Morgen war ich wieder besser drauf. Diesmal frühstückten wir nicht im Hotel. Maria und Lucas hatten ein Taxi bestellt, das uns zu einem Café am Meer brachte. Wir saßen auf einer Terrasse am Wasser, und die Kellner brachten das Essen und die Getränke vom Café auf der anderen Straßenseite. Es war schön dort, und herrlich ruhig. Allmählich fühlte ich mich richtig wohl in dieser Stadt. Doch nach dem Frühstück schlug Lucas vor, wir sollten einen Spaziergang machen. Ich fand die Idee ganz gut, bis mir klar wurde, dass uns unser »Spaziergang« auf einen riesigen, steilen Hügel führen würde.

»Das ist ja die reinste Folter«, beschwerte sich Maria. »Morgen werde ich so einen Muskelkater haben, dass ich keinen Schritt mehr gehen kann.«

»Denk einfach daran, wie viele Kalorien du gerade verbrennst und wie viel du dafür nachher auf der Hochzeit essen kannst«, sagte Lucas.

Am Nachmittag waren Cat und ich allein. Wir wollten in den Botanischen Garten. Der Mann am Hotelempfang sagte, dass es dort einen schönen Spielplatz gibt und schenkte uns einen Stadtplan, aber ich konnte die Straßenschilder nicht lesen und wusste nicht, ob wir auf dem richtigen Weg waren. Ich hatte einen Kloß im Hals, wie immer, wenn ich Panik bekam, weil ich etwas nicht schaffte. Am Ende fragte ich einfach nach dem Weg. Die ersten zwei Leute, die ich fragte, waren selbst Touristen und konnten uns nicht helfen. Dann fragten wir einen jungen Mann, der ungefähr im selben Alter war wie Georgia. Er grinste und riet uns, mit der Standseilbahn hinauf zu fahren und dann durch den Botanischen Garten hinunterzuspazieren.

»Die Standseilbahn mag ich«, sagte Cat. »Die fährt nicht so lange wie der langweilige Zug.«

Das klang nach einer hervorragenden Idee. Cat hatte recht, die Fahrt dauerte nicht lang, und während die Standseilbahn den Hügel erklomm, entspannte ich mich wieder, und meine Panik löste sich in Luft auf.

Wir verbrachten den ganzen Nachmittag auf dem Spielplatz im Botanischen Garten. Es war mir egal, dass ich dafür eigentlich zu alt war. Cat kletterte auf vier Bäume, und dann tollten wir auf den Spazierwegen herum. Maria hätte sich beschwert, weil sie alle steil auf und ab gingen. Wir fütterten die Enten und aßen Eis, und ein alter Mann mit einem Hund schimpfte mit Cat, weil sie auf einer Mauer lief. Sie lächelte ihn fröhlich an und sagte zu ihm auf Portugiesisch: »Ich hoffe, dein Hund beißt dir die Nase ab!«

Ich zerrte sie weg, und wir rannten lachend den Hügel hinauf.

Auf dem Rückweg zum Hotel besorgte ich Geschenke für die Jungs. In einem Spielwarenladen kaufte ich einen Matchbox-Laster für Davey und einen Zug für Theo. Dann war auch schon Essenszeit. Wir gingen ins Hotelrestaurant, und ich hielt nach der netten Frau Ausschau, aber sie war nicht da. Stattdessen brachte uns diesmal ein Mann zu einem Tisch.

Ich hatte ein flaues Gefühl im Magen. Wie viele Kellner würden wohl meinetwegen noch den Job verlieren? Und wenn wir einfach dasselbe wie gestern bestellten? Ich hatte damit kein Problem. Ich lächelte Cat an. »Willst du wieder einen Grillspieß?«

Sie schüttelte den Kopf. »Nein.«

Natürlich nicht. Mit Cat war nichts einfach. Der Kellner kam. Er war jung und wirkte gelangweilt, wie er dort stand, den Stift in der Hand, um sich unsere Bestellung zu notieren. Höflich, aber gelangweilt. Ich holte tief Luft, setzte mich aufrecht hin und sah zu ihm hoch. Rückgrat. Ich brauchte eine ganze Menge Rückgrat.

Ich schluckte. Am besten brachte ich es schnell hinter mich. »Entschuldigen Sie, aber würden Sie mir bitte helfen? Ich weiß nicht, was ich bestellen soll. Ich habe nämlich eine Lernschwäche und kann nicht besonders gut lesen.«

Er wirkte nicht gerade begeistert, aber zumindest verspottete er mich nicht. Rasch las er vor, was in der Speisekarte stand. Cat wartete, bis er fertig war. »Ich will Würstchen.«

»Bitte«, sagte ich zu ihr. Würstchen standen nicht auf der Karte.

Sie lächelte mich an, sah zum Kellner hoch und sagte: »Obrigada.«

»Gibt es denn auch Würstchen?«, fragte ich.

»Ich erkundige mich mal beim Küchenchef«, sagte er und wartete ab, den Stift in der Hand. »Und was darf es für Sie sein, Madam?«

Das Madam hätte er sich meinetwegen sparen können, so hochnäsig, wie es klang. Ich bestellte den Fisch von der Tageskarte.

Als wir fertiggegessen hatten, legte er mir eine kleine Mappe hin. »Ihre Rechnung, Madam.«

Ich schob die Mappe von mir und stand auf. »Schreiben Sie's auf Zimmer 724.«

Sobald Cat schlief, ging auch ich ins Bett. Ich war hundemüde. Es war anstrengend, sich in einer fremden Stadt zurechtzufinden, wenn man nicht lesen konnte. In Brasilien würde es noch schwieriger sein. Wie war ich nur auf die dämliche Idee gekommen, dass ich einfach so in ein anderes Land reisen konnte?

Hm. Ich dachte an Mum, die immer behauptete, dass sie keine Abendkurse belegen konnte.

»Ach, sei still«, brummte ich. Ich war zu müde, um nachzudenken.

Im Geiste hörte ich Georgias Stimme. *Danke, Ruby. Du bist einsame Spitze.*

Einsame Spitze, aber dumm. Ich schlief ein.

Kapitel sechsundzwanzig

Auf dem Flug nach Napier fragte ich Maria, ob es Leute gab, die sich ihr Geld damit verdienten, andere Menschen beim Kleiderkauf zu beraten.

»Natürlich«, sagte sie. »Sie heißen Personal Shopper oder Image Consultant und sind auf Typ-, Stil- und Farbberatung spezialisiert.« Sie sah mich mit glänzenden Augen an. »Wäre das was für dich, Ruby? Lucas hat mir von Georgia erzählt.«

Ich nickte. »Es hat mir richtig Spaß gemacht, ihr zu helfen.«

»Und sie hat echt umwerfend ausgesehen hinterher«, bemerkte Lucas. »Du solltest es unbedingt versuchen. Ich bin für diesen Job definitiv nicht der Richtige, aber du hast es wirklich drauf.«

Wir unterhielten uns den ganzen Flug lang auf Portugiesisch, dabei fragte ich mich inzwischen, ob die ganze Sache nicht bloß Zeitverschwendung war. Ich hatte in Wellington richtig zu kämpfen gehabt, und das Gefühl der Hilflosigkeit hatte mir viel mehr zu schaffen gemacht als zu Hause.

»Kommst du morgen?«, fragte Maria und überkreuzte Zeige- und Mittelfinger, als sie mich zu Hause ablieferten.

Ich grinste. »Keine Sorge, Maria, Davey und ich stehen morgen um halb neun bei euch auf der Matte.«

Sie drückte meine Hand. »Du bist ein tolles Mädchen, Ruby. Und so verlässlich!«

Ich rannte ins Haus.

Außer Max waren alle da. Mum umarmte mich, und Calvin sagte: »Willkommen zu Hause, Ruby. Du hast uns gefehlt.«

»Max war ganz nett«, berichtete Davey. »Aber du bist mir lieber, Ruby.«

»Du warst lange weg«, beschwerte sich Theo.

Ich gab den beiden ihre Geschenke. Sie freuten sich riesig und erstickten mich förmlich mit ihren Küssen. Irgendwann machte ich mich von ihnen los und ging mit meiner Tasche in mein Zimmer.

Dort standen überall Sachen von Max rum.

Ich machte mich wortlos an die Arbeit. Als Mum bemerkte, dass ich seinen Kram zrück in das Zimmer der Jungs brachte, kam sie angelaufen. »Nun fang nicht schon wieder damit an, Ruby!«

Ich antwortete nicht. Ich würde ihm definitiv *nicht* noch einmal mein Zimmer überlassen.

Wie üblich kam er erst zum Abendessen nach Hause. Er marschierte in mein Zimmer und kam gleich darauf wutschnaubend wieder heraus.

Ich servierte weiter das Essen, das ich gekocht hatte, und ignorierte ihn.

»Max, setz dich hin und sei still«, befahl Calvin. »Ruby behält ihr Zimmer. Wir müssen uns eine andere Lösung einfallen lassen. Ich habe da auch schon eine Idee.«

Max hatte schon den Mund aufgerissen, um weiterzutoben. Jetzt klappte er ihn überrascht wieder zu. Er trat nach seinem Stuhl, dann rückte er ihn zurecht und ließ sich darauf plumpsen.

»Und die wäre?«

Calvin musterte ihn kühl. »Das sage ich dir erst, wenn du dich nicht mehr so unverschämt aufführst.«

Max schob verärgert Messer und Gabel hin und her. Er schwieg.

Mum wollte etwas sagen, doch Calvin sah sie an und schüttelte den Kopf. Wir aßen. Es gab Fisch. Dazu hatte ich die leckere Sauce gekocht, die es im Hotel in Wellington gegeben hatte. »Na, Ruby, was hast du so getrieben in Wellington?«, fragte Mum übertrieben fröhlich.

Ich habe einer jungen Frau geholfen, ihren Traumjob zu bekommen. Ich habe dafür gesorgt, dass ein Kellner entlassen wird. Ich fand es schwer, mich in der Stadt zurechtzufinden. Ich habe mich gefragt, ob mein Traum von der Brasilienreise nicht total bescheuert ist.

Ich erzählte von der Fahrt mit der Standseilbahn und dem Nationalmuseum.

Nach dem Essen sagte Max: »Erzählst du mir jetzt bitte von deiner Idee, Calvin?«

Calvin stand auf. »Ich helfe dir beim Geschirrspülen und dabei erkläre ich es dir.«

Calvin plante einen Anbau. »Draußen neben der Garage, damit wir die Stromkabel von dort rüberverlegen können. Wenn wir das Holz gebraucht kaufen, wird es nicht so teuer.«

Ich sah zu Mum. Sie lächelte. Aber das würde Geld kosten, und sie schuldeten mir noch siebenhundert Dollar.

»Wie lange wird es dauern, bis du damit fertig bist?«, fragte Max.

Calvin legte ihm eine Hand auf die Schulter. »Wir, Max. Das wird unser gemeinsames Projekt. Wir werden es gemeinsam angehen, du und ich.«

Max sah ihn nicht an. Er wusch noch zwei Teller, dann sagte er: »Und wann fangen wir damit an?«

»Sobald wir Ruby ihr Geld zurückgezahlt haben.«

Max ließ einen Topf ins Spülwasser plumpsen. Ich konnte förmlich hören, wie er mit den Zähnen knirschte. »Und wie lange wird das dauern?«

Calvin zuckte die Schultern. »Einen Monat, vielleicht auch zwei. Kommt darauf an, wie es läuft.«

Verdammter Max, dachte ich, als ich nachts im Bett lag, in *meinem* Zimmer. Nicht zu fassen, dass Mum ihm erlaubt hatte, wieder in mein Zimmer zu ziehen. Er würde sich nie ändern, wenn sie sich von ihm weiter so um den Finger wickeln ließ. Er wusste, er musste nur warten, bis Calvin außer Haus war, dann bekam er, was er wollte.

Das zeigte sich wieder einmal, als sich Calvin am Freitagabend auf den Weg zur Tankstelle machte, um seine Spätschicht anzutreten. Max war zur Abwechslung mal zu Hause. Er las ein Buch, deshalb war ich nicht misstrauisch, aber sobald Calvins Wagen davongefahren war, sagte Max mit einem Blick zu mir: »Hast du schon mit ihr geredet, Mum?«

Ich war auf einen Schlag hellwach.

Mum kniff die Augen zu, barg das Gesicht in den Händen und rieb sich die Stirn. Einen Moment lang dachte ich schon, sie würde gar nichts sagen.

Max offenbar ebenfalls. »Mum? Du hast versprochen, dass du mit ihr redest.«

Mum gab sich einen Ruck. »Ich wollte dich etwas fragen, Ruby.«

Ich legte den Rock zur Seite, den ich gerade säumte. »Schieß los.«

Max tat, als würde er weiterlesen.

»Also, ich habe über den Anbau nachgedacht, den Calvin für Max plant …« Sie zögerte, dann fügte sie hastig hinzu: »Max braucht ein eigenes Zimmer, Schatz. Er muss lernen können, ohne dass ihn die Jungs ständig stö…«

»Ich weiß«, unterbrach ich sie. »Genau deshalb machen die *beiden* ja den Anbau, oder?«

»Aber er … sie können erst damit anfangen, wenn wir das nötige Geld dafür beisammen haben. Von den siebenhundert Dollar, die wir dir schulden, haben wir bereits vierhundert beisammen, und … Naja, es wäre doch sinnvoll, wenn wir die in den Anbau investieren würden, nicht?« Sie konnte mir nicht in die Augen sehen. Es war unfair und ergab überhaupt keinen Sinn, und das wusste sie auch. Das war immerhin ein Fortschritt.

Da steckte garantiert Max dahinter. »Sinnvoll?«, wiederholte ich. »Wieso?«

Sie warf mir einen flehenden Blick zu. »Bitte, Schatz, sei nicht so schwierig.«

Ich faltete meinen Rock zusammen und stand auf. »Das kannst du vergessen, Mum. Es ist mein Geld.« Ich zeigte mit der Schere auf Max. »Und wenn du so dringend dein eigenes Zimmer willst, dann such dir gefälligst einen Job und verdien dir dein eigenes Geld.«

Ich verzog mich in mein Zimmer und schloss die Tür hinter mir. Ich zitterte. Sie konnte noch immer nicht Nein zu Max sagen.

Ich fragte mich, ob Hayden wie er war. Vielleicht waren sie sich ja so ähnlich, dass sie sich hassten. Tja, das würde ich wohl nicht allzu bald herausfinden. In nächster Zeit würde mir Max garantiert nichts erzählen.

Keine Ahnung, ob Mum etwas zu Calvin gesagt hatte, jedenfalls drückte er mir ein paar Tage später einen Scheck über vierhundert Dollar in die Hand. »Keine Sorge, Ruby, der Rest folgt, so schnell es geht.« Mehr sagte er nicht.

»Ich habe einen Job«, verkündete Max, als er am letzten Ferientag nach Hause kam, wie üblich pünktlich zum Abendessen. »Ich arbeite nachmittags nach der Schule im Computerladen im Einkaufszentrum.« Mit einem fiesen Blick fügte er hinzu: »Hoffentlich hörst du jetzt endlich auf, mich wegen deinem blöden Geld zu nerven.«

Da explodierte ich. »Du nimmst das sofort zurück und entschuldigst dich!«

Mum starrte mich mit gerunzelter Stirn an.

Ich tat, als würde ich es nicht bemerken. »Wann habe ich dich je wegen meinem Geld genervt?« Er antwortete nicht. Ich ließ die Faust auf den Tisch donnern, sodass das Besteck klapperte. »Antworte mir gefälligst, verdammt nochmal!«

Die Jungs starrten mich mit großen Augen an.

Max aß einfach weiter. Mum machte den Mund auf, aber Calvin kam ihr zuvor. »Das ist eine berechtigte Frage, Max. Beantworte sie bitte.«

Max hob den Kopf und presste demonstrativ die Lippen zusammen. Dann futterte er weiter.

»Ich warte, Max«, sagte Calvin.

»Calvin!«, platzte Mum heraus. »Meine Kinder erziehe nur *ich* allein!« Sie warf ihm einen finsteren Blick zu.

Calvin stand auf, obwohl sein Teller noch halbvoll war. Er sprach ganz ruhig, wie immer, aber sein Tonfall war so schneidend, dass ich eine Gänsehaut bekam. »Dann schlage ich vor, du fängst endlich damit an, Tessie.« Und dann ging er, obwohl es draußen regnete.

Theo brach in Tränen aus. »Dass du auch immer so uneinsichtig sein musst, Ruby!«, zeterte Mum. »Jetzt hast du den Bogen endgültig überspannt.«

Ich glotzte sie an. War das alles etwa meine Schuld? Ich fühlte mich so unfair behandelt, dass ich kaum noch Luft bekam. Ich schob meinen Stuhl zurück und stürmte aus der Küche.

Max hielt den Kopf gesenkt und aß einfach weiter.

Ich rannte in mein Zimmer und knallte die Tür zu. Er verdankte es nur mir und meinem Geld, dass er wieder zu Hause war. Ich hätte ihn in Australien versauern lassen sollen! Wütend pfefferte ich mein Kissen auf den Boden und kickte es kreuz und quer durchs Zimmer. Verfluchter Max. Kick. Wieder hatte sie ihm seine Unverschämtheit durchgehen lassen. Kick. Und gleich noch einer.

Dann sank ich auf den Boden und drückte mein armes Kissen an mich. Sollte ich wieder streiken? Sollte ich mich so lange weigern, für ihn zu kochen, bis er sich entschuldigt hatte? Ich warf erneut das Kissen auf den Boden. Warum war mein ganzes Leben nur ein einziger Kampf? Ich war doch hier zu Hause. Ich sollte hier nicht kämpfen müssen.

Ich griff nach dem Kissen und drückte es wieder an mich. Wenn ich jetzt da rausging und sagte *Mum, es tut mir leid, dass ich so ein Theater gemacht habe, kommt nicht wieder vor,* so wie sie es sich von mir wünschte, dann wäre alles wieder in Butter.

Und dann konnte ich gleich mein Rückgrat im Flur in die Ecke stellen, damit sie es als Kleiderständer verwenden konnten.

Eine halbe Ewigkeit saß ich dort auf dem Fußboden und dachte darüber nach. Tja, wie es aussah, wollte sich mein Rückgrat nicht in einen Kleiderständer umfunktionieren lassen. Ich seufzte. Ich würde weiterkämpfen. Mum würde weiter sauer auf mich sein, Max würde weiter seinen Kopf durchsetzen. Und Calvin? Ich wusste nicht, was er tun würde, aber ich war froh, dass er auf meiner Seite war. Das konnte ich mir in Erinnerung rufen, wenn ich mich das nächste Mal fragte, ob ich mich schon wieder grundlos aufregte.

Ich stand auf und setzte mich an meinen Schreibtisch. Gegen all das hier musste eine Reise nach Brasilien doch ein Klacks sein. Ich zuckte die Schultern. Ich hatte jetzt nicht den Nerv, über Brasilien nachzudenken. Und es eilte ja auch noch gar nicht. Im Moment fühlte ich mich mit allem überfordert, und morgen fing die Schule wieder an. Und wo dort meine Schwierigkeiten lagen, wusste ich ja. Aber die waren ein Klacks gegen meine Probleme zu Hause.

Verfluchter Max.

Kapitel siebenundzwanzig

Am nächsten Morgen redete ich nicht mit Max, aber das war ja nichts Neues. Als ich mit Davey aus dem Haus ging, nahm er meine Hand. »Max ist so gemein. Ich mag ihn nicht.« Er schniefte und wischte sich mit der freien Hand über die Nase. »Er sagt, es ist sein Zimmer, aber das stimmt nicht, oder, Ruby? Es ist doch auch unser Zimmer. Kannst du nicht wieder mit ihm tauschen?«

Ich ging neben ihm in die Hocke und umarmte ihn. »Nicht weinen, Kleiner. Er zieht aus eurem Zimmer aus, sobald der Anbau fertig ist. Es wird nicht mehr lange dauern, du wirst sehen.«

Danach sagte er den ganzen Weg bis zu seiner Schule nichts mehr, aber nachdem ich mich von ihm verabschiedet hatte, schlich er im Schneckentempo in seine Klasse, statt wie sonst zu rennen.

Es brach mir fast das Herz, als ich das sah. Vielleicht sollte ich doch nochmal mit Max tauschen. Nur bis der Anbau fertig war. Ich dachte darüber nach, während ich zu Tia fuhr. Ich stellte mir vor, wie ich ihr von dem ganzen Drama erzählen würde und wie sie ausflippen würde. Völlig zu Recht. Max sollte sich nicht so aufführen. Das war alles Mums Schuld, weil sie ihm sein Benehmen durchgehen ließ. Wahrscheinlich war er absichtlich fies zu den Jungs, um zu erzwingen, dass ich wieder mit ihm das Zimmer tauschte. Warum kapierte sie das nicht?

Ich rannte durch den Vorgarten zum Haus und hämmerte an die Tür. Tia kam auch gleich herausgeschossen, und wir fielen uns in die Arme und hopsten auf und ab und redeten beide gleichzeitig wie ein Wasserfall. *Wie war's in Wellington? Hast du irgendwelche heißen Jungs kennengelernt? Was gibt's Neues?*

Da sie und die anderen sich die ganzen Ferien lang fleißig SMS geschrieben hatten, war sie bestens informiert über alles, was in letzter Zeit passiert war. »Wiremu behauptet ja, die Mädels hätten sich um sie gerissen. Angeblich hat ihn eine kesse Rothaarige die ganzen Ferien über verfolgt.«

»Oh«, sagte ich. »Der Glückliche.«

Tia lachte. »Das glaubt er doch selbst nicht.« Dann stupste sich mich in den Arm. »Du magst ihn, oder?«

Ich seufzte. »Ja, aber wehe, du verrätst es ihm!«

Wir radelten zur Schule. Megan und Carly warteten schon auf uns. »Versprich mir, dass du das mit Wiremu für dich behältst, Tia.«

Sie tätschelte meine Schulter. »Bei mir ist dein Geheimnis sicher.«

Auf dem Weg zu unserer Klasse redeten wir uns den Mund fusslig. Wiremu, Niles und Zeke trudelten ein paar Minuten nach uns ein, sahen sich um und kamen dann zu uns rüber.

»Na, hattet ihr schöne Ferien?«, fragte Tia. »Wie lief's mit den Mädels?«

Niles stieß einen Pfiff hervor. »Die haben uns förmlich die Bude eingerannt.«

»Wir mussten sie uns mit Waffengewalt vom Leib halten«, behauptete Wiremu.

»Von wegen.« Zeke lachte. »Die beiden haben die ganzen Ferien nur eins gemacht: mit mir abhängen.«

Wie lachten, und Tia warf mir einen *Hab-ich's-nicht-gesagt-Blick* zu.

Es war schön, wieder in der Schule zu sein, obwohl uns Mr Wood immer wieder ermahnte, endlich mit dem Schwätzen aufzuhören und ihm zuzuhören.

Und den ganzen Tag ging mir eine Frage durch den Kopf: Was sollte ich wegen Max tun?

Am Nachmittag fragte ich Maria um Rat, während Davey und Cat in den Apfelbäumen herumkletterten. Ich hätte gern auf Englisch darüber gesprochen, aber Maria sagte auf Portugiesisch: »Nichts da, wir sprechen Portugiesisch. Auf diese Weise lernst du wieder neue Wörter. Streng dich ruhig ein bisschen an.« Sie lächelte, ließ aber nicht mit sich handeln.

Ich lernte die Wörter für *unfair, Entschuldigung, Unterstützung, die Familie spalten, Streik* und *verwirrt.*

Nachdem ich ihr endlich die ganze Geschichte erzählt hatte, schüttelte sie den Kopf und runzelte die Stirn. »Was hältst du davon, wenn du noch mit dem Streik wartest? Heute Abend, wenn sich Max zum Essen setzt, sagst du ihm ganz ruhig, dass er sich bei dir entschuldigen soll, und wenn er nicht antwortet, dann belässt du es dabei. Morgen sprichst du ihn noch einmal darauf an und dann kündigst du an, dass du nicht mehr für ihn kochen wirst, bis er sich bei dir entschuldigt hat.«

Ich ließ mir ihren Vorschlag durch den Kopf gehen und fand ihn gut. Er sollte nicht mehr damit durchkommen, dass er so frech zu mir war.

Als Calvin mit Theo nach Hause kam, war ich gespannt, ob er etwas sagen würde, aber er sagte nichts.

Mum kam fünf Minuten vor Max nach Hause. Sie sagte auch nichts. *Tja, Mum, wenn du glaubst, dass die Sache für mich einfach vergessen und vergeben ist, dann hast du dich leider getäuscht. Dein Pech.*

Max wirkte selbstzufrieden. Mum stürzte sich förmlich auf ihn. »Max, mein Schatz! Wie war's in der Arbeit? Wie viel bezahlen sie dir? Ich hoffe, dir bleibt trotzdem noch genügend Zeit für deine Hausaufgaben.«

»Ja, ja, keine Sorge Mum«, beruhigte er sie. »Was gibt's zum Abendessen? Ich bin am Verhungern.«

»Geh und wasch dir die Hände, Schatz. Ich decke inzwischen den Tisch. Ist das Essen fertig, Ruby? Es riecht jedenfalls sehr lecker.« Sie lächelte mich an, aber ich war nicht in der Stimmung, zurückzulächeln.

Ich stellte das Essen auf den Tisch, und wir setzten uns hin und spielten glückliche Familie. Max schwieg und schaute wie üblich nicht von seinem Teller auf, während er sich das Essen in den Mund schaufelte.

Ich schnitt mein Stück Hackbraten in winzigkleine Bissen. Ich wollte nicht schon wieder Theater machen. Ich konnte einfach nicht. Schon bei der Vorstellung, dass ich eine Entschuldigung von Max verlangte, krampfte sich mein Magen zusammen. Dabei hatte es so einfach geklungen, als ich mit Maria darüber geredet hatte. Rückgrat, wo bist du, wenn ich dich brauche?

»Du isst ja gar nichts, Ruby?«, sagte Mum. »Geht's dir nicht gut?«

»Nein.« Ich legte das Besteck ab. »Mum, Max muss das, was er mir gestern an den Kopf geworfen hat, zurücknehmen. Er muss sich bei mir entschuldigen.«

Mum schüttelte den Kopf. »Hör auf damit, Ruby. Es ist nicht weiter wichtig.«

Es ist nicht weiter wichtig?

Wie konnte sie so etwas sagen? Calvin sah sie an. »Doch, das ist es, Tessie.« Und ehe Mum etwas darauf erwidern konnte, sagte er zu Max: »Deine Mutter will nicht, dass ich mich in deine Erziehung einmische, und damit kann ich leben, aber wenn du dich deiner Schwester gegenüber weiterhin so verhältst wie gestern, kannst du den Anbau vergessen. Du hast die Wahl. Wenn du ein eigenes Zimmer willst, schlage ich vor, du nimmst zurück, was du gestern gesagt hast und entschuldigst dich. Und bei dieser Gelegenheit könntest du dich übrigens auch gleich bei Ruby dafür bedanken, dass sie deinen Flug bezahlt hat.«

Ich schluckte. »Danke, Calvin! Danke. Danke.«

Theo brach in Tränen aus, und Davey weinte ebenfalls. »Wir wollen Max nicht mehr in unserem Zimmer, Daddy! Max ist gemein! Bitte mach den Anbau.«

Calvin legte Messer und Gabel auf den Tisch. »Max wird nett zu euch sein, das verspreche ich euch.« Er sah zu Mum. »Jetzt reden wir mal Klartext, Tessie. *Dein* Sohn macht *unseren* Jungs das Leben zur Hölle, und das lasse ich nicht zu.« Seine Miene war finster. »Wenn wir ausziehen müssen, dann werden wir das tun.«

Er wollte ausziehen? Mit den Jungs? Mum starrte ihn an. Sie war leichenblass. Die Jungs schluchzten noch lauter. Ich hatte Schmerzen in der Brust. Und in der Kehle.

Max war nicht dumm. »Es tut mir leid.« Er sah flüchtig zu Calvin, der ihn mit versteinerter Miene musterte. »Und mach dir keine Sorgen wegen der Jungs.«

Mum versuchte, Theo zu trösten. Auch ihr liefen Tränen über das Gesicht. Calvin hatte den Arm um Davey gelegt. »Ich mache mir keine Sorgen, Max, aber ich werde die Augen offenhalten. Und lass dir eines gesagt sein: Wenn mir auch nur der geringsten Hinweis darauf unterkommt, dass du meine Kinder quälst, dann ist es vorbei. Dann sind wir weg.«

An diesem Abend aßen wir alle kaum etwas. Nicht einmal Max, überraschenderweise. Mum weinte immer noch. Calvin brachte die Jungs ins Bett und las ihnen etwas vor. Max verschwand, ohne das Geschirr zu spülen. Ich fing an, den Tisch abzuräumen, aber dann ließ sich es bleiben. Das war Max' Aufgabe. Sollte Mum doch die Küche aufräumen. Schließlich hatte sie ihn gehen lassen.

Ich verkroch mich in mein Zimmer und versuchte, ihre bekümmerte Miene zu vergessen. Sie würde glauben, dass das alles meine Schuld war. Ich saß da und ließ mir das ganze Drama wieder und wieder durch den Kopf gehen. Ich fand nicht, dass es meine Schuld war. Echt nicht. Trotzdem: Wie man es auch drehte und wendete, ich war der Auslöser für die ganze Aufregung in unserer Familie. Wenn Calvin Mum verließ, dann meinetwegen.

War es das wert? *Ja,* würde Tia jetzt wohl sagen. *Du darfst dir von ihnen nicht alles gefallen lassen.* Maria wäre auch dieser Meinung. Ich rieb mir die Augen. Sie mussten ja nicht hier leben, mit einer Familie, die auseinanderzubrechen drohte.

Kapitel achtundzwanzig

Calvin war schon wach, als ich morgens zur Arbeit fuhr. Er sah aus, als hätte er nicht viel geschlafen.

»Calvin …« Ich brach ab. Ich wusste nicht, was ich sagen sollte.

Er rieb sich die Augen. »Ich weiß nicht, ob sich das alles wieder einrenken wird, Ruby. Ich hoffe es, aber das hängt nicht an uns beiden.«

Ich fuhr zur Arbeit. Mr Vine war ein Ekel, aber ich konnte den Job ja jederzeit hinschmeißen. Ich dachte an Calvin. Er war mein Dad. Er durfte uns auf keinen Fall verlassen. Auf gar keinen Fall. Ich sperrte mein Rad ab und betrat den Supermarkt. Es war alles wie immer: Mr Vine begrüßte mich mit mürrischer Miene und einem griesgrämigen Grummeln. Ich machte mich an die Arbeit.

Als ich nach Hause kam, war Calvin schon weg. Mum hetzte durchs Haus, damit Theo und sie rechtzeitig startklar waren. Die Jungs hopsten fröhlich in die Küche. »Mum! Heute war Max total nett zu uns!«

»Er hat mich kein einziges Mal angemotzt«, erzählte Theo verwundert. »Nicht einmal, als ich über seine Tasche gestolpert bin.«

Mum nahm sie beide in den Arm. »Er liebt euch, Jungs. Er ist doch euer großer Bruder.«

Davey machte sich von ihr los. »Ruby liebt uns.«

Mum redete nicht mit mir, mal abgesehen von den üblichen Befehlen. *Tu dies, hol das, Schatz, könntest du mal bitte …* Und was tat sie, als Max mit finsterer Miene die Küche betrat? Sie empfing ihn mit einem Lächeln. *Wie schön, dass du jetzt nett zu den Jungs bist. Vielen Dank, mein Schatz.*

Er reagierte nicht, als hätte er es gar nicht gehört. Vielleicht hatte er das wirklich nicht. Wie auch immer, ich wünschte, *ich* hätte es nicht gehört.

Es würde sich nichts ändern. Mum würde Max weiterhin wie einen König behandeln, und er würde sich mit seinen Unverschämtheiten gerade so weit zurückhalten, dass er Calvin nicht dazu brachte, zu gehen. Mich packte die Wut, und mein Rückgrat meldete sich zu Wort. Wenn sich Calvin vom Mum trennte, war das allein ihre Schuld und nicht meine. Und falls Calvin mit den Jungs auszog, würde ich mit ihnen gehen. Dann konnten Mum und Max ihr kleines Königreich für sich allein haben.

Als sich Mum wie üblich mit einem *Bye, Ruby* verabschiedete und mir einen schönen Tag wünschte, sagte ich nicht wie sonst immer »Bye, Mum, bis heute Abend«, sondern drehte mich wortlos um und ging. Danach hatte ich deswegen den ganzen Tag ein schlechtes Gewissen. Was, wenn sie auf dem Nachhauseweg tot umfiel, nachdem ich so gemein zu ihr gewesen war?

Natürlich fiel sie nicht tot um. Dafür herrschte zwischen ihr und Calvin eine ziemlich unterkühlte Stimmung. Keine Ahnung, ob es Max auffiel. Ich war jedenfalls hin- und hergerissen zwischen Wut und Schuldgefühlen.

So vergingen zwei Wochen, und mit der Zeit wurde alles wieder so wie früher. An einem Freitagabend klatschte Max einen Hundertdollarschein vor mir auf den Tisch. Er sagte nichts, was ihn sichtlich Mühe kostete, aber Calvin stand daneben und ließ ihn nicht aus den Augen. *Tja, Max, wenn du glaubst, dass ich mich dafür bedanke, hast du dich geirrt.* Ich sagte nur: »Und, wie ist dein Job?«

Er zuckte die Schultern. »Besser als Fußböden putzen.«

Woher wollte er das wissen? Er hatte in seinem ganzen Leben noch keinen Boden geputzt. Ich tat, als hätte ich es nicht gehört und bedankte mich bei Calvin, der mir anschließend die restlichen zweihundert Dollar gab.

An diesem Wochenende hatte Calvin am Nachmittag Dienst an der Tankstelle. Er wollte mit dem Ausheben des Fundaments für den Anbau anfangen, sobald Max am Samstag aufgestanden war.

Als ich am Samstagmorgen vom Supermarkt nach Hause kam, war Max schon auf und frühstückte. Calvin saß auch bereits am Tisch. Er hob eine Augenbraue und grinste mich an. Die Jungs kamen angerannt. »Wir helfen euch«, verkündete Davey. »Wir können richtig große Löcher graben.«

Max wirkte nicht gerade begeistert, aber er hielt den Mund. Den ganzen Vormittag war von draußen das Kratzen der Spaten in der Erde zu hören, untermalt von Calvins Pfeifen und dem Kreischen der Jungs, die im Garten herumtollten. Von Max hörte man so gut wie nichts.

Dafür war er dann beim Mittagessen richtig gesprächig. Er unterhielt sich mit Calvin über das Holz, dass sie benötigten und wo Max es auftreiben konnte.

Mum wirkte wieder glücklich. Sie lächelte den ganzen Tag. »Ich wusste, wir würden eine zufriedenstellende Lösung finden. Max braucht bloß ein Zimmer für sich. Er ist wirklich sehr einsichtig und geduldig.«

Ich starrte sie an. »Das ist jetzt nicht dein Ernst, oder?« Dann drehte ich mich um und ließ sie stehen.

»Wo willst du hin, Ruby?«

»Ich laufe weg. Nicht, dass dich das interessieren würde.« Ich stürmte aus der Küche und knallte die Tür hinter mir zu.

Vielleicht sollte ich wirklich weglaufen. Ich ging in mein Zimmer und schloss die Tür. Zwei Minuten später klopfte sie an und trat ein, ehe ich »Herein« gesagt hatte. Ich sah von dem Rock auf, den ich ändern wollte, sagte aber nichts.

Sie ließ sich auf der Bettkante nieder. »Ich gebe mir wirklich Mühe, Ruby. Ich weiß, ich habe Max verzogen und ich versuche, streng mit ihm zu sein, aber es fällt mir schwer.«

»Ach ja? Frag mich mal, wie das alles für mich ist.« Ich hatte jetzt langsam echt die Nase voll.

»Er wird später mal auf die Uni gehen«, sagte sie. »Verstehst du nicht, wie wichtig das ist?«

Ich legte den Rock hin und wirbelte auf dem Drehstuhl zu ihr herum. »Und was ist mit mir, Mum? Ist dir denn total egal, was mal aus mir wird?«

»Aber nein!« Sie war schockiert. »Bei dir ist der Fall eben anders gelagert. Du musst realistisch sein, was deine Zukunft angeht, Liebes. Du hast keine andere Wahl.« Sie streckte mir die Hand hin. »Ich wünschte, es wäre anders, aber das ist es nun einmal nicht, und wir müssen uns damit abfinden.«

Ich nahm meinen Rock wieder zur Hand und riss eine Naht auf. Ich fühlte mich leer. »Geh einfach. Lass mich in Ruhe und denk an Max, wenn er dich so glücklich macht.«

Das war gemein gewesen. Ich fühlte mich schlecht. Sie versuchte weiter, mit mir zu reden. Es dauerte eine Ewigkeit, bis sie endlich ging.

Ich ließ den Rock sinken. Jetzt konnte ich in Tränen ausbrechen oder … Ich sprang auf rannte hinaus. »Mum!«

Sie fuhr erschrocken herum.

»Hör mir mal gut zu, Mum! Du glaubst, ich bin für alles zu dumm, aber das stimmt nicht. Ich bin nicht dumm!« Ich stampfte kräftig mit dem Fuß auf. »Ich. Bin. Nicht. Dumm. Und ich hab's satt, dass du mir immer wieder einredest, ich wäre es.« Ich baute mich vor ihr auf. »Wenn hier jemand dumm ist, dann du! Du hasst deinen Job und du suchst dir trotzdem keinen neuen. So werde ich nie. Ganz sicher nicht.« Ich stampfte noch einmal mit dem Fuß auf und lief zurück in mein Zimmer.

Ich rang nach Luft, als hätte mir jemand einen Schlag in die Magengrube verpasst. Niemals, niemals wollte ich so werden wie sie. Ich würde allein nach Brasilien fliegen und ich würde mir dort verdammt nochmal einen Job suchen. Und wenn es nur für eine Weile war. Ich konnte ja Straßenkinder in São Paulo betreuen oder so.

Mum ließ mich in Ruhe.

Am Sonntagvormittag hatten Calvin und Max mit der Unterstützung der Jungs das Fundament für den Anbau ausgehoben. Mum warf mir immer wieder verstohlene Blicke zu, als könnte sie sich nicht genug über mich wundern. Ich wollte, dass sie sich Sorgen um mich machte. Ich wollte sie fragen, warum ihr Max so viel bedeutete und ich nicht. Aber wozu? Sie verstand mich einfach nicht.

Sie begriff auch nicht, dass sich Max durchaus benehmen konnte, wenn sie dafür sorgte. So wie jetzt. Er unterhielt sich mit Calvin und sagte hin und wieder sogar etwas zu Davey und Theo. In den vergangenen zwei Tagen hatten die vier beim Abendessen nur über Werkzeug und Holz und

Stromkabel geredet. Mum bekam feuchte Augen, wenn sie ihre Männer so eifrig und friedlich miteinander werkeln und planen sah.

Ich dagegen hätte kotzen können. Ich fühlte mich klein und unwichtig. Ruby, das Dienstmädchen.

Ich redete mit Maria darüber. Sie sagte: »Du hast getan, was du konntest, Ruby. Versuch, nicht daran zu denken. Denk stattdessen an deine Träume.« Sie umarmte mich kurz. »Komm am Samstag zu uns, dann suchen wir im Internet nach Einkaufs- und Typ-Beratern.«

Es gab nicht allzu viele. Ich war enttäuscht, aber Maria sagte: »Das ist gut, dann hast du nicht so viel Konkurrenz. Verlier deine Träume nie aus den Augen, Ruby! Du wirst deinen Weg machen, wenn du dir das Ziel immer vor Augen hältst.«

Auf dem Nachhauseweg dachte ich über Mum nach. Sie hatte keine Träume mehr. Nein, das stimmte nicht. Sie hatte durchaus noch Träume – und die drehten sich alle um Max.

Kapitel neunundzwanzig

Seit Calvin und Max das Projekt Anbau in Angriff genommen hatten, war das Leben einfacher. Ich musste nicht mehr kämpfen. Es fiel mir gar nicht leicht, mich daran zu gewöhnen. Ich war auf der Hut und rechnete ständig damit, dass wieder etwas passieren würde.

Aber alles blieb ruhig. Beim Abendessen beteiligte sich Max sogar am Gespräch und er ließ keine bissigen Kommentare mehr vom Stapel, wie er es vor dem Anbauprojekt getan hatte. Ich hoffte natürlich, dass es so bleiben würde, aber ich hätte nicht unbedingt meinen Kopf darauf verwettet. Ich blieb misstrauisch.

In der Schule lief es ganz gut. Wiremu, Niles und Zeke steckten viel mit uns vieren zusammen. Wir trafen uns auch am Wochenende. »Sag Wiremu, dass du ihn magst«, sagte Tia.

Ich schüttelte den Kopf. »Ich will weiter mit ihm befreundet sein.« Ich knuffte sie in die Rippen. »Du warst doch bisher noch mit keinem einzigen Jungen mehr als ein paar Wochen zusammen. Dann hast du die Nase voll und machst Schluss.«

Eigentlich hätte ich es toll gefunden, wenn Wiremu mein Freund wäre. Schon bei der Vorstellung klopfte mein Herz wie verrückt. Aber wenn wir Schluss machten, wäre das das Ende der »Glorreichen Sieben«, und dafür genoss ich das Zusammensein mit ihnen viel zu sehr. Sie lenkten mich von meinen Problemen mit Max ab.

Ich hätte gern noch mehr über Hayden erfahren, aber er redete nie von Australien. Manchmal kam mir der Gedanke, mir mit meinem Geld ein Flugticket zu kaufen und Hayden und meine Halbschwestern zu besuchen. Doch das wäre dumm gewesen, wo ich Max doch einfach fragen konnte.

Aber wenn ich ihn fragte, würde er mich einfach stehen lassen, so wie letztes Mal.

Es sei denn, ich fragte ihn beim Essen.

Eines Abends, nachdem Calvin und Max beim Arbeiten viel gelacht hatten, gab ich mir einen Ruck.

Ich wartete ab, bis alle am Tisch saßen, dann sagte ich: »Erzähl doch mal, Max, wie ist Hayden denn so?«

Erst sah es so aus, als würde er meine Frage nicht beantworten, aber sowohl Mum als auch Calvin sahen ihn erwartungsvoll an. Max zuckte die Schultern. »Er war ganz nett. Jedenfalls ungefähr eine Woche lang.« Er verstummte. War das etwa schon alles?

Doch Mum hakte nach. »Wieso? Was ist denn nach der einen Woche passiert?«, wollte sie wissen. Es klang besorgt. »Er hat dich doch nicht geschlagen, oder?«

Max rutschte unruhig auf seinem Stuhl hin und her. Er sah aus, als wäre er lieber wieder in Perth als hier bei uns in der Küche. Ich hätte den Mund halten sollen.

Er schüttelte den Kopf.

»Was dann?«, fragte Mum.

Max hielt den Blick gesenkt, während er den Brokkoli, der auf seinem Teller lag, sezierte. »Naja, er hat rumgemeckert. Die ganze Zeit. Am Anfang war er ganz nett, aber dann …«

»Ja?« Mum lehnte sich gespannt nach vorn. »Erzähl es uns, Max.«

Ich schwieg. Ich wollte kein Wort verpassen.

Er schob den Teller von sich und schrie mich an: »Das ist alles deine Schuld! In einer Tour musst du mir das Leben versauen!« Er sprang auf und wollte hinauslaufen, aber Calvin packte ihn und zwang ihn, sich wieder hinzusetzen.

»Wenn du hier schon mit solchen Anschuldigungen um dich wirfst, dann solltest du gefälligst den Mut aufbringen, sie zu erklären.«

»Calvin! Lass ihn los!«, zeterte Mum.

Doch der behielt die Hand auf seinem Arm, als hätte er es nicht gehört, und ließ Max nicht aus den Augen. »Also, erzähl.«

Max schüttelte seine Hand ab. Calvin ließ den Arm sinken, lehnte sich aber nicht zurück. »Du schuldest uns eine Erklärung – vor allem deiner Schwester.«

»Ich kann gar nichts damit zu tun haben«, schrie ich. Dann fuhr ich etwas leiser fort: »Ich war doch die ganze Zeit hier. Und übrigens brauchst du niemanden, der dir dein Leben versaut, weil du das nämlich auch ganz gut allein schaffst. Wahrscheinlich war das in Australien nicht viel anders.«

»Okay, das reicht, Ruby«, sagte Calvin.

Ich klappte verblüfft den Mund zu.

»Max, du musst uns erzählen, was passiert ist«, drängte Mum. »Sag mir die Wahrheit: Hat er dich geschlagen?«

Tja, falls er das tatsächlich getan hatte, dann konnte es unmöglich meine Schuld sein.

Max ließ die Faust auf den Tisch donnern. »Nein! Das wäre mir noch lieber gewesen.«

Er holte tief Luft. »Er hat die ganze Zeit an mir rumgenörgelt. Nichts konnte ich ihm recht machen, nichts war ihm gut genug. Dabei war er am Anfang total begeistert von mir.« Die Worte strömten nur so aus ihm heraus, als wäre in ihm ein Damm gebrochen. »Er hat sich immer einen Sohn gewünscht, hat er gesagt, und dass er jetzt stattdessen von quengelnden Weibern umgeben ist. Er hat gesagt, er ist stolz auf mich, weil ich so intelligent bin. Ich musste eine Aufnahmeprüfung für die Schule machen und ich kam in die oberste Klasse.« Er brach ab und bedeckte das Gesicht mit den Händen.

Und was genau hatte ich mit all dem zu tun?

Calvin legte schweigend einen Arm um Theo, ohne Max aus den Augen zu lassen.

»Das ist doch gut, Max. Ich bin auch stolz auf dich. Aber was ist dann passiert?«, fragte Mum.

Max zeigte mit dem Finger auf mich. »Sie hat alles ruiniert! So wie sie immer alles ruiniert!« Er warf mir einen hasserfüllten Blick zu.

»Das ergibt doch keinen Sinn, Max«, sagte Calvin ruhig, aber seine Stimme klang gepresst.

»Ach, ja? Dann wart's mal ab.« Max stotterte beinahe, so aufgebracht war er. »Lilac hatte Probleme mit den Hausaufgaben. Er hat sie angeschrien, hat gesagt, dass sie geistig zurückgeblieben ist, weil jedes Kind mit zehn normalerweise längst lesen kann. Dann hat er Linda angeschrien und gesagt, dass das alles ihre Schuld ist. Dass sie schlechte Gene hat und es ein Fehler war, sie zu heiraten.«

Und da ergab alles plötzlich einen Sinn. Einen total kranken, ungeheuerlichen Sinn. »Du hast ihm von mir erzählt. Du hast ihm erzählt, dass ich auch nicht lesen kann«, sagte ich.

Er warf sein Besteck hin, sodass es quer über den Tisch segelte. »Ja, ich hab ihm von dir erzählt, und danach hat er mich gehasst. Linda hat ihm bei jeder Gelegenheit unter die Nase gerieben, dass es an ihm lag. Das ist alles nur deine Schuld, du beschränkte, hirnlose ...«

»Max!«, zischte Calvin. »Beherrsch dich!«

Doch Max schluchzte und kreischte weiter Dinge, die ich mein Leben lang nicht mehr vergessen werde, bis Calvin nach dem Glas Wasser griff, das vor ihm auf dem Tisch stand, und es ihm ins Gesicht kippte. »Das reicht jetzt! Beruhige dich! Ich will kein Wort mehr hören.«

Ich zitterte, und mir war schlecht. Die Jungs heulten. Ich sah zu Mum, doch die starrte Max an. Sie war kreideweiß und sah aus, als hätte ihr jemand eins übergezogen. »Mum? Was hat du denn? Mum!« Ich packte ihren Arm.

Sie brachte kein Wort heraus, schüttelte nur den Kopf und wedelte mit der Hand. Sie schnappte nach Luft, einmal, zwei Mal. Dann nahm ihr Gesicht wieder Farbe an. »Und ich dachte ... All die Jahre dachte ich, es liegt an mir, dass du nicht lesen kannst, Ruby. Ich dachte, das wäre die Strafe dafür, dass ich so jung Mutter geworden bin.« Sie lehnte sich zurück und begann schallend zu lachen. »Dabei ist es gar nicht meine Schuld.«

»Du jagst den Kindern Angst ein, Tessie«, sagte Calvin scharf.

Ich war wie vor den Kopf gestoßen, verstört und vollkommen überfordert. Max, Mum ...

Mir wirbelten tausend Gedanken durch den Kopf, oder vielmehr Gedankenfetzen, und alle mündeten in dem einen: Und deshalb liebt sie mich nicht. Ich schauderte. Woher war diese Erkenntnis gekommen? Aber es stimmte, und irgendwo ganz tief drin hatte ich es immer gewusst. Sie liebte mich nicht. Sie versuchte es. Sie gab sich alle Mühe. Aber das genügte nicht.

Max stand auf und ging aus der Küche. Diesmal hielt ihn niemand zurück. Davey rutschte von seinem Stuhl und lehnte sich an Calvin. Der drückte seine Söhne an sich und murmelte leise, tröstende Worte.

Mich tröstete niemand. Ich sprang auf und lief in mein Zimmer. Das war jetzt endgültig zu viel für mich gewesen.

Es wurde Nacht, aber ich schaltete das Licht nicht ein. In meinem Inneren herrschte Finsternis bis in die hinterste Ecke. Bis zu meinem Rückgrat, das dieses ganze Chaos verursacht hatte.

Kapitel dreißig

Mum schlich sich in mein Zimmer. Ich hatte keine Ahnung, wie spät es war. Es fühlte sich an, als wäre es mitten in der Nacht. Die Zeit, in der einem Geister und Vampire auflauern. Sie setzte sich auf mein Bett, nahm mich in die Arme und sagte: »Du bist echt die einzig Normale von allen Yarrows, Ruby. Es tut mir so leid, Liebling. Es tut mir so furchtbar leid.«

Sie strich mir mit der Hand übers Haar. »Calvin meinte, Max und ich brauchen professionelle Hilfe. Wir werden eine Therapie machen.«

Ich sagte nichts.

»Ist alles okay, Ruby? Sprich mit mir, Liebes. Bitte sag mir, dass es dir gut geht.«

Ich sagte ihr die Wahrheit. »Nein, es geht mir nicht gut, Mum. Ich fühl mich, als hätte mich ein Profiboxer zusammengeschlagen. Du und Max …« Ich versuchte, mich zurückzuhalten, aber die Worte brachen trotzdem aus mir raus. »Du liebst mich nicht. Du versuchst es zwar, aber du liebst mich einfach nicht.«

Sie drückte mich an sich. »Natürlich liebe ich dich. Und wie. Mach das Licht an, Ruby, dann sage ich dir, wie sehr.«

Ich schüttelte den Kopf. Ich wollte kein Licht.

»Mach die Augen zu«, befahl sie und knipste meine Nachttischlampe an.

Ich drehte den Kopf weg. Ich konnte auf ihre Erklärungsversuche verzichten. Ich hatte das alles schon gehört, hatte so lange versucht, ihr zu glauben, und jetzt war ich es endgültig leid.

Sie setzte sich etwas bequemer hin, ohne meine Hand loszulassen. »Ich schätze, es fing alles an, als ich mit dir schwanger war.« *Ja, ja. Das hatte ich alles schon gehört.*

Ich konnte es auswendig runterbeten: Ihre Eltern waren stinkwütend gewesen und wollten sie zu einer Abtreibung zwingen, aber sie hat sich geweigert. Dann hatten sie ihr geraten, mich zur Adoption freizugeben. *Sie hätten mich umbringen müssen, um dich mir wegzunehmen,* hatte sie immer gesagt.

Sie seufzte. »Und es gibt da so einiges, was du noch nicht weißt.« Aha? Ich sah sie an. »Ich habe dir doch immer erzählt, ich hätte mich mit ihnen gestritten und dann den Kontakt zu ihnen abgebrochen.«

Ich nickte.

»Tja, ganz so war es nicht.« Sie ließ meine Hand los und schlang die Arme um ihren Oberkörper. »Es war genau umgekehrt. Sie wollten nichts mehr mit mir zu tun haben. Sie wollten dich nicht sehen, haben aufgelegt, wenn ich sie angerufen habe. Ich habe ihnen geschrieben, aber sie haben meine Briefe ungeöffnet zurückgeschickt.«

Es fiel ihr sichtlich schwer, darüber zu reden, selbst jetzt, nach fünfzehn Jahren.

Ich kuschelte mich unter meine Decke. »Wie konnten sie das tun?« Meine Stimme klang rau, als hätte ich seit hundert Jahren kein Wort mehr geredet.

Mum zuckte die Schultern. »Ich hatte sie enttäuscht, dabei war ich ihr ganzer Stolz gewesen.«

»Genau wie Max dein ganzer Stolz ist.« Es klang wie eine Anklage, und genauso war es auch gemeint.

»Ja.« Sie seufzte. »Im Grunde habe ich dasselbe getan wie sie, mit dem Unterschied, dass ich nie eins meiner Kinder verstoßen würde.«

Nichts von dem, was ich bis jetzt gehört hatte, konnte den Druck von meiner Brust nehmen.

Sie starrte ein paar lange Sekunden gedankenverloren vor sich hin, dann fuhr sie fort: »Hayden lief zu Hochform auf.« Das wusste ich bereits. Ich wollte es nicht noch einmal hören. Aber sie redete weiter. »Deine Eltern brauchen wir doch gar nicht, hat er gesagt und den Umzug hierher organisiert. Er hat mir versichert, dass ich mir keine Sorgen machen muss und dass er uns immer lieben wird. Und dann, als Max gerade mal drei Tage alt war, hat er uns verlassen. Ohne jede Vorwarnung.«

Das war mir neu. Kein Wunder, dass sie ausgeflippt war, als Max so plötzlich verschwunden war.

»Es hat ein Jahr gedauert, bis mir endlich aufging, dass ich ohne ihn besser dran war.«

Ich entzog ihr meine Hand. »Aber … Du hast doch immer erzählt, dass er ein guter Vater war. Du hast gesagt, er ist gegangen, weil ihr zu jung geheiratet habt. Du hast gesagt …«

»Ich weiß, Ruby. Ich weiß!« Sie sah mich an. »Ich dachte, es wäre besser, wenn ich dich in dem Glauben lasse, dass er ein guter Vater war, verstehst du? Und das war er ja auch. Manchmal.« Sie zögerte. »Nein, eigentlich war er das nicht. Es musste immer alles nach seinen Vorstellungen laufen. Und ich habe immer nachgegeben, weil ich mich nicht ständig mit ihm streiten wollte.«

Sie lächelte mich an, aber es war ein bekümmertes Lächeln. »Und als sich dann herausgestellt hat, dass du Schwierigkeiten mit dem Lesen und Schreiben hast, musste ich ständig an das denken, was meine Eltern gesagt hatten. Sie hatten mich davor gewarnt, dich zu behalten, hatten gesagt, es sei egoistisch und dir gegenüber nicht fair, wenn ich dich behalte.« Sie schwieg einen Augenblick. »Ich liebe dich wirklich, Ruby. Von ganzem Herzen. Aber ich habe all die Jahre geglaubt, dass ich für deine Probleme verantwortlich bin.«

Tja, das war sie auch, aber das behielt ich für mich. »Und Max war dann die Entschädigung«, sagte ich. Ich war so müde und ich hatte das alles so satt.

Sie leugnete es nicht. »Ja. Zumindest dachte ich das.« Sie umarmte mich noch einmal. »So, und jetzt solltest du schlafen. Alles okay?«

Ich nickte, obwohl ich mir da nicht so sicher war. Es gab so vieles zu verarbeiten.

Mum erhob sich. »Ich rufe Mr Vine an und sage ihm, dass du morgen nicht kommst.« Sie küsste mich auf die Stirn und schlich hinaus.

Ich konnte dann doch schlafen. Morgens musste mich Mum sogar wecken. Ich fühlte mich wie durch den Fleischwolf gedreht. Auf dem Weg zur Küche traf ich Max. Er hielt den Blick gesenkt und murmelte: »Tut mir leid.«

Sieh an, eine Entschuldigung. Tja, deswegen würde ich jetzt nicht gleich einen Freudentanz vollführen.

Als ich mit Davey in die Schule brachte, sagte er kein Wort wegen gestern Abend. Vielleicht sollte ich ja etwas sagen. Ich ging neben ihm in die Knie. »Hör zu, Davey, Mum wird mit Max zu einer Art Doktor gehen, weil sie bei seiner Erziehung viel falsch gemacht hat, und der Doktor bringt das in Ordnung, okay?«

Er schlang mir die Arme um den Hals, so fest, dass ich kaum noch Luft kriegte. »Ich mag ihn nicht.«

Ich küsste ihn auf die Wange. »Ich bin froh, dass ich Theo und dich als Brüder habe.«

Er rannte in die Schule. Ich konnte nur hoffen, dass er sich die ganze Sache nicht allzu sehr zu Herzen nehmen würde.

Ich fuhr zu Tia und erzählte ihr alles. Sie schüttelte den Kopf. »Echt unglaublich. Wobei, eigentlich doch nicht. Max ist so ein Arsch. Und deine Mum – wow, das ist echt krass.«

Wir kamen zu spät zum Unterricht.

Es war schwierig, Maria auf Portugiesisch davon zu berichten, aber ich fragte sie gar nicht erst, ob ich es auf Englisch erzählen konnte. Ich lernte die Ausdrücke für *Schuld* und *die Geschichte wiederholt sich.* Hinterher sagte sie: »Deine Mutter hat recht, Ruby, du bist wirklich das einzige einigermaßen ausgeglichene Mitglied der Familie Yarrow.«

Das Wort *ausgeglichen* musste sie mir erklären.

Als Calvin nach Hause kam, umarmte er mich gleich als Erstes. »Na, mein Juwel, wie fühlst du dich?«

Ich wäre beinahe in Tränen ausgebrochen. »Noch ein bisschen mitgenommen, aber es geht schon wieder.« Ich drückte ihn an mich, so fest es ging. »Ich bin so froh, dass du mein Dad bist.«

Da bekam er ebenfalls feuchte Augen. Wir lachten.

Dann kam Max herein, und mein Magen krampfte sich zusammen bei der Erinnerung an all das, was er mir gestern Abend an den Kopf geworfen hatte. Ich wollte nicht mit ihm reden, wollte nicht einmal im selben Raum sein wie er.

»Okay, Jungs«, sagte Calvin, »schmeißt euch in die Arbeitskluft, und dann ab auf die Baustelle.«

Beim Abendessen sagte Mum: »Max, ich habe die Termine beim Psychologen für uns vereinbart. Wir gehen dienstagabends von sechs bis sieben, das kann ich am ehesten mit meiner Arbeitszeit vereinbaren.«

Er bohrte die Gabel in eine Kartoffel. »Ich brauche keinen Seelenklempner.«

»Wir gehen hin, ob du ihn brauchst oder nicht.« Ihre Stimme klang ruhig, aber unnachgiebig.

Er teilte die Kartoffel in zwei Hälften.

Der erste Termin war in der letzten Schulwoche vor den Semesterferien. Hinterher kam Max stinkwütend nach Hause, stürmte geradewegs in sein Zimmer und bellte die Jungs an, sie sollten sich verziehen.

»Es ist also gut gelaufen, wie?«, fragte Calvin.

Mum schlug die Hände vors Gesicht. »George – der Psychologe – hält es für keine gute Idee, Max in den Anbau ziehen zu lassen. Er sagt, es wäre im Moment die total falsche Maßnahme, ihn aus der Familie rauszuholen.« Sie sah zu mir. »Also, wenn du nicht in den Anbau ziehen willst, Ruby, dann weiß ich echt nicht, was wir tun sollen.«

Clavin machte ihr eine Tasse Tee.

»Ich will aber nicht mehr mit Max in einem Zimmer schlafen«, sagte Davey. »Ich will nicht, und damit basta.«

Theo rannte zu Calvin und umklammerte heulend sein Bein.

Ich ging raus, ehe Mum auf die Idee kam, mich zu fragen, ob ich nicht auf der Stelle mit ihrem Lieblingssohn tauschen könnte, weil sich der arme Max ja ach so sehr aufregen musste.

Wollte ich in den Anbau ziehen? Hatte ich überhaupt eine andere Wahl? Also, im Grunde war es wohl das Beste, was mir hatte passieren können. Max verspritze hier drin sein Gift, Mum ließ sich von ihm manipulieren, die Kinder heulten und stritten sich, und sogar Calvin verlor hin und wieder die Nerven.

Ich war sicher, dass sich Max jetzt weigern würde, Calvin weiter beim Anbau zu helfen, aber am Mittwochnachmittag stand er auf der Baustelle.

Keineswegs freiwillig, seiner wütenden Miene nach zu urteilen. Ich wartete nur darauf, dass er Geld von mir dafür verlangte, aber von mir würde er keinen Cent bekommen. Ich hatte mir schon überlegt, was ich sagen würde: *Vergiss es. Du wolltest doch unbedingt dein eigenes Zimmer.* Aber er sagte nichts. Kein Wort.

Am Donnerstagnachmittag werkelten sie weiter, am Freitag legten sie eine Pause ein. Calvin musste auf der Tankstelle arbeiten, und Max kam erst zum Abendessen nach Hause.

Als Maria kam, um Cat abzuholen, bat ich sie, sich den Anbau mit mir anzusehen und mir zu sagen, was sie davon hielt.

Sie hatten bereits die Tür eingebaut und abgeschlossen. Ich holte den Schlüssel aus der Garage, und wir gingen hinein. Eine Wand musste noch verputzt werden, ansonsten war eigentlich alles fertig. Es war ungefähr gleich groß wie mein altes Zimmer, nur länger und schmaler. Es gefiel mir. Durch das große Fenster würde die Sonne hereinscheinen.

»Meinst du, du könntest dich hier wohlfühlen?«, fragte Maria.

Ich ging hin und her und überlegte, wo ich was hinstellen würde: das Bett hinten in die Ecke, den Schreibtisch neben die Tür … Und ich würde Calvin bitten, gegenüber vom Fenster eine Pinnwand aufhängen. Ich lachte. »Ich bin schon so gut wie eingezogen. Es wird bestimmt toll.« Ich konnte meine Freunde einladen und Max einfach aussperren, und mit ihm den Rest der scheußlichen Welt da draußen.

Kapitel einunddreißig

Am ersten Wochenende der Ferien zog ich in den Anbau. Max ließ sich nicht blicken.

Er kam erst eine halbe Stunde vor dem Abendessen nach Hause und brachte gleich seine Sachen in mein altes Zimmer.

Nach dem Abendessen sagte er zu Mum: »Ich brauche einen Computer. Jetzt, wo der Anbau fertig ist, können wir uns ja einen kaufen.«

»Tut mir leid, Kumpel, aber ich habe den Job an der Tankstelle gekündigt«, sagte Calvin. Er streckte den Arm aus und zupfte Davey am Ohr. »Ich hab die Jungs in letzter Zeit kaum zu Gesicht bekommen.«

»Dad hat mir gleich einen Computer gekauft«, brummte Max.

Dann fang an zu sparen und flieg wieder nach Australien.

»Du hättest ja bei ihm bleiben können«, sagte Mum zu meiner großen Verwunderung. »Vielleicht überlegst du dir mal, warum du wieder nach Hause wolltest.« Sie klang verärgert.

Ich verdiente mir wieder etwas Geld, indem ich auf Cat und Davey aufpasste. Eines Nachmittags kamen Tia und Wiremu bei Cat zu Hause vorbei. Wir spielten alle zusammen Uno und Twister und lachten uns kaputt.

Danach begleiteten uns Tia und Wiremu nach Hause. »Ich will das Königreich sehen, über das Max nun doch nicht regiert«, sagte Tia.

Zum Glück hatte ich mein Bett gemacht. Ich schloss die Tür auf und breitete stolz die Arme aus. »Ta-daa! Kommt rein.«

»Wow!« Wiremu war beeindruckt. »Coole Bude.«

Tia ließ sich aufs Bett plumpsen. »Das ist schon besser als dir mit den Jungs dein altes kleines Zimmer zu teilen, nicht?«

»Ein bisschen«, sagte ich.

Wiremu setzte sich neben Tia aufs Bett. »Du musst eine Einweihungsparty machen. Am Samstag.«

Ich schüttelte den Kopf. »Wo sollen denn die ganzen Leute hin? Es ist doch jetzt schon kaum noch Platz zum Sitzen, und wir sind bloß zu dritt.«

Er sprang auf und tätschelte mir beruhigend die Schulter. »Ach, komm schon, Ruby! Wir setzen uns einfach auf den Boden.«

Wir betrachteten den Fußboden. »Ja, das ginge«, sagte Tia. »Wir sagen den anderen einfach, dass es eine Party ohne Stühle ist.«

Ich war den ganzen Samstag damit beschäftigt, Essen vorzubereiten und mich zu fragen, ob das wirklich eine gute Idee gewesen war. Was, wenn keiner kam? Dann würde ich mir ganz schön bekloppt vorkommen.

Aber sie kamen, alle sechs, und zwar alle gleichzeitig. Um punkt halb acht standen sie breit grinsend bei mir auf der Matte. Jeder von ihnen hatte ein Kissen unter dem Arm.

Ich musste lachen. »Hey! Super Idee.«

Tia breitete wichtigtuerisch einen Arm aus. »Liebe Ruby, alles Gute zum Einzug! Und um dieses Ereignis gebührend zu feiern, überreichen wir dir hiermit ...« – Sie wartete ab, während Niles auf der Gitarre einen Tusch spielte – »unsere Geschenke zur Einweihung!« Auf dieses Signal hin flogen mir von allen Seiten Kissen an den Kopf.

Sie waren für mich! Meine Einweihungsgeschenke. Wiremus Kissen war aus rubinrotem Samt, mit Quasten an den Ecken.

»Ihr seid echt der Hammer, Leute!«

Wir setzten uns zu Niles auf den Boden, und er begann auf seiner Gitarre zu spielen. Es war ein großartiges Gefühl, im Kerzenschein in meinem eigenen Zimmer zu sitzen, zusammen mit meinen Freunden, und aus voller Kehle zu singen.

Wiremu saß neben mir. Wir hatten ziemlich eng zusammenrutschen müssen, damit Niles genug Platz zum Spielen hatte. Tia grinste mich an, und ich grinste zurück.

Als die Party vorbei war, ging ich noch mit ihnen nach draußen, um mich zu verabschieden und ihnen nachzusehen, bis sie hinter der Kurve verschwunden waren. Es war ein unglaublich schöner Abend gewesen. Ich war so froh, dass ich die Party organisiert hatte.

Das Leben konnte toll sein.

Ich legte mich ins Bett und sah mich in meinem kleinen Reich um. Alle meine Sachen hatten ihren Platz. Calvin hatte Regale für mich gebaut und eine Pinnwand gebastelt. Die Wände waren in einem satten Cremeweiß gestrichen, die Vorhänge gold, braun und rubinrot gemustert. Und jetzt hatte ich sechs nagelneue Kissen.

Tja, Max, dumm gelaufen. Du hättest dein eigenes kleines Paradies haben können. Ich lag ganz still. Hm. Hier draußen war sein Hass nicht zu spüren. Was aber nicht bedeutete, dass Max aufgehört hatte, nicht zu hassen.

Es kam mir so vor, als würde er nur auf eine Gelegenheit warten, um es mir heimzuzahlen. Er war der Baumstamm im Sumpf, der sich als Krokodil entpuppt, wenn man draufsteigt.

Die Schule fing wieder an. Die Zeit verging, und Max verspritze weiter sein Gift. Mum wirkte abwechselnd bekümmert und verärgert. Die Jungs waren gut drauf, jetzt, da sie Max endlich los waren. Calvin sagte nicht viel.

Ich konnte nicht fassen, dass ich auch nur eine Sekunde gezögert hatte, in den Anbau zu ziehen. Es war perfekt. Wenn es regnete, nahm ich Davey und Cat nach der Schule mit zu mir. »Dein Zimmer ist schön geworden«, sagte Cat. »Unsere Maske ist glücklich hier.«

Es wurde wärmer. Ende Oktober gingen wir Wasserskifahren. Wiremu hatte ein neues Wakeboard. Wir probierten es alle aus. Ich stürzte, und hinterher tat mir das Bein weh, aber das war es wert.

Wiremu und Megan mussten mehrfach zu irgendwelchen Vorbereitungstreffen für Brasilien. »Du solltest fragen, ob du nicht doch mitkommen kannst«, sagte Megan. »Du bist die Einzige, die Portugiesisch spricht.«

»Genau«, sagte Carly. »Vielleicht stecken sie dich ja in Mr Parks Koffer.«

Ich lachte und schüttelte den Kopf. »Nein, ich spare mir mein Geld für später. Wenn ich nach Brasilien fliege, dann für länger.«

Als ich mit Tia nach Hause fuhr, grinste sie mich an und sagte: »Du hast dich echt verändert, ist dir das klar? Anfang des Jahres hast du nur gesagt *Oh, nein, ich kann unmöglich nach Brasilien*, und jetzt willst du sogar *allein* hin.«

Ja, das wollte ich. Es kam mir vor wie ein Abenteuer. Ich war aufgeregt, wenn ich nur daran dachte. Vor allem, wenn mir wieder einfiel, wie viele Probleme ich haben würde. Deshalb versuchte ich die Gedanken daran so gut es ging zu verdrängen.

»Wann willst du eigentlich hin?«

Ich holte tief Luft. »In einem Jahr, gleich zu Ferienbeginn.«

Sie purzelte fast von ihrem Rad. »Was? In einem Jahr schon?«

»Ja.« Der Gedanke war beängstigend.

»Aber du kommst nach den Ferien doch wieder zurück, oder?«

Ich schüttelte den Kopf. »Ich glaube nicht. Mal ehrlich, Tia, wozu sollte ich? Das kommende Jahr wird bestimmt schlimm genug.«

Vor ihrem Haus hielten wir an. Ich stützte mich am Zaun ab, damit ich nicht vom Rad steigen musste. »Im Moment geht es ja noch einigermaßen, weil ihr mir helft, aber nächstes Jahr werden wir alle auf verschiedene Kurse aufgeteilt.« Ich wollte gar nicht daran denken. »Ich muss los. Die Kinder warten auf mich.«

Vor dem kommenden Schuljahr fürchtete ich mich sogar noch mehr als vor meiner Reise nach Brasilien. Wahrscheinlich, weil es bis dahin nicht mehr lang war, während mir Brasilien noch sehr weit weg vorkam. Und ich würde vermutlich das ganze Jahr über Komplexe haben wegen meiner Lernschwäche.

Wenn Max mir doch nur helfen würde! Aber ich dachte nicht daran, ihn um Hilfe zu bitten.

Es wurde November, und unsere Lehrer erinnerten uns an die bevorstehenden Prüfungen. »Denkt daran, dass diese Prüfungen sehr wichtig für euch sind«, ermahnte uns der Direktor bei der Schülerversammlung. »Die Resultate bestimmen darüber, welche Fächer ihr im kommenden Jahr belegen werdet.« Und in welche Kurse man uns stecken würde. Aber das sagte er nicht. Ich hatte eigentlich nur eine Chance, wenn plötzlich Portugiesisch als Prüfungsfach eingeführt wurde.

Aber damit war in nächster Zeit wohl leider nicht zu rechnen.

Am Samstag vor der Prüfungswoche kamen die Mädels wieder zum Lernen zu mir. Mum kochte, Max machte einen großen Bogen um uns.

Natürlich reichte ein Lernnachmittag nicht, damit ich durch die Prüfungen kam. Ich bat Mum, mir zu helfen, und sie gab sich große Mühe, aber meine Mitschriften waren lückenhaft. »So wird das nichts, Ruby«, sagte sie mit gerunzelter Stirn. Wir brauchen Max.«

Ich schüttelte den Kopf. »Den musst du gar nicht erst fragen, Mum. Er wird sich weigern.«

Sie hörte nicht auf mich und ging trotzdem in sein Zimmer. Ich hörte sie leise mit ihm reden und ich hörte auch seine Antwort, laut und deutlich: »Sie hat mein Zimmer bekommen. Sie kriegt nicht auch noch meine Mitschriften.«

Ich stand auf und ging in mein Zimmer, wo ich mir die Shorts vorknöpfte, an denen ich gerade arbeitete. Es tat gut, etwas zu machen, mit dem ich mich auskannte.

Als ich später mit Mum das Abendessen kochte, sagte sie zu meiner Überraschung: »Ich bin sehr enttäuscht von Max. Ich hatte wirklich gehofft, die Therapie bringt etwas. Du weißt, dass der Anbau nicht sein Zimmer ist, oder?«

Das hätte sie vor ein paar Monaten noch nicht gesagt. Ich umarmte sie, obwohl ich eine Kartoffel in der einen und den Sparschäler in der anderen Hand hatte.

Die Prüfungen waren grauenhaft. Ich bekam eine neue Schulbegleiterin zugeteilt, die mit den Fingerspitzen auf den Tisch trommelte, während ich mir die Antworten überlegte, und wenn ich sie bat, mir die Fragen noch einmal vorzulesen, seufzte sie.

Ich fiel in allen Fächern durch, während Max die zehnte Klasse mit ausgezeichnetem Erfolg abschloss. Im neuen Schuljahr würde ich nichts zu lachen haben.

»Mach dir nichts draus«, sagte Mum, als ich ihr mein Zeugnis zeigte. »Ich weiß, du hast dein Bestes gegeben.« Beim Anblick von Max' Zeugnis hatte sie Tränen in den Augen.

»Ich bin so stolz auf dich, Max.«

Er warf mir einen triumphierenden *Ätsch-bätsch*-Blick zu.

Zum Ende des Schuljahrs wurden wie üblich Preise an die besten Schüler verliehen. Für Leute wie mich gab es keine Preise. Tia war die Beste in Naturwissenschaft, Wiremu erhielt eine Auszeichnung für seine Referate, und außerdem war er Erster bei den Junioren-Schwimmmeisterschaften geworden. Aber der Star des Tages war Max. Gleich fünf Mal wurde er auf die Bühne gebeten. Man überreichte ihm silberne Pokale, Bücher und Urkunden, und der Direktor strahlte ihn an und sagte: »Wir sind froh, dass du nicht in Australien geblieben bist, Max.«

»Nicht alle von uns«, brummte ich halblaut, und Carly, die neben mir saß, unterdrückte ein Kichern.

Kapitel zweiunddreißig

Den Großteil der Sommerferien verbrachte ich mit Kinderhüten. Maria und Lucas fuhren mit Cat eine Woche auf die Coromandel-Halbinsel, und auch über Weihnachten brauchten sie mich nicht, aber ansonsten war ich ziemlich eingespannt.

Zwei Wochen vor Schulanfang kamen Megan und Wiremu zu mir zu Besuch. »Bring uns ein bisschen Portugiesisch bei«, bat Wiremu mit diesem Lächeln, bei dem alle Mädchen schwach wurden.

»Bitte«, fügte Megan hinzu.

Er lachte. »Ja, bitte, bitte, bitte, Ruby. Ich möchte wissen, wie man auf Portugiesisch *Du bist das schönste Mädchen auf der ganzen Welt* sagt.«

Der Satz, den ich ihm beibrachte, bedeutete übersetzt: *Du bist potthässlich.*

Dann übten wir *hallo, danke* und *auf Wiedersehen.* Wiremu wiederholte immer wieder *Du bist potthässlich,* bis ihm Megan eins mit dem Kissen überzog, das sie mir mitgebracht hatte. »Jetzt hör endlich auf! Du nervst!«

Da konnte ich mich nicht mehr beherrschen. Kichernd ließ ich mich aufs Bett plumpsen.

»Was ist denn?«, wollte er wissen, dann stöhnte er: »Oh, Mann! Ich bin auf den ältesten Trick der Welt reingefallen, oder? Was hast du mir beigebracht?«

Er stürzte sich auf mich und kitzelte mich. Ich brachte kaum ein Wort heraus vor Lachen. »*Du bist potthässlich!* Deine Aussprache ist übrigens perfekt.«

Megan kreischte vor Lachen. »Das geschieht dir recht!«

»Na, wie läuft's denn mit dem Lover Boy?«, wollte Tia wissen, als wir uns am Montagabend trafen.

»Wir sind nur gute Freunde«, sagte ich gestelzt. Das stimmte, und genau das war das Problem. Ich mochte ihn, er mochte mich, aber viel mehr als Freunde würden wir wohl nie sein.

»Keine Sorge«, sagte Tia. »Bald kommen ein paar heiße neue Austauschschüler aus Brasilien. Mach ihn einfach eifersüchtig.«

»Er wird sich eins von den heißen Mädels unter den Nagel reißen, und dann bin ich diejenige, die eifersüchtig ist«, brummte ich.

Wann immer von Brasilien die Rede war, lief mir ein Schauer über den Rücken. Dann rief ich mir in Erinnerung, dass dort auch mein Rückgrat saß. Würde ich wirklich am Ende dieses Jahres nach Brasilien fliegen? Konnte ich es schaffen? Bei dem Gedanken daran wurde mir schlecht vor Angst.

Dann fing die Schule wieder an. Es war die Hölle. An drei Vormittagen pro Woche hatte ich einen Schulbegleiter, aber die meiste Zeit musste ich mich allein durchschlagen. In Werkerziehung und Kunst lief es ganz gut, in den anderen Fächern war ich hilflos, vor allem in Englisch. In meinem Kurs war kein Einziger meiner Freunde, aber dafür Max. Er setzte sich nie zu mir, redete nicht mit mir, sah mich nicht einmal an. Er war der Star der Klasse. Und er war gut. Ich war von seinen Antworten beeindruckt, auch wenn ich es ungern zugebe. Mrs Bentley gab sich große Mühe, mich zu unterstützen, aber sie bat Max nur ein einziges Mal, mir zu helfen. »Wir kommen nicht miteinander klar«, sagte er, drehte sich um und ging.

Dann eben nicht, du Aas.

Gleich am Anfang des neuen Semesters gab es einen Referat-Wettbewerb. Max hielt ein tolles Referat über die Unterschiede zwischen Australien und Neuseeland. Ich hätte gern darüber geredet, wie es war, seine Schwester zu sein. Stattdessen sprach ich über die Geschichte Brasiliens. Ich versuchte, ihn dabei nicht anzusehen. Ich war nervös und vergaß den mittleren Teil und am Schluss verhaspelte ich mich auch noch.

Danach schlich ich zu meinem Platz zurück. »Du Glückliche«, murmelte Delia. »Ich wünschte, ich hätte es auch schon hinter mir.«

Max' Referat war das Beste der ganzen Klasse. Im Finale durfte er es noch einmal halten, vor der ganzen Schule, aber Wiremus Referat war noch besser. Ich versuchte, mir meine Freude darüber nicht zu deutlich anmerken zu lassen, aber es gelang mir nicht. Ich war sicher, dass Max schmollen würde, aber das tat er nicht. Er gratulierte Wiremu sogar zu seinem Erfolg.

Ich erzählte es Mum. Sie freute sich darüber – mehr als über die Nachricht, dass er den zweiten Preis gewonnen hatte. Vielleicht verwandelte er sich ja doch allmählich in ein menschliches Wesen. In meiner Gegenwart war davon allerdings nichts zu spüren. Mum legte mir eine Hand auf die Schulter. »Das kommt schon noch, Ruby. George sagt, er benutzt dich bloß als Zielscheibe. Eigentlich geht es gar nicht um dich, sondern um ihn. Er muss erst begreifen, dass sich die Welt nicht nur um ihn dreht.«

Tja, wäre schön, wenn er nicht so verdammt begriffsstutzig wäre.

Ha. Bei dem Gedanken, dass auch Max begriffsstutzig sein konnte, musste ich lachen.

Anfang März sollten die Austausschüler aus Brasilien kommen. Tia und Wiremu mussten fast jeden Tag zum Kapa-Haka-Training. Megan war sehr gespannt auf das Mädchen, das bei ihr wohnen würde. »Was mach ich nur, wenn ich sie unsympathisch finde? Oder wenn sie kein Englisch spricht?«

Carly warf ihr ein Papierknäuel an den Kopf. »Hör auf! Wenn sie eine blöde Kuh ist, dann ist sie eine blölde Kuh, dann musst du dich eben damit abfinden.«

Ich grinste Megan an. »Sag ihr einfach, dass sie potthässlich ist.«

Megan stöhnte. »Dieser blöde Satz schwirrt mir ständig im Kopf herum!«

An einem Donnerstag war es dann soweit – die Austauschschüler kamen in unsere Schule. Tia und Wiremu gehörten zum Empfangsteam. Es war ein heißer Tag, genau wie letztes Jahr. Der Raum, in dem Carly und ich gerade Matheunterricht hatten, war nicht weit vom Wharenui, dem

Versammlungshaus, entfernt. Wir konnten Tias Stimme hören, als sie die Besucher auf den Festplatz, den Marae, bat.

»Sie ist gut«, flüsterte ich.

Carly brummte: »Was meinst du, hat Megan gerade die Hosen voll?«

Höchstwahrscheinlich. Sie stand wahrscheinlich neben den Tangata Whenua, die die Empfangszeremonie gestalteten, und wünschte sich, sie wäre nie auf die Idee gekommen, sich für den Brasilienaustausch zu bewerben.

Wir sahen sie den ganzen Tag nicht, denn sie musste alle Pausen mit der Schülerin verbringen, die bei ihr untergebracht war. Carly schickte ihr eine SMS: *Wie ist sie denn so?*

nett. schüchtern. kein wort englsh.

Carly stöhnte. »In Naturwissenschaft ist sie bei uns in der Klasse. Wie soll ich denn bitteschön nett zu ihr sein, wenn sie mich gar nicht versteht?«

Ich lachte sie aus. »Und, wer hat jetzt die Hosen voll?«

Im Englischkurs würden wir auch Besuch aus Brasilien bekommen, weil Caleb und Shane, die ebenfalls nach Brasilien durften, »ihre« Austauschschüler mitbringen würden. Ich konnte nur hoffen, dass Max nicht auf dumme Gedanken kam. Wehe, er erzählte der ganzen Klasse, dass ich Portugiesisch konnte! Dann fiel mir zu meiner Erleichterung ein, dass er gar nicht wusste, dass ich es wirklich konnte. Er hatte es mir ja nicht glauben wollen.

Shane und Caleb kamen ein paar Minuten zu spät zum Unterricht. Alle Mädchen in unserer Klasse – auch ich – starrten die beiden Jungs an, die sie im Schlepptau hatten. »Wow«, flüsterte Delia.

Ja. Die beiden sahen viel besser aus als die Jungs, die im Vorjahr dagewesen waren. Die Mädels würden sich um sie reißen. Ich sank in mich zusammen.

Mrs Bentley lächelte sie an und begrüßte sie auf Portugiesisch. Sie las den Text von einem Zettel ab, aber ihre Aussprache war grauenhaft. Ich verzog das Gesicht.

Irgendwann gab sie lachend auf und sagte: »Caleb, Shane, bitte stellt uns eure Gäste vor.«

»Das ist Fernando«, sagte Shane. »Er spricht Englisch.«

Wir schmolzen dahin, als Fernando lächelte. »Hallo! Ich freue mich, dass ich hier bin.«

»Geht uns genauso«, murmelte Rosemary, worauf ihr Mrs Bentley einen strafenden Blick zuwarf.

Caleb stellte seinen Besucher vor. »Das ist Bento. Er spricht kein Englisch.«

Mrs Bentley lächelte die beiden Jungs an. »Könntest du vielleicht etwas auf Portugiesisch sagen, Bento?« Sie sah zu Fernando. »Würdest du bitte übersetzen? Es ist interessant für uns, Fremdsprachen zu hören.«

Fernando schenkte ihr sein umwerfendes Lächeln und wiederholte ihre Frage für Bento auf Portugiesisch.

Bento trat einen Schritt nach vorn, und ich lehnte mich zurück und freute mich darauf, als Einzige im Raum zu verstehen, was er sagen würde.

Aber meine Freude verging mir schon bald. Denn dieser fiese, niederträchtige *Kretin* lächelte süffisant und machte sich total über uns lustig. Er nannte uns ein Volk von hässlichen, dummen, unzivilisierten Menschen, unsere Musik fand er grauenhaft und so langweilig, dass er Angst hatte, heute Abend beim Konzert einzuschlafen. Er sagte, bei der Party morgen würde er garantiert mit keiner einzigen Neuseeländerin tanzen, weil wir alle so aussahen, als würden wir ihm ständig auf die Füße treten, und außerdem seien wir, wie gesagt, hässlich. Diese miese, selbstgefällige Ratte!

Ich spähte zu Fernando, der sich ein wenig von Bento abgewandt hatte und peinlich berührt auf den Boden starrte. Bento beendete seine Rede mit einem breiten, falschen Lächeln, und alle außer mir klatschten.

»Vielen Dank, Bento«, sagte Mrs Bentley, dann lächelte sie Max an. »Würdest du bitte für uns antworten, Max?«

»Das überlasse ich mal Ruby, Mrs Bentley. Die kann nämlich Portugiesisch.«

Ich spürte, wie ich feuerrot anlief. Dieser verfluchte Mistkerl!

»Ach, tatsächlich?«, fragte Mrs Bentley verblüfft. »Das ist ja toll, Ruby. Würdest du dann bitte etwas darauf erwidern?«

Max platzte förmlich vor Schadenfreude, aber ich war viel zu sauer auf Bento, um auch nur einen Gedanken an ihn zu verschwenden. Ich sprang auf und ging nach vorn.

Kapitel dreiunddreißig

Fernando, der Ärmste, hatte sichtlich panische Angst vor dem, was ich sagen würde.

Ich vergaß Max, meine Mitschüler und Mrs Bentley.

Ich holte tief Luft. Aus dem Augenwinkel sah ich Max höhnisch grinsen.

Ich lächelte Fernando an und sagte auf Englisch: »Vielen Dank, Fernando. Wir freuen uns, dass du da bist.«

Der arme Kerl. Er sah aus, als würde er am liebsten im Boden versinken.

Ich drehte mich zu Bento um. Er grinste frech. Was sollte ich zu ihm sagen? Am liebsten hätte ihm so richtig die Meinung gesagt und ihn ordentlich zur Schnecke gemacht, aber Fernando sah aus, als könnte er jeden Moment in Tränen ausbrechen. Mrs Bentley musterte mich gespannt. Ich fing an zu reden. Auf Portugiesisch. Es fühlte sich gut an.

»Es tut mir leid, dass du uns nicht magst, Bento«, sagte ich. »Es tut mir leid, dass dir unser Land nicht gefällt.«

Er starrte mich mit offenem Mund an. Ich musste mich sehr zusammenreißen, um nicht laut loszuprusten. Er wirkte geschockt, schuldbewusst und bockig zugleich. Er erinnerte mich an Max, der gerade mindestens genauso erstaunt aus der Wäsche guckte.

Ich redete weiter. »Du findest uns hässlich, aber das, was du über uns sagst, ist auch hässlich. Wir heißen dich willkommen, aber du machst dich über uns lustig. Du magst unsere Musik nicht. Du bist gemein zu uns, aber wir heißen dich trotzdem willkommen. Wir hoffen, dass es dir bei uns gefällt. Wir hoffen, dass du etwas über uns lernst. Und wir hoffen, dass du uns besser verstehen wirst als jetzt, wenn du wieder nach Hause fährst.«

Als ich fertig war, stürmte Fernando zu mir, ergriff meine Hände und drückte mir rechts und links einen Kuss auf die Wangen. »Ich schäme mich für ihn«, sagte er hastig auf Portugiesisch. »Danke. Ich danke dir vielmals für deine Nachsicht.« Er ließ mich los und fauchte Bento an: »Du hast Schande über unser Land gebracht.«

Bento hielt den Blick gesenkt und murmelte eine Entschuldigung.

Mrs Bentley kratzte sich am Kopf. »Was ist denn los, Ruby? Ist irgendetwas nicht in Ordnung?«

Fernando warf mir einen flehentlichen Blick zu. Einen *Bitte-verrate-ihr-nichts*-Blick.

»Keine Sorge, jetzt alles bestens«, sagte ich.

Sie hätte wohl gern nachgehakt, tat es aber nicht. Stattdessen bat sie Bento und Fernando, sich zu setzen. »Ich bin sehr beeindruckt, Ruby. Das klang sehr überzeugend. Würde es dir etwas ausmachen, dich neben die beiden zu setzen?« Sie lächelte Max an. »Zum Glück hast du uns erzählt, dass Ruby Portugiesisch kann, Max. Ich habe den Verdacht, von selbst hätte sie es uns nicht verraten.«

Den Rest der Stunde musste ich höllisch aufpassen, um keinen Lachanfall zu bekommen.

Auf dem Nachhauseweg erzählte ich Tia alles. »Diese Ratte! Du musst mir heute Abend zeigen, welcher von beiden Bento ist. Morgen werde ich mit ihm tanzen, und dann werde ich ihm lächelnd auf Englisch sagen, was für ein totaler Loser er ist.«

Als ich Maria von dem Vorfall berichtete, funkelten ihre Augen vor Entrüstung. »Jemand muss dem Jungen den Kopf zurechtrücken«, sagte sie. »Ich werde mit Mr Parks reden. Er wird so ein unverschämtes Benehmen nicht tolerieren.«

Ich war gespannt, ob Max die Angelegenheit beim Abendessen erwähnen würde. Wenn er mir eins auswischen wollte, tat er das ja auch immer. Aber als Mum und Calvin wie üblich fragten: *Na, irgendwelche besonderen Vorkommnisse in der Schule?*, da sagte Max mit einem Schulterzucken: »Nein, nichts«.

Davey hatte einen goldenen Stern in Rechnen bekommen.

Theo erzählte von dem Clown, der sie heute in der Kindertagesstätte besucht hatte.

»Und bei dir, Ruby?«, fragte Mum.

Normalerweise erzählte ich an dieser Stelle, dass ich ein Bild fertig gemalt oder verhunzt hatte, aber heute berichtete ich von Bento. Davey hopste auf seinem Stuhl auf und ab. »Was hast du zu ihm gesagt, Ruby? Erzähl's mir auf Portugiesisch.«

Ich grinste ihn an und wiederholte, was ich gesagt hatte, wobei ich einfache Wörter verwendete, die er auch verstand.

»Er ist gemein. Ich mag ihn nicht«, sagte Davey hinterher auf Portugiesisch.

Mum und Calvin saßen mit offenem Mund da und starrten uns an. Dann sprang Mum auf und schlang die Arme um mich. »Mir war nicht klar, dass du *tatsächlich* Portugiesisch kannst, Ruby! Du bist ja ein richtiges Wunder! Ich bin so stolz auf dich!« Sie lachte und weinte zugleich, während sie mich an sich drückte.

Calvin legte Davey eine Hand auf die Schulter. »Auf euch beide sind wir stolz. Ihr habt es ja faustdick hinter den Ohren, ihr zwei!«

Max sah aus, als hätte ihn gerade der Baumstamm im Sumpf ins Bein gebissen.

Das Konzert abends war ein Riesenspaß. Einer der brasilianischen Lehrer, die die Austauschschüler begleiteten, fragte mich, ob ich zum Essen bleiben konnte. »Ich habe von Bentos Ansprache gehört«, sagte er. »Danke für deine diplomatische Antwort. Wir fühlen uns geehrt, dass du heute Abend bei uns bist.«

Ich lächelte und gab ihm eine – wie ich hoffte – freundliche Antwort. Ich war nur wegen Fernando so diplomatisch gewesen.

Was für ein Abend! Ich redete wie ein Wasserfall und wechselte dabei ständig zwischen Englisch und Portugiesisch. Auch mit Vidonia, dem Mädchen, das bei Megan untergebracht war, plauderte ich ein bisschen. Ich erzählte ihr, wie nervös Megan gewesen war. Als ich den Kopf hob, bemerkte ich, dass mich Mrs Swann mit offenem Mund anstarrte.

Vidonia war es auch nicht entgangen. »Was hat sie denn? Sie sieht aus, als hätte ihr jemand eine runtergehauen.«

Ich lachte. »Ach, sie hält mich für geistig zurückgeblieben.« Ich sah Mrs Swann direkt in die Augen, als ich das sagte. Es war ein verdammt gutes Gefühl.

Den ganzen Abend lang hatte ich kein einziges Mal Minderwertigkeitskomplexe wegen meiner Lernschwäche. Fernando brachte mir etwas zu essen und zu trinken, dann setzte er sich neben mich und ließ niemanden mit mir reden, bis ich alles aufgegessen hatte.

Ich ertappte Wiremu ein paar Mal dabei, wie er zu mir rüberschaute, aber er blieb, wo er war. Er wich dem Jungen, der bei ihm untergebracht war, nicht von der Seite. Natürlich hatte er die Aufgabe, sich um ihn zu kümmern, aber es gab keine Regel, die besagte, dass er sich zudem den ganzen Abend mit dem schönsten der brasilianischen Mädchen unterhalten musste. Jedes Mal, wenn ich zu ihm rüberschielte, blickte er ihr gerade tief in die Augen. Ich fragte Fernando nach ihrem Namen. »Sie ist so schön«, sagte ich und seufzte.

»Sie heißt Rosa«, antwortete er. »Aber du bist auch schön, und morgen zeige ich dir, wie man Tango tanzt.«

Ich nahm ihn nicht ernst, aber als ich am nächsten Abend den großen Saal betrat, in dem die Party stattfand, lauerte er mir schon am Eingang auf. Ich glaube nicht, dass das, was wir tanzten, wirklich Tango war, aber es war ein super Abend. Wiremu tanzte mit Rosa, aber nur ein Mal. Tia fragte mich, welcher Junge Bento war und forderte ihn als Erstes zum Tanzen auf. Jedes Mal, wenn Fernando und ich bei den beiden vorbeitanzten, schnappte ich ein paar der Beschimpfungen auf, die sie ihm an den Kopf warf. »Loser … Hässliches Ekelpaket … sollte dich durch den Fleischwolf jagen und an die Vögel verfüttern, aber dann gehen sie womöglich ein …«

»Ich bin froh, dass sie wütend auf ihn ist. Er hat es verdient«, sagte Fernando. Als das Lied zu Ende war, trat sie Bento kräftig auf den Fuß, drehte sich um und ließ ihn stehen. Dann schnappte sie sich den Jungen, der bei Wiremu untergebracht war, und zog ihn in Richtung Tanzfläche, und danach tanzte sie gleich mit dem nächsten Brasilianer.

Aber ich bekam gar nicht richtig mit, was sie so trieb, denn Fernando stellte mir eine Menge Fragen. Er wollte wissen, wie ich Portugiesisch gelernt hatte und warum ich nicht mit den anderen in einem Monat nach Brasilien kommen würde. Er legte eine Hand aufs Herz. »Das macht mich sehr traurig, Ruby.«

Es war ein traumhafter Abend. Ich fühlte mich wie Cinderella – um Mitternacht würde es vorbei sein, und ich würde mich wieder in Ruby zurückverwandeln, die nicht lesen konnte – aber im Moment schwebte ich noch auf Wolke sieben.

»Wirst du mir mailen?«, fragte Fernando und sah mir tief in die Augen. Er hatte wunderschöne Augen.

Ich schüttelte den Kopf. »Ich kann nicht.« Ich erklärte ihm warum. »Und außerdem haben wir keinen Computer.«

Er beugte den Kopf zu mir runter und murmelte: »Das macht nichts. Hast du ein Handy? Ich rufe dich an.«

Es war nett von ihm, dass er das sagte, aber ich wusste, er würde es nicht tun. Ich erzählte ihm, dass ich vorhatte, nach Brasilien zu fahren.

»Gut, dann wohnst du bei meiner Familie«, sagte er. »Keine Diskussionen. Wir holen dich vom Flughafen ab, abgemacht?«

»Danke!« Das glaubte ich ihm zwar auch nicht, aber es machte mich glücklich. Auf einmal jagte mir die Vorstellung, nach Brasilien zu fahren, längst nicht mehr so viel Angst ein, denn jetzt kannte ich dort jemanden in meinem Alter.

Als die Austauschschüler am Sonntag abreisten, küsste mich Fernando zum Abschied – und mit Küssen meine ich keine höflichen Luftküsschen auf die Wangen. Nein. Er schlang die Arme um mich und gab mir einen Kuss auf die Lippen, bei dem ich ganz weiche Knie bekam.

»Ich habe deine Telefonnummer, Ruby«, murmelte er. »Wenn ich nach Hause komme, werde ich dich gleich als Erstes anrufen.«

Tia, Megan, Carly – und Wiremu – standen daneben und glotzten uns an. Es war mir egal. Ich erwiderte Fernandos Kuss und winkte ihm nach, bis der Bus um die Ecke verschwunden war.

»Na?«, sagte Tia. »Da hat sich ja jemand blendend amüsiert, hm?«

»Also, ich weiß nicht, ob du dich amüsiert hast«, sagte ich verträumt, »aber ich hatte definitiv meinen Spaß, ja.« Und jetzt war er weg, und ich würde ihn vermutlich nie wiedersehen.

Wiremu stieg wortlos auf sein Rad und fuhr nach Hause.

»Ts, ts«, sagte Carly. »Und wer ist jetzt hier eifersüchtig?«

Ich schüttelte den Kopf. »Er hat keinen Grund, eifersüchtig zu sein.« Mist. Nachdem mich Fernando geküsst hatte, war ich bei Wiremu wohl untendurch. Aber dieser Kuss! An den würde ich mich immer und ewig erinnern.

Nachdem die Austauschschüler abgereist waren, kam mir das Leben langweilig vor. In der Schule tat ich mich schwer. Das einzig halbwegs Interessante war, dass Max anfing, mit mir zu reden. Nicht oft und auch nicht viel, aber alle zwei, drei Tage sagte er etwas zu mir. Ganz banale Dinge, keine Gemeinheiten. Mum war überglücklich. Mir war es ziemlich egal. Es würde noch eine ganze Weile dauern, bis ich ihm wieder über den Weg traute.

Zwei Wochen nach dem Besuch der brasilianischen Schüler fragte mich Wiremu, ob ich mit ihm ins Kino gehen wollte. Es war schön. Fernando erwähnte er mit keinem Wort.

Eine Woche später rief mich Fernando an. »Wow!«, staunte ich. »Ich hätte nicht gedacht, dass du es ernst gemeint hast.«

»Natürlich habe ich es ernst gemeint. Meine Eltern lassen dich grüßen. Sie haben gesagt, dass du bei uns wohnen wirst, wenn du nach Brasilien kommst.«

Wir unterhielten uns fast eine Stunde. »Das ist doch bestimmt sauteuer!«, protestierte ich immer wieder.

»Das bist du mir wert«, sagte er. »Ich will nicht, dass du mich vergisst.«

Als könnte ich das.

Wiremu erzählte ich nichts von dem Anruf. Bevor Wiremu, Megan und die anderen nach Brasilien flogen, rief Fernando noch einmal an. Auch das erzählte ich Wiremu nicht. Am Abend vor seiner Abreise ging er mit mir aus und auf dem Heimweg hielt er meine Hand. Als wir vor dem Anbau angekommen waren, umarmte er mich und küsste mich. »Schade, dass du nicht mitkommst nach Brasilien«, flüsterte er. »Du wirst mir fehlen.«

Mir schwirrte der Kopf, als ich die Tür zu meinem Reich öffnete. Wiremu und Fernando. *Zwei* Jungs mochten mich! Ich setzte mich auf mein Bett. Und wen von den beiden mochte ich? Ich mochte sie beide. Sehr sogar.

Ich konnte mich nicht von Wiremu und Megan verabschieden, weil ich arbeiten musste. Sobald ich fertig war, fuhr ich zu Tia. »Was soll ich denn jetzt machen? Das ist doch total irre!«

Sie musste so lachen, dass sie Seitenstechen bekam. »Du bist echt eine Nummer, Ruby! Warum zerbrichst du dir darüber den Kopf? Der eine lebt in Brasilien, der andere hier in Neuseeland. Wo ist das Problem?«

Wo das Problem war? Na, sie hatte leicht reden. Sie hatte ja nicht zwei Verehrer gleichzeitig an der Backe. Dann musste ich auch lachen. Sie hatte recht. Ich sollte mir deswegen nicht den Kopf zerbrechen. In einem Jahr konnte so viel passieren.

Ein Jahr? Von wegen. Ich schauderte. Meine Reise nach Brasilien rückte näher. Bei dem Gedanken schauderte ich erneut, aber nicht, weil ich Angst hatte, sondern weil ich mich schon so darauf freute. Ich musste lachen. Gut möglich, dass Tia unrecht hatte und es doch noch irgendwann Probleme geben würde, aber mir würde schon eine Lösung dafür einfallen.

Am Montag stieg ich mit Cat und Davey in den Bus und fuhr zu einem Reisebüro in der Stadt. »Ich möchte Ende November nach Brasilien fliegen, genauer gesagt nach São Paulo.«

Die Agentin buchte einen Flug für mich. »Bis Ende des Monats muss das Geld überwiesen sein«, sagte sie und druckte den Reiseplan für mich aus. Ich nahm den Zettel entgegen. Den würde ich an meine Pinnwand hängen.

Als ich nach Hause kam, wartete dort eine Postkarte von Wiremu auf mich.

An Ruby, in Liebe von Wiremu XXXXXX stand darauf, umrahmt von einem Herz.

Ich hängte die Postkarte neben den Flugplan an die Pinnwand. Vielleicht sollte ich mir ein Beispiel an Tia nehmen und mir eine kurze Romanze gönnen, die spätestens dann zu Ende ging, wenn ich das Land verließ.

Und dann war da ja auch noch Fernando. Was, wenn er wollte, dass ich für immer in São Paulo blieb? Denn das würde ich nicht. Ich musste meine Träume verwirklichen – und in diesen Träumen war in den nächsten paar Jahren kein Platz für einen festen Freund.

Wenn ich aus Brasilien zurückkam, wollte ich eine Ausbildung als Typ-Beraterin und Personal Shopper machen. Das war mein Traum. Die Zukunft sah vielversprechend aus.

Nachwort

Von Dipl.-Psych. Dr. phil. Edith Klasen

Schon der Titel und die verschlungenen Worte auf dem Umschlag lassen vermuten, dass es bei »Am Ende des Alphabets« um ein typisches Legasthenikerschicksal geht. Es geht aber um ein breiteres Thema: Spannend und sehr einfühlsam wird die Selbstfindung eines jungen Mädchens erzählt, dessen (wenig aufgeklärte) Familie ihr die Rolle des häuslichen Dienstmädchens und Babysitters aufdrückt. Weniger die Einzelheiten der Lernstörung als vielmehr eine atemberaubende Geschwisterrivalität steht im Mittelpunkt dieser Erzählung. Trotzdem, auf drei Gebieten spielt das Alphabet für Ruby eine wesentliche Rolle: in der Schule, in der Familie und für ihr Selbstbewusstsein.

Das Mädchen heißt Ruby **Y**arrow. Immer, wenn in der **Schule** die Anwesenheitsliste alphabetisch aufgerufen wird, ist Ruby die letzte. Das wird noch dadurch betont, dass der Lehrer ein »und« vor ihren Namen setzt. Mehr noch, während er die anderen nur bei ihren Vornamen aufruft, fügt er bei ihr den Familiennamen hinzu – wegen des Ypsilons. Diese betonte Schlussstellung nagt an ihr; wenn doch nur jemand in der Klasse wäre, dessen Familienname mit einem **Z** anfinge! Ruby hat aber Mitschüler, die offenbar spüren, wie tapfer sie um ihren Schulerfolg, besonders im Lesen und Schreiben, ringen muss. Sie wird weder deshalb noch wegen ihrer Sonderstellung bei Prüfungen gehänselt. Das ist ein ganz wichtiger Faktor in ihrem Kampf mit den Wörtern und Selbstzweifeln.

In der **Familie** ist bekannt, dass Ruby kaum lesen oder schreiben kann. Man ahnt, die Lernstörung könnte ererbt sein. Man macht ihr keine Vorwürfe, aber man lässt sie fühlen, dass sie im Vergleich zu ihrem schulisch glänzenden Bruder wenig zu bieten hat und für ihre Zukunft nichts zu erwarten ist. Ihr besonderes Talent hinsichtlich Stil und Mode wird nicht einmal wahrgenommen, geschweige denn gefördert. Dass sie – auf dem Wege des auditiven Lernens (hören, nachsprechen, wiederholen) sowie starker Motivation (sie möchte eine Zeitlang allein in Brasilien leben) – lernt, eine Fremdsprache zu sprechen, wird von der Familie nur ungläubig aufgenommen.

Ruby, durch ihre Legasthenie in ihrer **Selbstwertentwicklung** empfindlich gestört, muss viele Konflikte mit ihrer Umwelt, aber auch mit sich selbst, ausfechten. Anfangs redet sie sich lieber ein, es wäre für alle Beteiligten besser, wenn sie sich nicht wehrte, sondern ihre Aufgaben – und die der anderen – brav erfüllte.

Zum Glück begegnet Ruby neben ihren treuen Freunden auch Maria, die zu einer mütterlichen Freundin für sie wird. Sie bringt Ruby dazu, ihre Lernstörung nicht verschämt zu verstecken, sondern sich unbefangen darüber zu äußern, als ginge es um eine Allergie. Maria ist es auch, die Ruby durch geduldiges Vor- und Nachsprechen Portugiesisch beibringt. Das ist ein riesiger Schritt auf das neu entdeckte Rückgrat zu. Auch Rubys besonderes Talent im Bereich Mode wird von Maria gefördert. Sie eröffnet Ruby sogar eine Zukunftsperspektive: Modeberaterin.

An Rubys wachsender Selbstsicherheit erkennt auch das Elternhaus, dass Lernstörung nicht mit einem Mangel an Intelligenz oder Chancenlosigkeit gleichzusetzen ist, und dass Legastheniker oft ganz besondere Begabungen haben, die es zu entdecken und zu fördern gilt.

Diese Geschichte, die in Neuseeland spielt, dreht sich hauptsächlich um Familienkonstellationen und Geschwisterrivalität. Die Lernstörung Legasthenie (Dyslexie) und ihre Folgen laufen wie ein roter Faden mit durch diese Biographie. Man leidet mit Ruby, darf aber am Ende zuversichtlich mit ihr in die Zukunft blicken. In Deutschland treffen seit etwa 50 Jahren Legastheniker auf eine zunehmend aufgeklärte Gesellschaft.

Sowohl Laien als auch Fachleute wissen allmählich um diese gar nicht so seltene Lernstörung. Dieses »Wissen« ist nicht immer oder überall vollständig. Es gibt auch kein Patent, mit dem man sie vermeiden oder beheben könnte. Man weiß aber, dass sie, unerkannt und unbehandelt, die Persönlichkeitsentwicklung hemmen und die **soziale Eingliederung** beeinträchtigen kann. Lehrer und andere pädagogische, psychologische und medizinische Fachkräfte sind darin geschult, mögliche Legastheniesymptome und ihre verschiedenen Ausprägungen (auditiv, motorisch, visuell, etc.) zu erkennen, Eltern zu beraten, spezialisierte Fachkräfte zuzuziehen und die Betroffenen einer genauen Diagnostik sowie einer gezielten Therapie zuzuführen. Soweit Verfahren nötig werden, die über das schulische Angebot hinausgehen, entsteht allerdings eine **Kostenfrage**. Wenn Eltern diese nicht anders lösen können, so gibt es die Möglichkeit, bei der für den Wohnsitz zuständigen kommunalen Verwaltung einen Antrag auf **Eingliederungshilfe** zu stellen. Dieser Weg ist weder leicht, noch schnell, noch stets von Erfolg gekrönt. Wo es **»erste Hilfe«** gibt:

Bundesverband Legasthenie e.V.
c/o EZB Bonn
Postfach 201338
53143 Bonn

Österreichischer Bundesverband Legasthenie
Rosentalgasse 11/23
1140 Wien
c/o Mag. Magda Klein-Strasser
www.legasthenie.org
E-mail: info@legasthenie.org
Tel.: 01/911-32770

Verband Dyslexie Schweiz
Sekretariat: Edenstr. 20
8027 Zürich
Tel.: 043/8176303
Fax: 044/2851071
info@verband-dyslexie.ch

Arbeitskreis Legasthenie Bayern e.V.
Fürstenrieder Str. 267
81377 München
Tel.: 089/411149-200
Fax: 089/411149-99
E-Mail: info@akl-bayern.de